T0034588

Algún día
volveré
a buscarte

JAVIER ARIAS

Algún día volveré a buscarte

◖ UMBRIEL

Argentina · Chile · Colombia · España
Estados Unidos · México · Perú · Uruguay

1.ª edición: marzo 2022

ISBN: 978-84-16517-72-5
E-ISBN: 978-84-19029-39-3
Depósito legal: B-1.224-2022

Fotocomposición: Ediciones Urano, S.A.U.
Impreso por Romanyà Valls, S.A. – Verdaguer, 1 – 08786 Capellades (Barcelona)

Impreso en España – *Printed in Spain*

A mis padres, quienes siempre me enseñaron
a luchar desde abajo.

«Bienaventurados los humildes, pues ellos heredarán la tierra.»

Mateo 5:5

«Los ojos de mi madre eran cicatrices en el rostro del verano.»

Tatiana Țîbuleac
El verano en que mi madre tuvo los ojos verdes

«Yo entonces ignoraba que las cosas grandes y decisivas, esas que atribuimos pomposamente al destino o a la necesidad, tienen su origen en episodios insignificantes y hasta casi ridículos, y desde luego casuales, y eso es lo que nos pasó esa tarde a mi madre y a mí.»

Luis Landero
La vida negociable

1

El Saler, marzo de 1982

Tendría unos tres años. Nunca lo supo bien. Habían atravesado las dunas andando deprisa, aunque de aquello no estuviese seguro. Recordaba la sensación de las sandalias atascándosele en la arena y las ramitas de la retama pinchándole los dedos de los pies —es curioso las cosas que se recuerdan cuando apenas se recuerda—. Su madre lo había cargado en brazos y le había dicho que no se quitara el pañuelo de los ojos hasta que terminara el juego. Ella siempre se lo anudaba fuerte, hasta que sentía la presión en los párpados. A veces le daba un par de vueltitas como un trompo y lo dejaba andar haciendo *eses*. Pero aquel día, no.

—No te muevas. Vengo enseguida.

—¿No me lo puedo quitar?

—No, todavía no.

—¿A dónde vas?

—No preguntes. Voy y vengo —le contestó acariciándole la cabeza—. Quédate ahí sentado y sé bueno.

—Está bien.

Fue por eso que no pudo verla por última vez. Durante mucho tiempo pensó que le había dicho que lo quería, pero nunca estuvo seguro de aquello tampoco. La memoria se convierte en un caleidoscopio cuando pasan los años y las imágenes se repiten, se deforman y se acaban transformando. Aquel recuerdo era tan intenso como vaporoso y, cuando atravesaba aquel espejo de su niñez, sentía que las paredes de su memoria eran blandas y mutables, como cuando sumergimos las manos en el agua trasparente.

Pero le gustaba pensar en un «te quiero». Ni siquiera en los días de rabia se lo quitaba de la cabeza.

Se sentó sobre la arena todavía tibia y esperó. Años después supo que fue a mediados de marzo, casi en las fiestas de las Fallas cuando el aire de la ciudad olía a pólvora. Pero desde allí solo podía escuchar el incesante rasgado del mar y algún graznido casi imperceptible. Se concentró en su oscuridad y dejó que pasaran los minutos cuando todavía no podía entender que existían. Fueron largos, como cuando su madre lo encerraba en su habitación más de lo que él podía soportar. Era difícil recordar cómo había pasado el tiempo en aquella zozobra y si había repetido «mamá» en voz alta varias veces. Solo sabía que no se movió. Se quedó suspendido en aquel limbo esperando a que ella volviese.

Su madre siempre volvía.

Siempre.

Por eso no pasó miedo —o eso creía—. No podía bucear en su memoria y alcanzar aquellas profundidades. Solo estaba seguro de que esperó hasta que la arena se enfrió y el viento lo hizo estornudar.

Ni siquiera así la desobedeció y no se quitó el pañuelo de los ojos. Solo se arrastró hacia atrás, como un cangrejo, hasta que se guareció cerca de la duna. Estiró su manecita, rozó las ramas rugosas de un arbusto y se alejó de él —la oscuridad transformó sus extrañas formas en algo que no le gustó a su imaginación—. Luego se hizo un ovillo y se recostó para que la brisa le pasara por encima.

Ya después no necesitó bucear demasiado para recordar que en su cabecita había un laberinto negro e indescriptible. Sintió el frío de la noche y se echó a llorar para aliviarse, como hacía otras veces.

Nunca pensó que no volvería. No tenía a nadie más. En aquel momento fue la primera vez que se le cruzó por la cabeza que podía perderla. Quizás fue así. De eso también dudaba. Sí sabía que se sintió muy solo y que, a veces, si cerraba los ojos, podía sentir la arena entre sus dedos mientras apretaba los puños como si pudiera asirse a algo.

Con las horas fue sintiendo un nudo en el estómago. Quizás fuera el hambre, quizás el inevitable temor. Pero se quedó dormido como un Jonás en el vientre de una ballena.

Muchas veces se le dio por soñar que jugaba como un niño feliz, mientras hacía castillos de arena en un día soleado.

EL SALER

2

El Saler, octubre de 2018

—Es mejor que venga, capitán. Quiero que lo vea.

—¿El forense está ahí?

—Sí, por eso lo llamo.

—¿Qué pasa?

—Es mejor que venga y se lo explico. Creo que es importante.

—No te andes con rodeos, Amparo. ¿De qué se trata?

—Esa mujer tenía su nombre y su teléfono. Como si le hubiesen puesto una matrícula para que vengan los de tráfico a preguntar por usted.

—¿La que mataron?

—Lo que oye, capitán. De película. Esto parece preparado para implicarlo. No lo dude.

—No te preocupes. En nada estoy ahí.

Salió de la comandancia indescriptiblemente inquieto. Casi no le dio tiempo a digerirlo. Aceleró por la CV-500 como si pudiese desandar el tiempo. Los arrozales emergían a la derecha entre charcos plateados. Parecían inundados por una lluvia estival, bajo el cielo azul. Las garzas sobrevolaban el verdor y rozaban con sus patas los surcos que rayaban los campos. Era un vuelo plano, como el de su memoria, sin atreverse todavía a aterrizar sobre ella. Tenía la extraña sensación de que el tiempo se movía en una órbita invisible que acababa de regresar a su vida. Sentía la inexplicable paradoja de que los años en blanco y negro estaban a punto de ser traspasados si aceleraba hasta romper la barrera del sonido.

No pierdas la cabeza. Ya no eres un niño, Samir. ¡Joder! ¿Con los años que han pasado y todavía pensando que es ella? Si alguien imaginara lo débil que eres por dentro, si alguien imaginara esa maldita obstinación por volver a verla, entonces te mirarían de otra manera... Y les darías pena. Pero tú no quieres dar pena, ¿verdad? ¿Quién es ese? El capitán Santos, el que todavía no pudo superarlo. Un desgraciado, un débil, alguien que no tiene cojones para estar donde está. ¿Y todo por qué? Por nada. Solo es un cadáver más, solo eso. ¿A qué vienen tantos nervios? Tranquilízate, ¿vale? Tranquilízate, que es como si hubieses perdido el juicio. Lo del numerito de teléfono y tu nombre es solo una mierda más.

El Equipo de la Policía Judicial de la Guardia Civil siempre se movía entre las alcantarillas de la condición humana. Si no era un asunto de drogas, eran robos, estafas o delincuencia de guante blanco con registro de oficinas y hasta sedes de partidos políticos. Había visto de todo. Algún asunto de violencia de género, incluidos crímenes incomprensibles con niños de por medio. Niños como él, con esa herida para siempre. Samir Santos recordaba muy bien el caso de aquel tipo que se tiró desde un tercer piso después de incendiar su casa con su mujer y dos niños que no pasaban de los cinco años dentro. Aquellos crímenes dejaban huella. Eran marcas imperceptibles que endurecían su espíritu. Sin embargo, afortunadamente, los cadáveres que caían sobre la mesa de su despacho eran pocos. No era lo habitual en aquellos días, pero cuando sucedía, no lo dejaban indiferente. Siempre lo acababa sorprendiendo la miseria de la condición humana. Era insospechadamente natural, casi inapreciable en la aparente perfección de las cosas.

La playa del Saler. ¿La playa del Saler? Sí, esa misma, la del Saler, la suya. ¡Como si no hubiera más playas para matar a alguien! Cuando la encontraron esta mañana, ya se te encendió la lamparita. No lo niegues, es así. Pero tú a callar, bien guardadito aquí dentro, como si llevaras tu niñez enquistada, escondida para todos. Pero para ti, no. Claro que no. Intentaste arrancártela, claro, pero eso nadie te lo enseña.

Amparo Ochoa le había enviado la ubicación y él la había fijado en el GPS. Apretó el acelerador y dejó que el coche volara por la autovía. Atravesó el pueblito de El Saler y se adentró por una estrecha carretera atiborrada de pinos, hasta alcanzar el parking del restaurante construido frente al mar. Había tres coches de la Guardia Civil, uno de ellos estacionado sobre el paseo de ciclistas y viandantes. Algunos curiosos observaban el revuelo desde la terraza de la arrocería, mientras tomaban unas cervezas a la sombra de amplias sombrillas.

Era pasadas la una del mediodía.

—Es por aquí, capitán —le dijo el guardia señalándole con el dedo el paseo.

—Está bien. Conozco el camino.

Había vuelto allí varias veces. Se trataba de un camino entre lomas de arena recubiertas por matorrales de pequeñas flores amarillas. Eran las jarillas. Las dunas a veces se elevaban tanto que ocultaban el mar, pero había tramos por donde nacían senderos de madera que conducían hasta la playa. Una inesperada hierba forraba la arena y también había merenderos techados con cañas o brezo, desde donde se podía divisar la orilla. Los fines de semana era un reguero de ciclistas, corredores y paseantes que saboreaban la dehesa de arena. Pero aquel día, no. Aquel día solo estaban los del Equipo de la Policía Judicial, algunos guardias, el forense, una juez y ella.

Ella. ¡Joder! ¡Ella! Vamos a acabar con esto de una puta vez. Ahí estaba después de tantos años. No te lo esperabas, ¿verdad? ¿A que no? ¡Joder!

En su corazón podía escuchar el cíclico golpeteo de un tambor, como si él fuera una caja de resonancia y la vibración retumbara en su mente.

Ni una foto me dejó. Podría tenerla ahí delante y nunca sabría quién es. ¿Acaso estás pensando que vas a reconocerla? ¡Como si no hubiese pasado el tiempo! ¡Como si ella siempre hubiese estado allí intacta, sumergida en el formol del pasado! ¿Mamá? No, claro que no. Mejor será que te calmes, Samir. Ella, no. ¡Claro que no!

¿O sí?

Vio la zona acordonada después de trescientos metros. Era sorprendente el tapiz de hierba tan cerca de la playa, y los arbustos, matorrales y pinos que reverdecían las dunas. Samir pensó que era hermoso. En uno de aquellos enredos de árboles bajos y herbaje estaba el cadáver oculto a la vista de cualquiera. Unos metros más allá, y oculta por la duna, la playa donde su madre lo había llevado para abandonarlo. De niño no lo supo, pero de muchacho sí, cuando lo llevó Delacroix. Había conocido el punto exacto, aunque la arena había cambiado y entonces ningún paseo bordeaba las dunas.

Cuando los guardias lo vieron, lo saludaron llevándose los dedos a la sien. Desde fuera del matorral, podía verse a los hombres de la policía científica merodeando por dentro y con varios rastros numerados interfiriendo la entrada. La teniente Ochoa se le acercó y le habló en voz baja a la oreja:

—La jueza ordenó hacer el levantamiento de cadáver, pero yo le dije que usted estaba en camino. Quiso esperarlo.

—Gracias, Amparo.

—Ella también pensó que tenía que verla, capitán. No parece lo que es.

Se acercó a él una mujer pequeñita y con rostro demasiado arrugado para la cincuentena que aparentaba. Vestía una camisa blanca, impecable, pantalones negros y tacones con los que se mostraba visiblemente incómoda.

—¿Capitán Santos? —le preguntó alargándole la mano.

—El mismo, señora.

—Soy la jueza Beltrán. Sonia Beltrán. Me parece que ese cadáver le dará más dolores de cabeza de lo normal.

—¡Espero que no! —dijo, e intentó sonreír.

—A todos nos llamó la atención. Por eso es bueno que haya venido. Me gustaría que la reconociese. Ninguna identificación encima, pero sus datos, sí. Como si lo estuviesen esperando en un aeropuerto con el cartelito de turno: «Estoy aquí, pregunten por el capitán Santos».

—¿Dónde estaba?

—Los del equipo extrajeron el papel del bolsillo —intervino la teniente Ochoa—. Se asomaba como un pañuelo. No creo que fuera un accidente. Quien lo hizo hubiese querido dejarlo fuera, pero habrá pensado que corría el riesgo de perderse. No fue casualidad, no puede serlo.

—¿Su muerte?

—No, lo del papel. Lo de esa mujer es otra cosa y tampoco fue un accidente. Parece que la golpearon y después la asfixiaron. Acérquese, capitán. Quizás usted pueda echar una mano a los de la científica.

—Estará acostumbrado a estas cosas, capitán, pero huele que alimenta —le comentó la jueza—. Así que dese prisa, se lo ruego, que una servidora ya tiene ganas de irse.

Samir asintió y la miró con disgusto.

Luego observó el ramaje como un paracaidista inexperto que se asoma a la puerta abierta de una avioneta. Para hallar el cuerpo había que descender varios metros hacia un hoyo cubierto de hierbas altas. Sintió el cuerpo ardiendo y se secó un sudor repentino en su frente con la manga de su camisa.

—¿Se encuentra bien, capitán?

La jueza y la teniente cruzaron fugaces miradas de sorpresa.

—Sí, Amparo. No te preocupes.

Luego se adentró entre los arbustos lentamente. En aquel momento pensó que iba a verla después de tantos años —nunca quiso creer que sería de aquella manera—. Parecía una encerrona de la vida y avanzaba engullido por sus recuerdos. Había llegado la hora. Cara a cara. Dio unos pasos y los de la científica le dijeron que tuviera cuidado con los rastros marcados con números de plástico, pero él como si no estuviesen, iba en caída libre.

Y cerró los ojos.

3

El Saler, marzo de 1982

Abrió los ojos y la luz lo cegó por un momento. Alguien le había quitado el pañuelo y él se volvió para mirar.

—¿Cómo te llamas?

Las imágenes parecían llegar a través de un cristal esmerilado. De pronto, percibió una realidad desenfocada y algo de aquello perduró para siempre.

—¿Cómo te llamas? —insistió.

—Samir —contestó soñoliento.

—Buen chico. —El guardia civil lo sujetó de las axilas y lo alzó en brazos.

Sus piernecitas estaban heladas. Llevaba un pantalón corto, una camiseta y una chaquetita vaquera.

—¿Cómo has llegado hasta aquí, muchachito?

El niño observó el rostro joven del cabo y luego se entretuvo con la pequeña banderita roja y amarilla al frente de su gorra verde. A veces cerraba los ojos y todavía podía verla como entonces. La estupidez de los recuerdos era obstinada.

—¿Y mi mamá?

—¿Te ha traído ella?

Él asintió y, de pronto, sus labios se hicieron pequeñitos como el piquito de un gorrión. Su boca se convulsionó intentando reprimirse.

—¿Dónde está? —balbuceó el niño—. Yo la esperé. Me dijo que ya venía.

El cabo miró la lontananza del mar. Un par de buques gruesos y alargados atravesaban la costa del mismo modo que dos
caracoles.

—No te preocupes. La vamos a encontrar.

—Es un juego, señor —dijo mientras se echaba a llorar—. No
sabía que iba a tardar. No me lo dijo.

El guardia civil lo abrazó con fuerza y comenzó a desandar el
camino a través de las dunas.

—No te preocupes. Todo se va a arreglar. Ya lo verás. No
llores.

—¿Y mi mamá?

—La vamos a encontrar. Ya la estamos buscando a ella también. Es el juego, ¿no?

Y él asintió entre pucheritos.

Sonó el *walkie talkie* y, sin soltar al niño, lo extrajo de su cinturón. Una voz lejana sonó atrapada en aquella cajita negra y el cabo
se llevó el receptor negro a la boca.

—Lo encontré, Luis. Está vivo. Voy para allá.

Y continuó andando hasta el camino que desembocaba en el
restaurante. El niño lloraba entre hipidos y, sobre los pinares que
nacían tierra adentro, unas gaviotas planeaban enloquecidas.

4

Valencia, octubre de 2018

—¿Se encuentra bien, capitán Santos? —le preguntó uno de los cabos del equipo forense.

Samir mantenía la mirada fija en el cadáver. Estaba boca arriba, con los brazos extendidos, casi desperezándose de un sueño que ya había terminado. El rostro nacarado de la muerte había adquirido tonos cárdenos, igual que toda su piel. Tenía los ojos cerrados y uno de ellos parecía oculto por un parche. Era sangre reseca que se había estancado tras recibir varios hilillos desde sus cabellos enredados. Su cabeza parecía pequeña entre aquella maraña negra que se asemejaba a una medusa. La muerte encogía y marchitaba la piel y Samir sabía perfectamente que no se trataba de que le hubiese crecido el pelo o las uñas.

—Sí, por supuesto —intentó recomponerse y disimular tapándose la nariz—. Es este olor tan fuerte, ya sabes. Uno nunca se acostumbra. Debe de llevar al menos cuatro días muerta.

—Al menos —contestó el cabo.

Aquel olor era fétido y dulzón a la vez, difícil de describir. No se trataba de repugnancia. Lo que lo hacía temblar por dentro era otra cosa.

—¿Cuánto más?

—No mucho más. Quizás cinco, capitán.

El cadáver estaba en el centro de aquel escenario y había comenzado a perder la rigidez de la muerte. A apenas un metro, había un maletín de metal abierto, como si hubiese sido destripado:

tijeras, gasas, bolsas de plástico, cinta adhesiva y varias jeringuillas. El lugar estaba rodeado de números amarillos que marcaban las pruebas, sobre todo cuatro huellas que acababan de fotografiar junto a regletas que medían su diámetro. Uno de los del equipo forense se disponía a rellenarlas de una pasta blanca para extraer un molde.

—¿La conoce, capitán? —escuchó a la teniente Ochoa que se le acercaba desde atrás.

¿Quién iba a conocerla después de tantos años? ¡Y mucho menos de aquella manera! Pero eso ya lo sabías. Es una estupidez, y tú creyéndotela. Samir, ¡por Dios!

—Nunca la vi.

—El que la mató quería enviarle un mensaje, capitán. De eso estoy segura.

Samir no dejaba de observarla. Tenía el gesto contraído, no se sabía muy bien si a causa del hedor o de los recuerdos.

—Tal vez el que hizo esto lo conozca y quiso enviarle un recado. ¿No cree?

Samir no apartó sus ojos del cadáver.

—Creo que es prematuro hacer hipótesis. Necesitamos saber más. Quizás, incluso, hasta podemos estar ante una asesina, Amparo. Esto no parece un caso de violencia de género.

—No sé si es de género o no, pero creo que fue un varón, capitán. Fíjese cómo la arrastró hasta aquí. Mire el rastro. —Y se lo señaló con el dedo.

—Arrastrar, arrastrar, arrastra cualquiera, Amparo. ¿Hay signos de violación?

—Aparentemente, no. El pantalón y el cinturón están en su sitio.

—¿Quién la encontró?

—La cubrieron con ramaje. Desde fuera no se podía ver con tantos arbustos que hay. Más bien la encontraron por el tufo que suelta. La encontraron dos jubilados. Iban por el paseo de ahí arriba como todas las mañanas y me dijeron que pensaron que había algún animal muerto.

Observó el rostro nuevamente e intentó estudiarlo mejor, como si pudiera recordarlo.

—Murió de un golpe en la cabeza, ¿verdad?

—Eso parece, pero fíjese en el cuello. También tiene marcas. Primero la golpeó con algo y luego la trajo hasta aquí. Fíjese en esas marcas. —Y volvió a señalar una de las huellas numeradas sobre el terreno—. La asfixió, cuando ya no se podía defender.

Se para el corazón y todo comienza a enjugarse bajo la piel, desde el hígado hasta el cerebro. No estamos muertos, no. Aquello es un nuevo ecosistema donde sobreviven las bacterias. Los microbios vencen la fortaleza de los órganos y arrasan el cuerpo como una ciudad desierta. Las tripas deben burbujear, y preparan la procesión imparable por todas partes. En tres días aquel mundo ya es una fiesta, una colmena de bacterias que rebosan dentro. Un nido de insectos y microbios. Las moscas de la carne crían sus larvas y el milagro de la vida estalla allí en el interior. ¿Acaso el final no acaba siendo el principio? Pero ¿el principio de qué? De la putrefacción, Samir. ¿De qué si no?

—¿Qué está pensando, capitán? ¿Está seguro de que no la conoce?

La miró de reojo, pero no volvió la cabeza.

—Seguro —dijo después.

—Es mejor que se lo diga a la jueza. Parece que tiene bastante prisa.

—Déjame ver la nota.

—¿La de sus datos? Sí, desde luego. Pero está ahí fuera.

—¿Qué pone?

—Ya se lo dije: Samir Santos y su número de teléfono. Es la única identificación que llevaba encima. Eso es lo extraño, capitán. No puede ser casualidad. Esta mujer quería contactarse con usted o, tal vez, era el asesino quien quería hacerlo.

—No sé quién puede ser, ni por qué buscaron relacionarme con esto.

Mientes. No sabes muy bien por qué, pero mientes.

—Es demasiada casualidad lo de la nota, ¿me entiende? Si fuera como hace diez años cuando empecé, pensaría que puede ser, que a veces pasa, pero no, capitán. Aquí hay algo, se lo digo yo. Pero usted no se preocupe. Todo esto no trascenderá. Le prometo que no llegará a la prensa. Locos hay por todas partes y usted acaba de darse de bruces con uno de ellos. Esto es una mierda... Quiero decir, un fastidio, capitán.

Samir la miró con severidad, sin el más mínimo gesto de complicidad en su rostro.

—Yo no estoy preocupado, Amparo. Tenemos que llegar al fondo del asunto como en cualquier otro caso. Sin más.

Razonablemente preocupado. Bastante preocupado. Preocupado. ¿Confuso? Para qué engañarse. ¡Si es que apenas te lo crees, Samir!

—Estamos rastreando toda la zona por si tiraron algo por aquí cerca. Eso puede adelantar las cosas.

Y él asintió, ausente. No esperaba nada de aquello. No era capaz de encontrar las conexiones. Y si él no era capaz, ninguno de ellos podría. Desconocían lo de su madre y, de momento, no estaba entre sus planes contarlo.

Una vez más, volvió a observar el cuerpo: vaquero, camiseta amarilla ennegrecida y zapatillas blancas Adidas. El cadáver había comenzado a hincharse bajo la ropa y ya podían verse algunas ampollas en los brazos.

El bazo, el intestino y el estómago caerían primero. El riñón, el corazón y los huesos se resistirían hasta el final. No es perturbador, ni siquiera repulsivo. Es otra forma de verlo. Es la muerte, la vida y todo a la vez. La presión de los gases acabará desgarrando la piel y también se evacuarán por todos los agujeros que pueda y, probablemente, el abdomen haga ¡pum!, como una piñata de vísceras. Eso sí era repugnante, había que reconocerlo. El cuerpo vaciándose como una regadera, con desechos y larvas nutriendo la tierra.

—Voy a hablar con la jueza Beltrán —dijo al fin—. Poco más puedo hacer aquí. Hay que esperar a la autopsia.

—Es una pena, capitán.

—¿El qué?

—Que las cosas sean así. ¡Parecía una chica tan mona!

—Las cosas son como son, Amparo. Quien era, ya no es. ¡Es increíble en las cosas en las que te fijas!

—Ya ve. No puedo evitarlo. Yo no le doy más de treinta y cinco años. Toda la vida por delante.

Como mi madre, ¿treinta años tendría entonces? Imposible saberlo. Pero sería como ella. Seguro.

—Larguémonos de aquí, Amparo. Que levanten el cuerpo de una vez. Ahora se lo digo a la jueza Beltrán.

A su mente acudieron muchas cosas, sobre todo de vacío y abandono.

LOS DESHEREDADOS

5

Delacroix lo había dejado regresar solo. El edificio de Sergi estaba a doscientos metros y Samir le había suplicado un voto de confianza. «Ni un minuto más de las nueve, te lo prometo». A Delacroix había que insistirle hasta que el muro se resquebrajaba. No era como el padre Tárrega o el padre Andoni que ofrecían una sonrisa inexpugnable. A él lo quería de verdad. En su último cumpleaños le había dejado una pluma Pelikan sobre su cama. Como era marinera y dormía en la parte de arriba, no la vio hasta que se fue a dormir. Se la puso bajo la almohada, como cuando hacía unos años había comenzado a tener miedo y le había regalado una virgen fosforescente que brillaba hasta que cerraba los ojos. «Tu vida la escribes tú, nunca lo olvides», se leía en la notita. En el centro nunca le habían regalado más que ropa y detalles, como un Madelman usado que había acabado perdiendo una pierna bajo su traje de soldado. En Los niños de Santiago Apóstol no se hacían diferencias. El que tenía algo especial era porque le había llegado de fuera, pero Samir no tenía a nadie. Delacroix era lo más parecido a lo que hubiese sido un padre, aunque él ya se había encargado de decirle que era el padre Delacroix, ni siquiera Paul, que era como se llamaba en realidad.

—Confío en ti —le dijo.

Y no hacía falta nada más. Aquellas palabras pesaban como si le hubiese colocado un yugo al cuello que solo soltaría cuando llegara al centro a tiempo.

—Carapán es un crío, Delacroix. Se meará de miedo al volver solo —se metió Marc.

—Tú, te callas, que luego también querrás lo tuyo.

—¡Veas! Si lo dejas a este, ¿no me dejarás a mí con casi quince?

—Eso lo decido yo, no tú.

Marc se sentó sobre su cama —justo debajo de la de Samir— resoplando como si tuviera retrocohetes en la nariz. Lo apodaban Marc Giver, jugando con la consonante que le faltaba a Mac Gyver, y no era por su habilidad para hacer magia con los problemas, sino por un remoto parecido que él mismo se había encargado de explotar. Se había dejado crecer el pelo castaño hasta la nuca y procuraba fingir su gesto seráfico, aunque arrugaba demasiado la frente sobre unos ojillos amenazadores que el manitas de Hollywood no tenía.

—¿Quién querría ir a un maldito cumpleaños de niños, Carapán? —soltó cuando Samir salía de la habitación.

A veces sentía que le tenía envidia, aunque Samir no tuviese nada. De hecho, había sido Marc quien le había puesto el mote de Carapán apenas había llegado a Los niños de Santiago Apóstol, y le cayó para siempre como un sambenito. Pero él, en el fondo, sabía por qué lo tenía a tiro. Era por Delacroix, porque lo sobreprotegía a su manera y, por el contrario, era severo con Marc.

Aquel año acabaría octavo de EGB y nunca lo habían invitado a un cumpleaños. Pero el día anterior, inesperadamente, dejó de ser invisible. En el recreo todos rodearon a Sergi y comenzaron a darle palmadas entre gritos y él se acercó como un cachorro al avispero. Cuando lo vieron, la ovación cesó de golpe. Silencios, titubeos y todos los miraban a Sergi y a él. «Es que es mi cumpleaños», le dijo, y luego más silencio expectante. «El sábado a las cinco hago una fiesta en mi casa, ¿quieres venir?», Sergi pronunció la invitación inesperadamente y sin convicción. Samir se quedó boquiabierto y asintió con miedo a que se arrepintiese. Luego uno de ellos dijo que quien tocara el último la pared era el novio de Mónica y todos salieron disparados y lo dejaron solo, como si acabara de recibir una iluminación extraterrestre y sin pensar en los atributos poco agraciados de su compañera.

La casa de Sergi estaba a poco más de doscientos metros del centro de menores, todo recto por la avenida Pare Pompili Tortajada. Era un adosado frente a la fábrica de cartonajes Luis Suñer. El niño se lustró los zapatos con betún, se puso sus pantalones blancos de domingo, un suéter azul de cuello redondo que le quedaba grande y la chaqueta verde de todos los días. Fue puntual. A las cinco. Ni un minuto antes ni uno después. Delacroix siempre les decía que la puntualidad era el cincuenta por ciento de la vida, que para subir al tren de las oportunidades había que estar listo, como las vírgenes con sus lámparas encendidas en el Evangelio. Abrió la reja negra, caminó unos pasos hasta el timbre y luego volvió afuera. Desde allí se podía escuchar *Y no amanece*, de Los Secretos, con su ritmo de batería tozudo y dulzón a la vez. Le gustaba aquella canción que había llegado a número uno de *Los 40 principales* hacía ya dos semanas. La puerta tardó muy poco en abrirse y, cuando lo hizo, la música le llegó como un aliento cálido y poderoso. La silueta de Sergi parecía la de un ángel en las puertas del Paraíso. Su compañero se lo quedó mirando callado durante unos segundos inacabables.

—¡Ah! Eres tú —dijo con una tímida sonrisa, pero sin un ápice de emoción.

—Sí, Sergi. ¡Feliz cumpleaños! —Y volvió a abrir la reja para caminar hacia él.

Samir sintió cómo se le quedó mirando las manos vacías y una vergüenza inesperada le pesó más que el yugo de llegar tarde al centro. Pensó que no era necesario llevar nada, pero tampoco hubiese podido comprar algo.

—Eres el primero. Deja tu chaqueta ahí al fondo.

Los padres habían apartado la mesa del comedor y habían atravesado la estancia con lamparitas de colores. El ambiente no era de penumbra porque todavía entraba luz por la ventana, pero en una hora oscurecería casi completamente.

—Ponte cómodo. Ahora vengo.

Sergi se fue y lo dejó allí solo, con su pelo peinado con la raya a un lado y con el olor a la colonia de Heno de Pravia que Delacroix le ponía a los niños para acontecimientos especiales. Samir se acercó al tocadiscos para intentar sacudirse el miedo y se quedó mirando la portada del álbum *Adiós tristeza* que estaba sonando. Observó a los dos cantantes sentados uno junto al otro con las miradas perdidas y, en la parte superior del álbum, leyó *Los Secretos* y *Adiós tristeza*, igual que si hubiesen sido tecleados con una máquina de escribir.

Cuando sonó nuevamente el timbre, Sergi reapareció como si atravesara las paredes. Corrió a la puerta y los chicos comenzaron a aparecer a borbotones. Parecían haberse puesto de acuerdo para llegar juntos e iban entrando unos tras otros entre risas y bromas. Sus compañeros le llenaban las manos de regalos y Sergi los acomodó en un rincón para abrirlos después, subido al escenario de una fama efímera. A Samir le hacían gestos con la barbilla, con un *qué tal* que la mayoría de las veces evitaba el choque de manos. La fiesta se fue llenando de barullo, y él intentó arrimarse al grupo como una cría que lucha entre la camada por hacerse un hueco para chupar de la teta. La mayoría llevaba zapatillas Nike, pantalones Levi's y chaquetas vaqueras, como las que a él le gustaban.

Cuando llegaron las chicas, los más espabilados se fueron a hablar con ellas y la música de la fiesta cambió y empezó a sonar *Escuela de calor*, de Radio Futura, y luego Hombres G y Loquillo y Trogloditas. De tanto en tanto, los padres de Sergi se asomaban al comedor como un reloj cucú, llevando y trayendo bocadillitos y bebidas a la mesa. Samir se situó frente a ella, porque con la excusa de comer intentaba mantenerse en pie en aquel cuadrilátero donde no sabía cómo situarse para resistir, hasta que comprendió que era cuestión de aguantar algún *round* más y bajarse a tiempo antes de quedar *knockout*.

Pasaron la tarde haciendo el gamberro, jugando con globos, tirándose cacahuetes y los mayores —entre trece y catorce años—, cuando sonaban temas como *Don't dream, it's over*, de Crowded House o *It must have been love,* de Roxette, se situaban en el medio del comedor bailando las baladas con la torpeza de quien sujeta a un maniquí. Samir jamás se habría atrevido a acercarse a ninguna de las chicas, pero intentó buscar su lugar en el *ring* para soltar alguno de los chistes subidos de tono que le contaba Marc. Sin embargo, sus intentos eran como pinchar burbujas en el aire y sus compañeros lo ignoraban sin disimulo.

Samir le preguntó a Sergi dónde estaba el baño y allí, frente al espejo, se vio como era: con su ropa prestada, su rostro de niño tímido y aquella aura extraña de vivir en un centro de menores. Se sujetó al lavabo con las dos manos, firme, intentando sostenerse para no caerse. Sintió que sus ojos se irritaban y apretó los puños para no llorar. Le hubiese gustado permanecer allí hasta que fuese la hora y tuviera que volver a su habitación entre las fanfarrias del éxito y chapoteando sobre la envidia de Marc. También se trataba de eso, ¿o no? El cachorro no podía volver con el rabo entre las piernas. Tenía que esperar, hacer tiempo y se hubiese quedado en el baño el resto de la tarde.

—¿Para qué lo has invitado? —escuchó al otro lado de la puerta.

—Eso, tío. ¿Por qué? —jaleó otro.

—Fue mi madre. Ella me dijo que lo hiciera, que está muy solo, que hay que ayudarlo y *bla, bla, bla.*

—Pero si es más raro que un perro verde. No habla, y cuando habla, suelta tonterías. Ni aun queriendo puedo hacerle caso. El chaval se cree hasta gracioso.

—No puedo hacer nada. No tardará en irse. Veo cómo se aburre.

—¿Ahora dónde está?

—No lo sé. Hace un rato me preguntó por el baño.

—¿No estará ahí todavía?

—¡Callad! ¡Callad!

Risas.

—Venga, vámonos.

Samir aguantó la rabia unos minutos. Luego escuchó la voz de una chica. «¿Te queda mucho?». No contestó. Abrió la puerta con decisión y pasó frente a ella sin mirarla. Apuró sus pasos hacia el comedor, fue al sofá a buscar su chaqueta y atravesó la estancia como un rompehielos, apartando con delicada violencia a todo aquel que se interpuso en su trayecto hacia la entrada. Ya había oscurecido y la chavalería parecía de colores gracias a la iluminación que caía desde el techo. Samir ni se fijó. Apuntó hacia el porche y no se desvió de su objetivo en línea recta.

—¿Qué mosca te ha picado? —gritó uno—. A correr a la calle, que casi me tiras toda la Coca-Cola.

Pero Samir ni lo oyó. En su cabeza aquello dejó de ser un *ring* y se convirtió en un campo de batalla y, hasta no alcanzar su trinchera, no miró hacia atrás. Sus compañeros comprendieron que ventilaba rabia como una vaquilla y comenzaron a burlarse de él, pero Samir ya estaba fuera, con el hálito húmedo y frío de una tarde de invierno en su cara.

Caminó en dirección al centro, a algo más de tres calles de allí, pero al llegar a la esquina casi se choca con una niña que avanzaba por la acera perpendicular a Pare Pompili, por donde él transitaba.

—¿A dónde vas con tanta prisa?

Samir se volvió y observó a su compañera como si hubiese tenido una aparición. Tenía la cara pálida, pero los mofletes sonrosados por el frío. Por un momento tuvo la tentación de continuar su huida, pero se detuvo. Isabel era una compañera de clase con la que no trataba demasiado, pero era de las que valía la pena. De hecho, si ella hubiera sido un chico, las cosas hubiesen sido diferentes.

—Es que me esperan —le contestó.

—¡Ah! ¿A que vienes de la fiesta de Sergi?

—¿Cómo lo sabes?

—Porque es aquí a media calle e invitó a todos los chicos.

Samir estaba ofuscado y se metió las manos en los bolsillos sin saber qué decir. No quería que le preguntara nada más sobre eso. Y ella no lo hizo.

—¿A dónde vas? —insistió Isabel.

—Al cen... —empezó y se interrumpió—. A mi casa. ¿Y tú?

—A la mía. Es por ahí también.

—¡Ah! Vale.

—Te queda de camino. Es aquí a menos de dos calles.

—¿Ah, sí?

—Sí.

Los dos cruzaron el paso de peatones y se adentraron en la penumbra de la calle.

—¿Te has ido antes?

—Sí. Me esperan. No podía quedarme mucho rato.

—A mí Sergi no me invitó.

—No te has perdido nada importante, la verdad.

—Ya lo sé. Lo decía por decir.

Isabel tenía una voz dulce. Para Samir era un arroyo de agua cristalina donde podía comprender sus palabras transparentes. De pronto, todo su malhumor se esfumó.

—¿A qué instituto irás el año que viene?

—Imagino que al Parra.

—¡Yo también!

—Sería una tontería ir a El Rey Don Jaime, porque el Parra lo tengo enfrente.

Ella se rio y volvió la cara hacia él sin dejar de caminar.

—Espero que tus amigos se larguen al Jaime.

—¿Mis amigos? Ellos no son mis amigos.

—Es un decir. Ya sabes. La mayoría no me cae bien.

De pronto, del mismo modo que si los envolviera un torbellino, una mujer apareció desde detrás y tironeó suavemente de Isabel. Fue tan inesperado que los dos se asustaron.

—¿Te está molestando? —le preguntó con severidad.

—¡Claro que no, mamá! Él es Samir, mi compañero...

—Sé perfectamente quién es. —Y lo miró de arriba abajo—. Es mejor que vengas conmigo. Tengo algo que decirte.

Isabel se quedó confusa. Miró a Samir, a su madre e intentó remontar la corriente de aquel río.

—¿Vas a casa?

—¡Claro que voy a casa! ¡Y tú conmigo!

—Mamá, yo... —dudó—. Vale.

Tiró de ella como si hubiera enganchado un remolque, pero mientras se alejaban pudo escuchar cómo la mujer regañaba a Isabel con enojo.

—¡No me gusta que vayas con ese tipo de gente! ¿Lo entiendes? Es peligroso. No sé dónde tienes la cabeza.

Luego continuó arrastrándola hasta que, una calle después, se metieron en un portal. Pero Samir no aminoró el paso. Tenía tiempo de sobra para llegar a Los niños de Santiago Apóstol en hora y no contarles nada. Si Delacroix le preguntaba le iba a decir que todo había ido bien, pero que le dolía la cabeza. Marc seguro que no se lo tragaría, pero le daba igual. Iba a aguantarlo de todas maneras, y lo prefería con creces. Al fin y al cabo, Marc era su familia. Su única familia.

6

Se acordó de todo aquello cuando supo que el cadáver era el de una tal Susana Almiñana. Fue a las pocas horas, cuando cotejaron los datos de su desaparición. Coincidían los rasgos, y el Ford Focus aparcado frente al restaurante Las Dunas le pertenecía. Samir no la conocía. Intentó husmear por aquella mixtura de imágenes. Un acertijo de recuerdos que no sabía muy bien si le dolían o despertaban en él una lejana conmiseración por un niño que ya no era. No conocía a aquella mujer, no. Eran demasiadas coincidencias, pero no la conocía.

¿Alzira? No había lugares en Valencia, ¿verdad? Alzira. Si al final Delacroix tendría razón: el poder de lo invisible se hace visible en cuanto menos te lo esperas. ¡Qué bueno había sido contigo! Tenías que llamarlo. Cinco años atrás, cuando te habló para decirte que estaba en Ginebra, hiciste como si nada. Ni puto caso, igual que en San Francisco. Y eso que lo querías, ¿sabes? ¡Joder! ¡Qué recuerdos!

La había vuelto a ver en el Anatómico Forense. El médico le había señalado las equimosis de la cabeza. Eran moratones verdes, quizás amarronados, distribuidos desde la coronilla —donde tenía una herida como un higo cortado por la mitad—, la frente y el pómulo derecho. Había fractura de cráneo y restos microscópicos de metal. Con la lámpara de xenón y el luminol habían brillado las esquirlas entre las astillas del cráneo. Era evidente el ensañamiento de los golpes, pero había muerto asfixiada por la presión de unas manos grandes, tal como sugerían las marcas violáceas del cuello. Las imperceptibles escoriaciones de la nuca y las manos invitaban a deducir que había sido arrastrada mientras la sujetaban por los pies. No había líquido seminal, pero el asesino había dejado rastros de su piel bajo las uñas, porque había intentado luchar, inequívoco indicio de resistencia. Con ese vestigio y algunos cabellos que habían encontrado en la ropa, el médico podría obtener el ADN del agresor, que sería comparado con todos los que tenía la policía en su poder. Huellas, ninguna, pero había que esperar a las del coche.

—Atienda, capitán. El agresor la dejó en un lugar demasiado transitado —insistió la teniente Ochoa—. Cualquiera que quisiese eliminar pruebas la habría borrado de la faz de la Tierra. Pero la dejaron allí, en medio de un vaivén de gente. Lo extraño es que no la descubrieran antes, capitán. Nadie esconde un cadáver en una playa.

Nadie abandona a un niño en una playa. Nadie... Pero sí. A él, sí. Nadie, nunca, jamás, siempre... significan «puede ser».

—Esa es parte de la respuesta, Amparo.

—No lo entiendo.

—Es evidente que la mató allí mismo y que, probablemente, no eligiera ese lugar para hacerlo. Se dio la oportunidad y lo hizo.

—¿Una pelea?

—Es posible. No lo tenía planeado. Fue un arrebato, quiero decir.

—Tiene sentido, pero me parece inverosímil. ¿Por qué tomarse el trabajo de esconderla y al mismo tiempo dejar el rastro de su nombre y su número de teléfono, capitán? No encaja.

La teniente Ochoa se lo quedó mirando como un jugador de ajedrez que coloca sus piezas con ingenio. Sus ojos parecían dos piscinas de agua cristalina, con las pupilas negras brillando de talento. Samir pensaba que si ser bajita era un defecto, era el único que tenía la teniente Ochoa.

—¿Y si dejarlo allí fuera una señal? —insistió—. Usted me entiende.

—¿Una señal para quién?

—La pregunta parece retórica, capitán. ¿Para usted, por ejemplo? ¿Quién deja el maldito número del guardia civil que va a investigar su caso en el lugar del crimen? Para mí, el lugar tampoco es un accidente.

Tú también te lo habías preguntado varias veces. ¿Por qué esa playa? ¿Por qué allí? ¿Por qué a ti? De aquel niño apenas había un mísero informe en los archivos. Abandonado. ¿Causas? Abandonado. ¿Testigos? Abandonado. Demasiadas preguntas y una investigación infame. Eso era lo único que tenías.

—¿Capitán?

Se había quedado ensimismado, en el limbo al que solía regresar siempre.

—Perdona, que se me fue el santo al cielo.

—Esto tiene pinta de montaje. Sin sus datos, podríamos pensar en un crimen fortuito, pero junto a un paseo de playa, no. Yo creo que hay alguien que lo está buscando y le armó un juego de pistas de película.

No querías contárselo. ¿Qué tal, capitán Santos? ¿Le apetece abrirse en canal y sacar las vísceras sobre la mesa? No, gracias. Son mías. Toda esa mierda es mía.

—De momento, no podemos pensar en otra cosa que en ella. Primero hay que investigarla bien y hacer un croquis de toda su vida. Si esa mujer tiene algo que ver conmigo, lo acabaremos sabiendo.

La teniente puso su codo derecho sobre el escritorio y sostuvo su barbilla con el puño cerrado. Parecía un Rodin.

—¿Y la playa? —volvió la teniente a la carga—. Se le está pasando algo, estoy segura.

—Olvida la maldita playa, por favor. Centrémonos en esa chica. Lo demás es ruido.

No querías escucharla, no querías saber, ni que lo supiese, ni inventar fantasmas que no tenían sentido. Disculpe, teniente Ochoa, es mi madre, la que me abandonó de niño. Ha venido a buscarme. Había que joderse con todo aquello. ¡Había que joderse, Samir!

Tenía una cafetera en la oficina. Parecía una Nespresso, pero era una Dolce Gusto, una del supermercado Mercadona. Metía la capsulita y, en un momento, un café y, a veces, un cortado. Se la había regalado Mara el año anterior, cuando ya todo entre ellos estaba visto para sentencia, aunque él todavía viviera con los ojos vendados, como cuando lo abandonó su madre. Samir solo estuvo seguro cuando recibió la demanda de divorcio —le pareció una carta de despido— y tuvo que llamarla para preguntarle por qué. «Se acabó el amor», le dijo ella. Le sonó a bolero.

—¿Un café?

—No, capitán.

—Salen buenos.

—Se lo agradezco. ¿Se lo pongo yo?

—Faltaba más. —Se levantó rápidamente—. Por cosas así, hoy nos montan un cirio, Amparo. ¡Ni se te ocurra!

—¡No exagere!

—¿Y su familia? —le preguntó manipulando la máquina—. ¿Quiénes fueron al Anatómico Forense?

—Su madre y su hermano. Su madre estaba desolada, pero el hermano parecía más resignado, como si se lo hubiese visto venir. Al menos, esa fue mi impresión. No pude hacerles demasiadas preguntas. No era el momento.

—Por supuesto. Cuando pase el funeral me reuniré con ellos, con calma. Iremos a Alzira y lo agradecerán. De momento, envía un equipo a casa de la víctima para que la precinten y lo analicen todo.

—Ya lo hice, capitán.

—¿Tenía pareja?

—Aparentemente, no. Si la había, ellos no la conocían.

—¿Antecedentes penales?

—¿Ella? Ni hablar. Era peluquera. Tenía un negocio desde hacía un par de años. La madre dijo que le iba bien.

—¿Enviaste un equipo a la peluquería?

—Sí, capitán. Por supuesto.

—Buen trabajo, Amparo.

La teniente sonrió con complicidad y enarcó las cejas, satisfecha.

—Para servirle y que no se diga que las mujeres no estamos a la altura. Ya me entiende. —Y se llevó la palma de la mano por encima de la cabeza algunos centímetros.

—¡No digas tonterías y tutéame de una vez, mujer! ¡Que no sé cómo pedírtelo! Tú ascenderás rápido, ya lo verás. Eres lista, tienes olfato y no te asusta el trabajo.

—Gracias, capitán. Me va a hacer poner roja.

—¿Sabes en qué zona tenía la peluquería esta chica?

—Creo que cerca de la avenida Luis Suñer. ¿Conoce Alzira?

—Sí, un poco.

Hacía años que no volvía. Cuando se graduó en Aranjuez, regresó con su uniforme de oficial para ver a Delacroix. Ya no estaba. Lo habían trasladado a Francia. Entonces también preguntó por Marc y el padre Andoni le dijo que ya no sabían nada de él. Pero a Delacroix sí lo volvió a ver. Fue en San Francisco, cinco años atrás, en el viaje que había hecho con Mara, antes de que le enviara un *good bye* a su matrimonio. Samir pensaba que, si las casualidades existían, aquella había sido una en grado sumo, de las que hacían sospechar que vivían en un inmenso escenario donde no podían conocer al demiurgo.

Ahí estaba él, sobre una pasarela, y tú mirando las secuoyas como largas escaleras. Primero el Golden Gate, luego el barrio de Sausalito y allí estabas tú, en medio de Muir Woods. Era un bosque oscuro, acribillado por los focos del cielo, y los dos allí, frente a frente, como si fuera un show de Truman gigantesco y con un gran ojo divirtiéndose sobre ti. Mara miraba los pies de las secuoyas. Eran pezuñas de cíclopes. Los musgos, los helechos y los líquenes sobre los senderos, pero tú y él allí, como si acabaras de irte a la academia militar por primera vez, como si se hubiese detenido el tiempo entre la humedad de aquellas sombras. Os abrazasteis y os dijisteis poco. Él sentía también. ¡Claro que sentía! Lo habían trasladado a un colegio que tenían en Richmond. «¿Por qué no vienes a verme?», te dijo, y tú, «Claro, por supuesto». Pero después, nada. Solo un llamado, y sin decirle que había sido por Mara. Ella quería otras cosas. Mara quería las ballenas, los acantilados y escaparse a Los Ángeles. Y no fuiste. Entonces no entendías las señales. Las casualidades no existen. Delacroix te lo tatuó en la piel de tus sentimientos. Las casualidades no existen, joder, y tú eso ya lo sabías, Samir.

—Oiga, capitán. Piense en lo que le digo. A esa chica no pueden haberla tirado ahí sin más.

—Lo rastreamos todo de arriba abajo. Allí no hay nada más que lo que encontramos. —Y elevó su tono algo nervioso—. La científica lo limpió todo como una patena. Será mejor que pares ya, ¿entendido? Basta.

Se arrepintió nada más abrir la boca. A fuerza de ocultar, estaba disparando sospechas a cañonazos. Le estaba costando gestionar todo aquello.

La teniente Ochoa prefirió callar.

—Como diga —le respondió, molesta.

Se puso en pie con un inapreciable pero certero golpecito sobre la mesa, con la violencia justa de quien quiere hacer notar sus discrepancias.

—Venga, no te molestes, por favor.

Ella le dio la espalda y se situó frente a la puerta de la oficina.

—De momento, olvida esa playa, por favor. Si hay algo, saldrá.

—A sus órdenes.

—¿Lo entiendes?

Titubeó un momento, pero luego le contestó volviéndose hacia él:

—Usted está al mando, capitán. No importa lo que yo piense.

Samir se irguió y la miró con severidad.

—Es que no entiendes lo que te digo, ¿verdad?

Silencio.

—Ya que me insiste, ¿puedo decirle algo, capitán?

—Por supuesto.

—Conocía aquella playa.

Dudó.

—Sí, Amparo. —Y la respuesta fue con hartazgo.

—¿Por qué? ¿Cuándo?

—¿Me estás interrogando?

—Estoy intentando entender el móvil del crimen, capitán —le contestó, enérgica—. Dejaron su teléfono para enviarle un mensaje y eligieron ese lugar para enviarle otro, que quizás sea el mismo.

¿Es que no se da cuenta? —Y abrió la puerta para salir de allí definitivamente.

—Espera, por favor.

Ella ya estaba fuera.

—Ven, entra. Cierra la puerta.

La teniente se sentó frente a él preparada para alguna amonestación. Se cruzó de brazos y centró su atención en el ordenador de mesa, intentando esquivar la mirada de su superior.

—Eres lista, por eso estás en mi equipo, ¿entiendes?

Ella no contestó.

—Quiero que lo que te diga a partir de ahora no trascienda en la investigación, de momento. No quiero que nadie del equipo sepa lo que te voy a decir. ¿Puedo confiar en ti?

Y esta vez sí lo miró directamente a los ojos, como si fuese su confidente.

—Solo sé que me llamaba Samir y que mi madre debía de ser árabe para ponerme ese nombre —se lo dijo de carrerilla, como si recitara—. Un nombre, una playa y algunos recuerdos que parecen fuegos artificiales.

7

Con ocho años los mosaicos del suelo le parecían enormes. Anisa observó muchas veces aquellos dibujos que parecían mandalas concéntricos, figuras azules, verdes y doradas con formas de tulipanes. Nasser la llamaba y ella misma tenía que cerrar la puerta. «Ven, acércate», le decía, y ella iba frente a su sillón con la mirada clavada en el suelo. Anisa podría haber reconocido aquellos mosaicos entre otros cientos. Los dibujos de los círculos se habían grabado en su memoria como si se los hubiesen surcado sobre su piel. Recordaba el miedo y la indefensión. Aquello lo rememoraba muy bien, pero lo demás eran episodios inconexos, añicos de pánico volando en el tiempo. A veces podía escuchar las plegarias de los almuédanos y percibir el calor del hornillo del té muy cerca del sillón. «¿De qué tienes miedo? Dime». Pero la niña no se atrevía a contestar. Nadie le había dicho que tenía derecho a decir «no» y todo lo que podía hacer era observar los cristales de colores de la lámpara, los sillones de terciopelo rojo o la fotografía de la pared: un hombre con turbante y una espesa barba negra a las puertas de el Zoco Al-Hamidiyah. «Ven, Anisa, acércate, por favor. ¿No me estás oyendo?». El calor era intenso y sentía cómo el ventilador movía el aire con olor a anís y por eso ella ya nunca pudo soportarlo. «¿De qué tienes miedo? Ven aquí, por favor. Te gustará, ya verás». La niña ni se atrevía a contestar. Nadie le había dicho que aquello estaba mal, ni siquiera que podría haberse resistido. Solo le habían dicho que era un secreto, el secreto entre los dos, y eso se lo había dicho Nasser, que se levantaba la chilaba hasta mostrarle su pubis desnudo y atraía su cabecita hacia él.

A veces, Anisa lo veía en aquella habitación fumando narguile con otros hombres. Hablaban, reían y observaban las acacias a través de la ventana. Cuando ellos venían, la niña sabía que estaría bien. Solo una habitación llena podía salvarla de una habitación vacía. Nada más, nadie más.

Muchos años después, cuando nació Samir, pensó que, si aquel cuarto hubiese estado fuera de su casa, quizás las cosas hubiesen sido más fáciles. Pero dentro, el silencio fue su única alternativa. ¿Su madre lo sabía? Anisa se había esforzado en olvidar muchas cosas y, tal vez, aquello también. Pero recordaba un día en el que la vio salir de la habitación de Nasser. Estaba justo frente a ella, al pie de la escalera, pero arrodillada. Llevaba su turbante en la cabeza y metía los brazos arremangados en el cubo para baldear el pasillo. Se la quedó mirando con aquellos ojos negros que, tras tantos años, ya no podía distinguir si estaban ciegos o resignados.

Anisa se detuvo frente a ella, expectante, como si estuviera petrificada al borde del río Barada, al este de Damasco. Todavía podía sentir la angustia de dar un mal paso y resbalar a la corriente que serpenteaba por las lomas de la planicie. Pero si su madre le hubiese preguntado qué le sucedía, por qué parecía un gorrión aturdido frente a su ventana, entonces ella se habría lanzado al agua sin pensarlo, aunque no supiera nadar con apenas ocho años.

—No te quedes ahí como si hubieras visto al profeta, niña —le dijo—. ¿No tienes deberes de la escuela?

Anisa negó con la cabeza.

—Pues entonces toma el trapo y ayúdame a acabar con esto.

Pero la niña no se movía. Todavía podía oír el revoltijo del agua gris bajo sus pies.

—¡Anisa!

Miró a su madre al igual que un faro alerta a los navíos extraviados.

—Toma el trapo, ven —insistió—. Verás cómo acabamos rápido.
Luego se arrodilló junto a ella y estuvieron refregando los
mosaicos sin decirse nada. Anisa tenía ganas de llorar, pero todavía no entendía por qué.

Tardó varios años en descubrirlo.

Le gustaba recordar a su madre con aquel olor a jabón de lau-
rel, como el que fabricaba su abuelo en Alepo. Ella siempre le
hablaba de una casita de piedra marmórea rodeada de olivares,
donde había pasado los veranos de su niñez. Pero Anisa había
nacido en la ciudad, en el barrio francés. Su madre siempre le
hablaba de Alepo, la blanca, la más bellas de las ciudades sirias.
Desde su ventanal podía ver un jardín con fuentes, surtidores y
un galimatías de parras, palmeras y arrayanes. La niña no recordaba nada de aquello, pero su madre lo hacía por ella. Solo muchos años después Anisa conoció los callejones medievales que
conducían hacia la ciudadela y el castillo, los zocos y las mezquitas
entre limoneros. De cómo era Alepo cuando ella nació, lo supo
por su madre y porque ella misma lo fue reconstruyendo después.
Su abuelo no solo fabricaba jabones, también tenía una tienda de
especias con sacos de pétalos de flores, canela, mirra, azafrán,
nardos y cardamomo. Su madre pasaba las tardes con él, en el
zoco, bebiendo el té y comiendo pistachos. Allí conoció a su padre, que vendía vasijas y cientos de cachivaches de plásticos de
colores. Anisa bien sabía que se había casado con él solo por
amor y, cuando murió de una leucemia nada más haber nacido
ella, toda la voluntad que había puesto en amar a aquel comer-
ciante cedió paulatinamente, hasta que sus abuelos le presenta-
ron a Nasser, un funcionario damasceno enriquecido con la
construcción de la presa de Tabqa, quien acabó comprando su
belleza.

Anisa la terminó comprendiendo cuando dejó de ser una niña
y encontró su diario personal en un arcón. Fue como si su madre
se lo contara todo —casi todo—, suficiente para disculparla por no
haber sabido ver, por haber estado tan ciega, incluso con los ojos
abiertos. Anisa mantenía su recuerdo limpio porque jamás quiso

creer que su madre lo había consentido de una manera deliberada, pero murió demasiado pronto para que ella estuviese completamente segura. Tenía diez años cuando la atropelló un autobús desbordado de pasajeros y adornado con guirnaldas y ramilletes de flores. Anisa lo recordaba muy bien. Ella estaba allí. Su madre la empujó hacia la acera y la niña tuvo que crecer con aquel recuerdo. Uno más de *esos* recuerdos. Quizás por ese motivo también acabó perdonando todo y, cuando Nasser continuó haciéndola ir hasta su sillón, la niña comenzó a rebelarse y a llorar como no lo había hecho antes. Le decía que su madre se negaba a aquello desde el cielo, que le hablaba, y él dejó de llamarla, aunque nunca supo muy bien por qué. Quizás porque volvió a casarse rápidamente y Aisha era más despierta que su madre. No quiso darle demasiadas vueltas a aquello. Solo le bastó que su padrastro se olvidara completamente de ella al dar a luz a su primer hijo. Entonces fue como si su existencia en aquella casa hubiese sido un accidente. Dejó de importarle a todos.

Sin embargo, Anisa no olvidaba.

No olvidaría jamás.

Pasaron los años y creció con una sombra por dentro. Había una zona oscura incluso impenetrable para ella. No sabía si era una mácula o un fantasma, solo sabía que estaba allí y que no quería saber nada más de ella. Huérfana en la casa donde había crecido, solo sabía que salir de allí dependía de ella. Era inteligente y aprobó el noveno curso con notas brillantes. Por eso le dijo a Nasser que quería continuar con el bachillerato y luego ir a la universidad. Anisa se lo planteó con firmeza, pero con la misma pírrica esperanza que tiene un secuestrado ante su captor.

—Deberías casarte —le dijo su madrastra al escucharla.

—Quiero ser profesora, Aisha.

—Tienes demasiados pájaros en la cabeza.

—Mis pájaros son míos —se lo soltó con rabia.

Aisha no era de aquellas mujeres que llevaba con soltura el velo. En Damasco algunas vestían vaqueros y camiseta, se embadurnaban de cosméticos y se esforzaban por lucir el lápiz de labios. Pero Aisha no, como tampoco lo hizo su madre. En el fondo, para su madrastra la religión era un mero código de costumbres, pero cuando tocaba balancearse y cantar una jaculatoria alabando a Alá obstinadamente, Aisha se situaba en primer lugar. Para ella, ser una sierva leal —de acuerdo con los versículos coránicos, los relatos del Profeta y la vida de los santos— era algo que había asumido en su destino. Su hijastra también debía hacerlo, ya que esperaba que, más pronto que tarde, abandonara la casa.

—Está bien —le dijo Nasser—. No vamos a discutir por esto. Estudiarás. Al fin y al cabo, es lo que tu madre hubiera querido. Fin del problema.

Aisha se llevó los dedos a la cara y se persignó con desprecio. Solo le faltó desgranar los lamentos de una plegaria. Se alejó sin pronunciar una palabra más y su marido se quedó mirando a Anisa como si se hubiese instalado en un púlpito al que nunca podría subir ninguna mujer. Ella soportó el desafío y lo miró con sus ojos verdes, provocadora, pero también agradecida. Nada de lo que hubiese pasado podría detenerla. A veces podía sentir que el odio estiraba de ella como cuerdas amarradas a raíces profundas. Pero Anisa sabía que debía luchar y en su mente solo pudo ver una camisa blanca y un uniforme color caqui bien holgado, no fuera a ser que alguien acabara tirándole ácido en la cara por ir a la escuela. Tenía dieciséis años y haría el bachillerato. Solo eso importaba.

Una tarde de agosto, víspera de la fiesta del cordero, era aquella meta lo que tenía en la cabeza. Damasco se preparaba para recordar el sacrificio de Abraham ofreciendo a Alá a su hijo Ismael. La casa se había quedado vacía. Aisha había ido con sus hijos a llevar arrayán a los muertos, como establecía la tradición, pero Anisa no lo hizo. Pasó la tarde con un rosario de cuentas de colores orando por su madre e imaginándola en un cielo blanco como Alepo. Entonces, sorpresivamente, lo vio entrar a su habitación. Extendió su mano y le ofreció un collar de ópalo mientras se sentaba sobre la colcha de algodón egipcio. Olía a tabaco y a pistachos.

—Me alegro de que vayas a estudiar.

Anisa estaba paralizada. Observó su barba encanecida y su pelo revuelto por el sudor después de quitarse el turbante.

—Toma. Es para ti.

Ella lo sostuvo entre los dedos y se lo quedó mirando. Las piedras brillaban igual que una galaxia de colores. Por un momento, imaginó que quizás el cielo fuera aquello: una galaxia inalcanzable para el hombre que solo había sido capaz de pisar la Luna. Pensó que, quizás, su madre la estuviese esperando y que aquella prisión podía desmoronarse si lo intentaba. Sin embargo, rápidamente espantó aquella idea de su cabeza y levantó la mirada. Iba a luchar, iba a vivir y algún día escaparía de allí.

—Eres hermosa como tu madre, Anisa.

Ella no contestó y se aferró con fuerza a la colcha, como un gato que evita caerse a un abismo. Los hierros de aquella prisión parecían infranqueables y Samir, tantos años después, no podría llegar a imaginar nada de aquello. Su madre volaba por el pasado y las mascarillas de oxígeno habían saltado envenenadas de miedo, mientras el piloto repetía a toda la tripulación varias veces: «Preparárense para el impacto».

Y ella lo hizo.

8

Alzira, febrero de 1992

No podía decir que fuera infeliz. La felicidad o la infelicidad dependía de con quién pudiera compararse y Samir casi no había conocido otra vida. Cuando en el instituto José María Parra le preguntaban cómo era aquella *cárcel*, él callaba y escuchaba las burlas veladas igual que quien deja caer un aguacero, pero pensaba que su *cárcel* era como la de los demás, que cada uno tenía la suya y que, al fin y al cabo, nadie había elegido dónde vivir. El centro era su familia y, aunque a veces algunos chicos se iban para no volver, la mayoría llevaba al menos cinco años allí. Los niños de Santiago Apóstol era un centro pequeño, con apenas ocho menores entonces, entre los cinco y los dieciséis años. A cargo del orfanato estaba el padre Antonio Tárraga, un religioso de casi ochenta años muy bien llevados. Lo acompañaban Delacroix, el padre Andoni y una cocinera de lunes a sábado. Cuando le preguntaban, Samir les decía que era un hogar, sin más, aunque algunos fines de semana los niños se iban con sus familias, las de verdad. Los niños no perdían el contacto con ellos y sus progenitores procuraban aprender a hacer lo que no habían sabido cuando los engendraron. Pero a Marc y a Samir nunca los venían a buscar. A él porque lo habían olvidado para siempre; a Marc, porque lejos de su madre estaba fuera de peligro. «Es una mierda irse», le decía a Samir. «Para que me lleven a la Expo de Sevilla, sí que me iría, pero para ir y estar jodido mejor quedarse y punto». A Marc lo habían sacado de un coche abandonado con su madre hasta arriba de heroína.

Llevaba dos días sin comer y los servicios sociales lo habían enviado al centro con nueve años. De su madre ya no sabía nada y, según decía, tampoco quería saber. «Mejor estamos solos, Carapán, que el marica nos deja ver la tele hasta tarde y todo lo que nos da la gana». Samir recordaba la expresión de Delacroix y del padre Andoni cuando un sábado por la noche Marc trajo del videoclub *Instinto Básico*. «¿Seguro que se puede ver?». «Pues claro, padre, que es de intriga. Seguro que le gusta». Delacroix se fue y dejó al compañero a cargo y el padre Andoni aguantó largo rato el incómodo desfile de escenas procaces —pura pornografía para él—, hasta que Sharon Stone se abrió de piernas y ya no pudo soportarlo más. Se puso en pie con la indignación ardiendo en sus ojos, extrajo la cinta de la videocasetera de un manotazo y, mientras Marc se reía y protestaba a la vez, el padre Andoni le dijo que aquello no quedaría así y que al día siguiente pasaría más tiempo ante el Señor en la capilla.

Samir sabía que a Marc le gustaba provocar aquellas situaciones. El centro de menores había reconducido la anarquía vital con la que había ingresado, pero nunca había subyugado su rebeldía. «Cuando acabe la formación profesional no me van a volver a ver el pelo. Voy a montar un taller que te cagas y haré lo que me dé la gana, sin misas ni leches, Carapán».

Pero Delacroix pensaba que Marc era un superviviente, que otros ya andarían dándole vueltas a cómo fugarse de allí para trapichear y, al cumplir los dieciocho, comprar un BMW con el que presumir ante las chicas. Marc no. Sabía que aquellos curas le estaban haciendo un bien, porque lo habían arrancado de las telarañas de la marginación. Pero a Marc le costaba soportar a Los niños de Santiago Apóstol y cuando el padre Andoni lo obligaba a repetir el Yo Pecador, me confieso a Dios, el Avemaría, el Salve, el Gloria, el Padrenuestro y el interminable Credo, se sentaba en la capilla y murmuraba como un asno mastica lo que engulle lentamente, pero intentando escupirlo. «¿Eres cristiano?». «Soy cristiano por la gracia de Dios». «¿Qué quiere decir cristiano?». «Cristiano quiere decir discípulo de Cristo. Repite, Marc». Y el padre Andoni seguía con la paciencia de quien se sabe a las puertas del Cielo, intentando doblegar la fortaleza de aquel muchacho díscolo a quien tiraba de las orejas con fuerza cuando le cerraba la boca. En nada se parecía a Samir. Él aceptaba la catequesis con docilidad y, cuando se sentaba ante el altar, se sentía como Moisés frente a la zarza ardiendo, traspasado por un misterio que Marc parecía odiar. Quizás fuese por su sensibilidad, o bien porque Delacroix lo había guiado hasta allí tratándolo con un cariño que no había empleado con Marc, a quien le costaba soportar. «A ese marica le gustas, Carapán. ¿Es que no te has dado cuenta?». Pero Samir lo ignoraba. Pensaba que, en el fondo, Marc solo quería llamar la atención y que debajo de aquella antipática cáscara había una mano extendida intentando salir de un pozo al que nadie, aparentemente, le prestaba atención.

El cerebro necesita olvidar, pero hay recuerdos que son cicatrices, y esos nunca desaparecen. Su infancia y su juventud estaban llenas de esas muescas que graba el tiempo. Durante el primer año de instituto, su vida no cambió significativamente con respecto al año anterior. De hecho, si no hubiese sido por Isabel Valls, aquella época se habría desvanecido como cuando escribía sobre la humedad de un cristal. Ella volvió a aparecer de una manera inesperada. En el instituto no iban al mismo curso como había sucedido durante el colegio, pero ella se encargó de que entonces su relación cambiara. Un día, en el patio se le acercó decidida y se sentó pegada a él, como si acabaran de despedirse el día anterior. Samir torció la cabeza y se la quedó mirando, sorprendido. Parecía una tórtola con el cuello rígido, pero vuelto hacia un lado intentando comprender. «¿Es que no te alegras de verme?», le preguntó ella. Samir no sabía cómo decirle que sí y, por eso, simplemente le dijo que no sabía. «¿Quieres que me vaya?», insistió ella. Entonces, de pronto, la realidad lo abofeteó y le volvió a contestar que quería decir que sí, que se alegraba, pero que no se lo esperaba, que solo era eso. Hablaron de los profesores, de los avisos de bomba que se habían puesto de moda para acabar con los exámenes y de aquellos primeros cursos llenos de chicos que a la mínima no entraban a clase y dilapidaban las horas en el bar sin que nadie les dijese gran cosa. Isabel era locuaz, segura de sí misma, y Samir asentía con veneración. Aquella chica era lo mejor que le había pasado durante aquel curso y pensó que en la vida también. No sabía por qué se había fijado en él, pero durante casi todos los recreos lo buscaba. Sin embargo, ya no era una niña como la que recordaba en el colegio.

—¿Por qué no quedamos? —le preguntó a Samir un viernes al salir del instituto—. Si alguien no me explica las mates, no las aprobaré en la vida.

A él le tembló la vida y, de pronto, no supo qué contestar. Para él era impensable que Isabel entrara al centro de menores. Todavía lo avergonzaba el desplante de su madre el año anterior y dio por descontado que no sería bienvenido en su casa tampoco.

—¿Quieres que vayamos a la biblioteca?

—Es que allí no podremos hablar —le contestó ella.

—¿Y a dónde quieres ir?

—A la heladería del parque.

Delacroix apenas le daba dinero. Cuando empezó el curso le había asignado quinientas pesetas por si necesitaba algo, pero entonces solo le quedaban doscientas cincuenta. Lo justo para invitarla a una Coca-Cola y quedarse sin nada.

Dudó un momento, aunque un resorte en su cabeza se disparó rápido para decidir que no podía dejar pasar aquella oportunidad.

—Está bien.

Quedaron a las cinco y para Samir aquello fue una cita. Su primera cita. Ni se le ocurrió decírselo a nadie en el centro. Dijo que se iba a la biblioteca y que a las ocho estaría de vuelta. No tenía fijador para el pelo, pero se lo empapó bien peinado con colonia. Se puso unos Wrangler que le venían grandes, una camisa estampada con lunares rojos que le dejó Marc y se dejó la chaqueta en casa porque era demasiado vieja. No hacía tanto frío y llevaba camiseta interior. Pero nada más salir supo que al oscurecer tendría que ir dando saltitos para calentarse.

Cuando llegó a la heladería, Isabel todavía no estaba. La esperó en la puerta quince minutos. Quince minutos, novecientos segundos, millones de milésimas... Cada uno de ellos sonando en su cabeza como si sus nervios fueran cuerdas y, cuando estaba a punto de acabar de deshojar la margarita de un perdedor —una vez más—, la vio llegar a paso ligero.

—Perdona, Samir. Mi madre me pidió que doblara la ropa justo antes de salir. Es una pesada, lo siento.

—No te preocupes. Yo acabo de llegar, no te creas.

Se había recogido el pelo y su cara parecía un escenario nuevo, sin telón, con los labios levemente enrojecidos con un poquito de carmín que se había puesto. Llevaba una chaqueta Levi's azul clarito y debajo una camisa blanca impecable. Samir la siguió y se sentaron en una mesa al fondo, lejos de la máquina de *pinball* que siempre estaba llena de gente. Isabel dejó la carpeta sobre la mesa y llamó al camarero que llevaba una camiseta negra con el logo del local: *Pistacho*. Ella pidió un helado de fresa y él, una Coca-Cola. «Los helados están muy ricos», le dijo Isabel. «No, está bien, prefiero una Coca-Cola». En el local sonaba la canción de *Lobo hombre en París*, del grupo La Unión, pero había una televisión sin sonido con imágenes del último atentado de ETA. Había sido en la plaza de la Cruz Verde, en Madrid. Habían matado a tres capitanes, un soldado y un radiotelegrafista. Otro coche bomba en el centro histórico de la capital. «¿Qué te pasa?», le preguntó Isabel. «Me jode mucho todo esto, ¿sabes?», y señaló la tele. «No deberían permitirles tanto». Samir lo decía de verdad, con expresión grave, con la mirada clavada en la pantalla, como si quisiera disimular que estaban allí ellos dos solos, por primera vez —él era bastante capaz de aguantar las imágenes de los hierros retorcidos—, pero no los ojos de Isabel. Se moría de vergüenza. «Cuando acabe el instituto quiero ser policía». Ella lo miró asombrada. «Eres muy inteligente, podrás ser lo que quieras». «Pues quiero ser policía». Samir lo dijo serio. Su rostro se volvió lejano e imperturbable, pero pronto lo relajó y le sonrió con amabilidad, con aquella bonhomía de la que se burlaba Marc.

Les trajeron la consumición y Samir intentó contar mentalmente lo que le costaría aquello. Luego ella abrió la carpeta llena de ejercicios y le pidió que le explicara las ecuaciones. Su letra era armoniosa, sin tachones, casi perfecta, como ella. No entendía nada de las matemáticas. Samir se cambió de silla, se pegó a ella y comenzó a rayar un par de hojas que Isabel arrancó de la carpeta.

Al principio ella asentía y preguntaba, hasta que el interés se fue disipando —si es que alguna vez había existido— y Samir sintió que los tentáculos del deseo eran unas riendas dirigidas por su compañera. No sabía si fue su perfume de melocotón, los incisivos de Isabel acariciando su labio inferior como si intentara morder una manzana o sus ojos cristalinos buscando los suyos. No sabía, pero de pronto estuvo seguro de que aquello era una cita, como la que él había soñado, y de que a Isabel le gustaba de verdad. Entonces Samir desistió y comenzó a tontear con ella también. «¿Quieres que caminemos un poco por fuera?», le preguntó Isabel después de un rato. «¿No tendrás frío?». «No, qué va. ¿Y tú?». «No, yo tampoco. La verdad es que no hace tanto frío». Isabel se levantó para ir al baño y él se acercó a la barra para pagar doscientas cuarenta pesetas y se quedó sin nada. Después ella renegó por lo de la consumición, pero Samir hinchó el pecho y le dijo que no importaba, que no era gran cosa, aunque no supiese de dónde iba a sacar para invitarla otro día.

Había oscurecido. La humedad había descendido sobre aquella tarde de invierno. Las farolas del parque Pere Crespí parecían tener una aureola cálida y el vaho helado levitaba sobre las calles iluminadas. Samir tensó su cuerpo como si quisiera cubrirlo de una coraza, pero tuvo frío. «Caminemos», le dijo ella. «¿Hacia dónde?». Entonces Isabel cruzó la calle y él la siguió. Atravesaron el parque y se dirigieron hacia los lindes de la ciudad, por donde estaba el centro. Al darse cuenta, Samir le dijo que no podría invitarla a entrar y que, si pudiese, no tenía nada de especial. Pero la joven le sonrió, con el amor y la misericordia de una madre que lleva a su hijo de la mano, y le dijo que no se preocupara y que ya verían. Y caminaron. Sus pasos acabaron en la esquina de Los niños de Santiago Apóstol y Samir volvió a decirle que no podía, casi rígido por dentro, y por fuera, con el frío traspasando su camisa más nueva, la que le había dejado Marc. «Pareces tonto, Samir, que no es eso. Ven». Por primera vez lo tomó de la mano y tiró de él por la calle que se perdía en las sombras. Por el día, desde su ventana, Samir podía ver los campos de naranjos extendiéndose a la derecha y, más allá, la colina donde se elevaba el Santuario de la Virgen del Lluch. Hacia la izquierda, el perfil sucio y deslucido del barrio de la Alquerieta, por donde se perdía una carretera sin asfaltar. Sin embargo, por la noche era una boca de lobo, un agujero negro donde moría la ciudad. Isabel lo condujo hacia donde acaba el muro de Los niños de Santiago Apóstol y, cuando ya los dos no eran más que dos espectros, se detuvo y se apoyó en el paredón donde habían pintado un *No a la mili* y la caricatura de un soldado en medio.

—Tengo frío —le dijo ella—. Acércate.

Luego, suavemente, tiró de sus manos hasta que Samir la abrazó con la torpeza de quien no sabe qué hacer. Marc sí hubiese sabido, pero él no. Sintió el vértigo de la desesperación creyendo que iba a caer desde aquel altar, que ella lo soltaría de la mano y volvería a despeñarse en aquella vida insignificante y olvidada que le había tocado. Pudo sentir el aliento tibio de su boca, sus labios de manzana muy cera de los suyos, en la frontera del valor y el deseo, a apenas unos milímetros de una meta que le pareció inalcanzable.

—Te vas a quemar, Samir, te vas a quemar.

Aquellas palabras se detuvieron rozando su boca y una nueva noche se abrió para él. Una noche húmeda y suave, mientras la lengua de Isabel se movía como una serpiente de río, y él se dejaba guiar por aquella caverna tibia que jamás había imaginado de esa manera.

Salió de allí transformado, como si hubiese atravesado un umbral invisible. Regresaron a la calle Pare Pompili Tortajada y Samir decidió acompañarla hasta su casa, bendecido por un valor desconocido hasta entonces. Esta vez fue él quien la tomó de la mano, pero Isabel se la soltó de golpe. «No digas nada», le dijo ella. «¿Que no diga qué?». «Hazme caso y no pares de andar, ¿me entiendes?». «No».

Pero en apenas unos metros se toparon con un grupo de cuatro chicos algo más mayores que ellos. A un par los veía de tanto en tanto por el instituto: chupas de cuero, tupés pronunciados a lo Elvis Presley, pendientes de argolla en una oreja, pantalones ajustados y zapatones como los de Neil Armstrong al pisar la Luna, pero negros.

—¿Qué haces con este imbécil, Isabel? —le soltó uno de ellos.

—Déjame en paz, Richy —le contestó intentando no detenerse.

Pero el tal Richy les cortó el paso y encajó su mano en el pecho de Samir como un policía deteniendo el tráfico.

—¿Me cambias a mí por este moro de mierda?

—¿De qué vas? —le gritó empujándolo para apartarlo—. ¡Que nos dejes!

Isabel parecía inmune a sus amenazas y sujetó de la mano a Samir y tiró de él para dejar aquel tumulto atrás. Samir no abrió la boca.

—Esto no se va a quedar así, ¿te enteras? A mí no me la pegas así como así, Isabel. Te juro que me la cobro. Te lo juro.

Ella no contestó y le dijo a Samir que no se volviera y que caminara más rápido. De pronto, todo había perdido su encanto e Isabel se echó a llorar. Él le preguntó quiénes eran, pero ella solo le dijo que un error, un estúpido error y que no quería hablar de ello, que le habían fastidiado la tarde. Samir volvió a ser torpe y no se atrevió a decirle nada más. Luego Isabel cruzó la calle hacia el portal de su casa.

—Nos vemos el lunes —le dijo.

—Vale.

Parecía un náufrago viendo cómo cortaban las amarras frente a él.

—No vuelvas por ahí. A ver si todavía te topas con ellos.

Samir asintió.

—Lo he pasado muy bien —le gritó cuando se alejaba.

Ella se volvió.

—Yo también.

Él dio la vuelta por la calle paralela y apuró el paso. Se metió las manos en los bolsillos para calentarse, pero como lo ralentizaba prefirió ir al trote. Su cabeza era como un saco de canicas. Una maraña de esperanza y miedo. Después, cuando retomó la avenida de Los niños de Santiago Apóstol e iba a cruzarla, de pronto, volvió a ver a los cuatro matones. Lo estaban esperando en la esquina. Sin embargo, no quiso echar a correr y decidió afrontarlo. Sentía que aquel largo beso le había vuelto los puños de acero y que tan solo la criptonita podría derribarlo. No iba a detenerse. Los dejaría atrás con el mismo aplomo de los superhéroes misericordiosos, casi como un samurái sin su katana o un pistolero solo dispuesto a disparar por justicia. Debía atravesarlos con su coraza de incauto, con el paso firme de los ingenuos y, nada más intentarlo, lo cazaron como a un niño. Lo arrastraron por la misma penumbra por donde lo habían besado por primera vez. Samir gritó varias veces pensando que sería suficiente para neutralizar la emboscada, pero en un santiamén estuvo en aquel limbo de oscuridad, y solo.

—Te voy a enseñar lo que hacemos con los moros como tú, cabrón.

Lo habían sujetado entre dos y ese tal Richy se acercó hacia él y le arrancó la camisa como si le hubiese atravesado el pecho con un cuchillo de arriba abajo. Los botones saltaron como chispas y Samir sintió que lo desollaban vivo. Pensó en Marc y en la cara que pondría al ver su camisa rota. Nunca más le dejaría nada y, en un pensamiento fugaz, pensó que Isabel se avergonzaría de alguien que no tenía para vestirse como los demás.

—¿Qué le has hecho? ¡Dime! —dijo y condujo su mano abierta a su entrepierna, hasta que Samir sintió que se quedaba sin aire al presionarle los testículos.

—No le he hecho nada. Te lo juro. —Su voz era un hilillo.

—A mí no me la pegas. A mí, no. A Isabel, sí; pero a mí, no.

—Déjame.

—¡Moro de mierda! Por algo te enviaron con estos putos curas. Ni padres tienes, cabrón.

—Mejor déjalo, Richy —intervino el que se había quedado de espectador.

—Tú eres un marica, ¡joder! Vete si no tienes cojones.

—No quiero líos. Solo es eso.

—Pues si no quieres líos, vete o haz lo que tienes que hacer —dijo y retiró la mano del pantalón de Samir.

—¿Qué?

—Venga, bájale los pantalones.

Samir se revolvió, pero Richy le dio un puñetazo en el estómago para poner las cosas en su sitio. El golpe lo dobló hacia abajo, pero como lo sujetaban, se quedó colgando como un crucificado.

—¡Que te quedes quieto, joder! Y tú, haz lo que te digo, bájale los pantalones.

El chico miró a Richy y después a Samir, que tenía la cara convulsionada. Luego se acercó y comenzó a desajustarle el cinturón. Samir intentó rebelarse nuevamente, pero uno de los que lo sujetaba le forzó el brazo hacia atrás.

—¿Quieres que sea peor?

No contestó. Sentía arcadas y comenzó a babear.

—Vamos a ver lo grande que la tienes, hijo de puta.

El cinturón cedió y el chico solo tuvo que soltar un par de botones y tirar hacia abajo. Lo dejó en calzoncillos.

—Bájaselos, tío.

El chaval frunció el ceño e hinchó los pulmones.

—No te pido una mamada, sino que se los bajes. ¡Venga!

Dudó, pero terminó obedeciendo.

—¿Con esa mierda quieres quedarte con mi chica? —Forzó una risa que invitaba a la burla.

Los dos que lo sujetaban también se rieron.

—Déjame ir —volvió a suplicar Samir recuperando el aire.

—Todo a su tiempo, morito. Pásame el mechero, Muñoz.

—¿Qué vas a hacer?

—¡Joder! ¡Marica de mierda! ¡Qué me pases el mechero!

Samir sintió el frío de la humillación y el desamparo de una vida injusta. El obstinado designio de los pobres, sin más oportunidad que aprovechar algún golpe de suerte.

El chico le pasó un mechero Bic, y Richy lo encendió. Una larga llamarada se estiró hacia arriba.

—¿Quieres chupársela primero, cabrón?

—¡No me jodas, tío! Para ya, joder.

—Imbécil.

Había que acostumbrarse a la oscuridad para poder ver bien, pero el resplandor de las luces de la avenida era suficiente. Así pudieron distinguir la silueta de un intruso que llevaba una barra que se balanceaba a un lado y a otro.

—¿Eres tú, Samir?

La voz de Marc rasgó inesperadamente la burbuja de aquel calvario.

—Sí, soy yo —gritó ahogado—. Ayúdame, Marc.

—¿Qué le habéis hecho? —soltó y comenzó a blandir el hierro como si fuera la espada de un *yidi*.

—¿Y tú quién eres? —preguntó Richy.

—¡Su hermano! —Le soltó un golpe seco y rápido sobre los gemelos.

El chico cayó al suelo retorciéndose de dolor, los dos que sujetaban a Samir lo soltaron y el que le había bajado los pantalones echó a correr. Mientras tanto, Marc amenazó a los otros balanceando la barra de un lado a otro, y también echaron a correr. Cuando Richy vio el panorama, se levantó entre espumarajos de rabia y dolor, y se alejó cojeando y maldiciendo.

Samir no se movía. Se quedó arrodillado sobre el pavimento, semidesnudo, gimoteando como no lo había hecho de niño.

—¿Qué te han hecho, Carapán? —Se abalanzó sobre él para ayudarlo a levantarse—. Ven, ya pasó todo. ¿Estás bien?

Samir no contestó.

—¡Joder, tío! Déjame que te ayude. —Entre los dos subieron el pantalón, como si fuera uno de los niños del centro.

Luego Marc lo abrazó.

—¡A ti no te vuelven a tocar un pelo, Carapán! ¡Te lo juro! Tú eres mi hermano. El único hermano que he tenido, ¿lo entiendes?

—Sí.

—Pues, eso. Ahora a casa y al marica ese ni una palabra, ¿entiendes? Esto lo arreglamos entre tú y yo.

Y Samir asintió.

—Está bien.

9

Valencia, octubre de 2018

Condujo el coche por la avenida Pare Pompili Tortajada y dobló a la derecha por la misma calle sin nombre —parecía una ironía de su existencia—. La última vez que había vuelto al centro de menores había sido al menos diez años atrás. Samir se quedó con la mirada fija en aquel muro recién pintado de blanco y en el recipiente de su memoria solo flotaba la excitación del primer beso. Todo lo demás se había hundido hasta alguna cloaca donde guardaba lo que más le dolía. El tiempo era un instante que perduraba. Solo cuando podía verlo de aquella manera sentía que lo comprendía. Se quedó contemplando su antiguo hogar y recordó lo que había descubierto Albert Einstein. En el universo, ni el tiempo ni el espacio eran constantes, sino relativos. Todo dependía del estado de movimiento de quien lo observaba y el capitán Santos intentaba avanzar para alcanzar la verdad. Pero todo se ralentizaba, como si volviese a suceder.

A veces, sentía que nunca había salido de allí. A veces, creía que Delacroix le había enseñado a amar con las manos vacías y a esperar entre las sombras de la incertidumbre. Le debía todo a aquel lugar y solía volver cuando soñaba. Durante aquellos trances, las paredes eran transparentes y llegaba en silencio para sentarse junto al niño que fue. Entonces, durante la década de los años noventa, pensaba que sucedía lo mismo con su madre, que siempre lo observaba desde algún lugar.

—¿Qué pasa, capitán?

Con las dos manos sujetas al volante, soportó el silencio un poco más. Luego dibujó la mueca de algo que no pretendía ser una sonrisa.

—Recuerdos, teniente. Siempre los recuerdos.

—Como canta Adele, «*regrets and mistakes. They are memories made*». Usted es un sentimental, pero con lo que le pasó, no es para menos.

—No quiero hablar de eso. Confío en tu discreción, ¿de acuerdo? No lo menciones, por favor. Vamos a esperar.

—No lo dude, capitán. Y le agradezco su confianza, pero es usted el que se detuvo aquí.

—Tienes razón. Vamos a hacer nuestro trabajo, que para eso hemos venido.

Volvió a poner el coche en marcha y enfiló hacia el centro de la localidad, por la zona de la avenida Luis Suñer, donde vivían los padres de la víctima. La peluquería Susana —a Samir le impresionó su cándida creatividad empresarial— estaba cerrada a la vuelta de la esquina y, según su madre, no creía que volviesen a abrir. «Habrá que traspasarla», dijo hipando, «y eso que le iba bien, más que bien, ¿sabe?». La mujer se sonó los mocos con un grueso papel de cocina. Tenía un rollo sobre la mesita, junto a una fotografía de su hija en un marco de plata de ley. Samir lo tomó entre sus manos y se puso a fisgonearlo mientras la teniente Ochoa —sentada en el mismo sillón que la mujer— intentaba consolarla echándole un brazo sobre los hombros. Susana Almiñana miraba a Samir con sus labios de pez, apretados en un beso al aire que había visto cientos de veces en Instagram. Con fondo mediterráneo, lucía gafas de sol espejadas, rostro de Scarlett Johansson, gesto de Mata Hari y pechos orgullosos de su canalillo perturbador. El capitán no se atrevió a decir nada, ni siquiera a pensar que en su madre había vestigios de toda aquella voluptuosidad. «Me la ha matado algún desgraciado. Cabrones, más que cabrones». La mujer pasó de las lágrimas al cigarrillo sin que ninguno de los dos guardias civiles se atreviese a censurarla, aunque a Samir le irritara el humo. La teniente Ochoa había puesto un móvil para grabar el interrogatorio, y la madre de Susana lo miraba como si hablara con ella, con su hija. «Estaba en lo mejor de la vida. Tenía muchos amigos, pero no salía con nadie, al menos que yo sepa. De eso os puede contar Fany, que se lo contaban todo. La chica está destrozada». Cada tanto se detenía, le daba una calada al cigarro y expulsaba el humo con los ojos cerrados, como si entrara en trance. «Ya sabe, los hijos aprenden de los padres y el suyo le falló. Se largó con otra cuando Susana tenía diez años y su hermano ocho. Nunca supimos nada más de él. Por eso le costó encontrar pareja. La pobrecita no se fiaba».

La mujer se puso en pie y comenzó a deambular nerviosa por el comedor y la teniente Ochoa fue a la cocina para traerle un vaso de agua. «Esto va a acabar conmigo», les dijo al fin. Pero el capitán miró a su compañera y le hizo un gesto afirmativo para que continuara con el interrogatorio. Entonces la teniente le preguntó si le constaba alguna amenaza, incidente o cualquier cosa que le hubiese contado su hija; si sospechaba de alguien, si sabía por qué había ido al Saler o bien cualquier cosa que hubiese cambiado en su vida últimamente. La mujer se percató de que Samir se había alejado de ellas para evitar el humo y machacó el cigarrillo en un cenicero de bar que llevaba escrito *Cinzano*. «Mi niña no se metía con nadie, ¿sabe? Salía con chicos, ya se lo dije, pero nada formal. Yo no los conocía, la verdad, señorita, pero Susana nunca tuvo problemas con nadie. Era guapa, ¡muy guapa! Ya lo puede ver usted», y sujetó el portarretratos para pasárselo a ella, «y no entró en ese programa de Telecinco *Mujeres y hombre y viceversa* porque le dijeron que era algo mayor. ¡A mi Susana! ¡Con treinta tres años que tenía! Unos miserables, una verdadera vergüenza la televisión. Mi niña hasta podría haber ganado, que era guapísima».

La mujer continuó su elegía con recuerdos fútiles para la investigación y los dos guardias civiles acabaron despidiéndose de ella con el único rastro que podían seguir: el de su compañera en la peluquería.

—Vamos a echar un vistazo al apartamento, Amparo. Estoy seguro de que allí encontraremos algo. Pero primero llama a esa tal Fany. Quiero hablar con ella cuanto antes. Nos puede ser de mucha ayuda.

—¿La llamo ahora?

—Sí. Dile que es urgente, y que nos reunimos donde quiera. Si te da largas, le dices que, si no quiere, tendrá que ir a Valencia, pero a la comisaría. Seguro que eso la espabila.

—Mejor que no se lo diga así, capitán, que pensará que es sospechosa.

—Mira, Amparo, lo que tenemos es nada. Eso es lo que tenemos. Nada. Sospechoso, ahora mismo: cualquiera. Así que necesito ir tirando del hilo que, como tú bien dices, aquí hay cosas que no cierran. Si se nos acobarda, que se acobarde. Quiero hablar con ella cuanto antes.

—No se preocupe, yo me encargo.

No hubo reticencias para el encuentro y en media hora la chica estaba en Garibaldi, un bar frente a la plaza del Reyno, uno de los puntos más céntricos de Alzira. Era más joven que Susana, veinticuatro años, pequeñita, con los pechos operados y un maquillaje bien acentuado en el contorno de sus ojos. Sus labios finos pintados con lápiz oscuro, igual que sus párpados y su pelo algo rapado en la parte izquierda de su cabeza. Venía acompañada de un chico con la cabeza afeitada, pero al completo, que la esperó fuera del establecimiento, como si fuese su guardaespaldas, pero acomodado en la terraza.

Fany se sentó frente a ellos mirando con desconfianza hacia todas partes. Movía las piernas hacia dentro y hacia afuera, del mismo modo que un diafragma descontrolado. Estiró su mano y saludó a los guardias civiles con pulso débil y se quedó mirando sus uniformes con incertidumbre.

—Tranquila. Son solos unas preguntas —le anticipó la teniente Ochoa—. Creemos que nos puedes ayudar.

—Ya te lo dije por teléfono. Estoy igual de alucinada que todos. En mi puta vida se me cruzó por la cabeza algo así. No sé cuántas pastillas me estoy metiendo para dormir, ¿sabes?

—Tranquila. ¿Qué quieres pedirte?

—Una cerveza.

—¿Un bocadillo? ¿Algo para comer?

—¡Qué va! Soy vegana y no me fío de lo que me pongan aquí. Además, no lo haremos muy largo, ¿verdad?

—Eso depende de ti. Pero no, creo que no.

—¿Te importa que te grabe?

Ella elevó los hombros con resignación.

—Lo vas a hacer igual, ¿no? Además, yo no tengo nada que esconder, ¿me entiendes?

—Por supuesto.

Samir levantó la mano y le hizo un gesto a la camarera para que le trajera una cerveza. La teniente y él se habían pedido un cortado cada uno.

Fany tamborileaba los dedos sobre la mesa, nerviosa.

—Solo necesitamos que nos cuentes todo lo que sepas de Susana —le dijo él—. No puedes ocultarnos nada, porque ahí sí que podrías meterte en líos.

La joven se tiró hacia atrás y resopló para aliviarse. Samir dudó de si se echaría a llorar, pero pronto recuperó la compostura.

—¿Tú de dónde la conocías?

—Trabajaba con ella, pero soy *esteticién*. Igual cortaba, lavaba, teñía, hacía maquillaje y tratamientos faciales, ¿sabes? Nos llevábamos muy bien. Susana era una tía muy legal. No éramos socias, pero se portaba bien conmigo.

—¿Y qué crees que le pasó? ¿Andaba con alguien?

—Susana iba con muchos tíos. Le gustaba follar más que comer, y ella misma lo decía. No te creas que es un decir. Andaba con muchos, pero eran tíos bien, ¿sabes? No iba con cualquiera.

—¿Nunca te habló de que alguno le pegara o la hubiese amenazado?

—¡Qué va! La Susana vivía más feliz que unas Pascuas. Que yo sepa, no.

Llegó la cerveza y Fany apuró un trago hasta dejar el vaso por la mitad. La espuma manchó sus labios amoratados, pero sacó la lengua igual, como un gato que se relame para limpiarse.

—¿Quién fue su último… —dudó un momento— ligue?

—Creo que un tal Jose. El tío tiene un bar por el polígono, y le va muy bien, según me dijo. Aquello se pone a tope para los almuerzos. Pero Jose no mata ni a una mosca, ¿sabes? Aunque ya sé, hoy en día no se sabe, que los tíos son unos capullos y no te puedes fiar de nadie.

Samir carraspeó, se cruzó de brazos y la miró fijamente. La joven se sintió intimidada y, como si fuera un acto reflejo, miró de reojo hacia donde estaba su amigo.

—Mira, vamos a necesitar que nos hagas una lista con todos los nombres que se te ocurran —intervino él.

—¿De tíos?

—Especialmente. Pero si se te ocurre alguien que nos pueda interesar, también.

—Yo no los conocí a todos. Susana se iba con el coche aquí y allá, donde le apetecía. Sobre todo, los fines de semana. Le iba tanto la marcha que ni te lo imaginas.

—Los que recuerdes, y cómo podríamos localizarlos o a quién preguntarle. Por ejemplo, a ese Jose lo vamos a ir a ver hoy mismo. ¿Cómo se llama el bar?

—El Polígono.

—¡Vaya que se esfuerzan con los nombres en este pueblo!

Fany lo miró sin entender, pero Samir bajó la cabeza para apuntarlo en su teléfono.

—¿Y el negocio? —volvió a interrogarla la teniente—. ¿Cómo marchaba la peluquería?

La chica arqueó lo labios hacia abajo y comenzó a ladear la cabeza levemente, con actitud dudosa.

—¿Acaso le iba mal?

—¡No! ¡Qué va! Ir bien le iba bien, que tenemos nuestra clientela. Lo que pasa es que este último año Susana perdió mucha pasta con el bingo. Le gustaba jugar.

—Explícate mejor. ¿Quieres decir que era ludópata?

—Yo no sé lo que es eso, pero le gustaba. Los probaba todos y eso solo los que la conocíamos mucho lo sabíamos. Ella decía que iba porque la cena estaba tirada de precio, pero la Susana se dejó mucha pasta ahí, pero mucha. Últimamente, no tenía un duro y le llegó a deber a algunos proveedores.

Samir miró a la teniente intentando reconocer en su expresión esa veta que parecía abrirse en el caso.

—¿Su madre lo sabía? —insistió Amparo.

—Por supuesto que no. Hasta donde sé yo, ella fue la que la ayudó a abrir el negocio y a todo. Susana se había dejado los estudios y pasaba de todo. Y yo la entendí, ¿sabes?, que cuando una es joven hay que disfrutar. Pero al final fue su madre la que la obligó a hacer los cursos de peluquería y la que le abrió el local. La Susana me lo dijo así, tal cual. —Y se besó el dedo índice moviéndolo de un lado a otro, intentando simular una cruz.

—¿Y Susana qué decía? ¿La notabas preocupada? Digo, por lo de deber y perder tanto dinero como dices.

—Tú no tienes ni idea de cómo era. Susana se preocupaba por muy poco. Además, no reconocía que lo del bingo le estaba jodiendo la vida y, las pocas veces que tocaba el tema, siempre decía que lo tenía controlado.

—¡Vaya! —exclamó el capitán—. Eso sí que me suena.

Fany miraba a Samir y bajaba la mirada, igual que el perro ante la autoridad de su amo. La chica se bebió de golpe lo que le quedaba en la jarrita.

—¿Qué sabes de su hermano? —le preguntó él—. ¿Cómo se llevaban?

—Ni fu ni fa, ¿sabes? Javier no es como ella. El tío trabaja en una fábrica de aluminios y tiene un buen puesto. Está casado y con un crío de cinco años. Más bien creo que se llevaban poco. Pero eso se lo tendrás que preguntar a él.

Samir lo tenía en la lista, pero para la tarde. Sabía que no salía de su trabajo hasta las seis.

—¿Se te ocurre qué fue a hacer al Saler? ¿Te habló alguna vez de algo?

—Pues no, qué quieres que te diga. Pero como iba por todas partes, no me asombró.

—Creí que nos habías dicho que no te lo esperabas...

—No, no. —De pronto se irguió atemorizada—. No quería decir eso. Me refiero a que la Susana era una cabra loca, pero me hubiera flipado igual que la mataran en El Saler que en su casa, ¿me entiendes?

Poco más pudieron sacarle, pero había sido suficientemente esclarecedor. Antes de despedirse de Fany, la ultimaron para que pensara en todos los nombres que les podrían interesar y se los pasara por correo electrónico, además de pedirle discreción. Sin embargo, a Samir este aspecto le pareció tan dudoso y peregrino que dudó de que publicara en sus redes sociales que tenía en su poder una lista negra para cagarle la vida a algún desgraciado que no le cayese bien.

Samir decidió dejar para la tarde a Jose, el ex de Susana y a su hermano, y se dirigieron al domicilio de la víctima. Vivía a apenas cien metros de la dependencia de la policía, en la calle Pere Morell. Era un segundo piso sin ascensor y encontraron la puerta precintada con las cintas amarillas, como si acabara de suceder. El apartamento ya había sido revisado por la policía científica, pero no estaba revuelto. Más bien, aquel ambiente era la Pompeya de la difunta: todo estaba intacto. Nada había sido perturbado. La muerte había extendido un velo de quietud y una inexplicable percepción sacra flotaba en el aire. Delacroix, de pequeño, le había enseñado que el alma de los muertos merodeaba un tiempo entre sus cosas, hasta que se alejaban tanto que se hacían imperceptibles. Por eso durante mucho tiempo Samir pensó que su madre estaba muerta, porque ya no la podía sentir, pero tampoco había ido a buscarlo jamás.

—¿Por dónde empezamos, capitán?

—Por donde quieras. Necesitamos cualquier cosa. Así se monta el puzle, empezando por las piezas que se tienen.

Se quedaron en el comedor. Parecían roedores abriendo y cerrando cajones, extrayendo cajas, objetos y husmeando como ladrones sin prisas. Samir encontró recibos envueltos en bolsas del sex shop, *souvenirs* de Londres, París y Roma, cubertería sin estrenar, revistas de estética mezcladas con algunos DVD que pertenecían a una colección que había sacado el diario *El País*, y álbumes de fotos. Le pasó algunos a Amparo y se sentaron en el sofá para revisar aquella vida que no les había pertenecido. Por un momento, Samir tuvo la sensación de una profanación y abrió las cortinas que daban a un pequeño balcón para que la luz rasgase aquel ambiente lúgubre. Los rostros y los lugares de aquellas imágenes parecían un *déjà vu* de muchas otras vidas. Era el tiempo deshaciéndose como arena entre los dedos. Al fin y al cabo, la felicidad era un eco, una dimensión extinguida —él sabía de eso muy bien— y, de pronto, algo le llamó la atención. Fue como si ella pudiese asomarse de la fotografía y darle un manotazo. Había abierto la caja de Pandora y el rostro de Isabel apareció reconocible —no como él la recordaba—, pero estaba allí, llamándolo desde esa otra vida.

Samir sintió un escalofrío que le recorrió la espalda y, sin explicárselo muy bien, miró a su alrededor. Fue un fogonazo, una certeza, como si la teniente Ochoa y él no estuviesen solos. No podía explicarlo con palabras, pero percibió el aliento de lo invisible, como cuando era un niño y creía que su madre lo cuidaba desde las sombras.

10

Anisa era buena estudiante, pero congeniaba mejor con las docentes que con sus compañeras. Solo Fátima podía decir que era su amiga, pero también era hija de la señora Bichir, la profesora de Español. En la mayoría de las escuelas cursaban Francés o Inglés, pero Anisa había tenido la opción de aprender la lengua que habría de acabar enseñándole a Samir. La tenía a primera hora de la mañana, después de formar fila, saludar a la bandera y cantar el himno del partido Baaz. Ella se esforzaba por estirar el brazo más que nadie y llevar su uniforme sin que su feminidad fuese demasiado visible. Sabía que la escuela estaba llena de soplonas de las Brigadas de la Muerte, aquellas que hablaban de camaradas y fidelidad al partido del gobierno, aquellas que no querían que nada cambiara y que el pueblo musulmán y sirio no perdiese ni un ápice de su identidad ancestral. Anisa no podía actuar de otra manera. Ella sabía lo que podía conllevar una tímida rebeldía. Todo el mundo se había enterado de que a la profesora de árabe habían ido a visitarla en un Mercedes azul y le habían dado una paliza delante de todo el vecindario. La señora Fadel soñaba con una Siria donde la mujer llegase a las instituciones y su voz se alzase libre sobre cualquier transgresión moral. De hecho, desde que el presidente Háfez al-Ásad había llegado al gobierno a comienzos de los años setenta, el país había salido de la pobreza y del subdesarrollo a fuerza de occidentalizarse como ningún otro país árabe. Y ese era el problema. El mismo partido del mandatario, el Baaz, había aumentado su celo rebelde y nacionalista, por eso en Siria eran menos libres en ese momento que años atrás, como les decía la señora Fadel y como callaba la señora Bichir, la madre de Fátima, que bien sabía que estaban mejor vistas las mujeres que se cubrían el rostro con un velo negro que las que arengaban a sus alumnas a pensar.

La señora Bichir no supo lo que pasaba a través de su hija. Fue una intuición innata, o quizás aquella belleza provocadora, algo madura, pero que se inyectaba de odio cuando le preguntaba por el señor Al-Hayek, su padrastro, quien había hecho generosas donaciones a la escuela. Fátima jamás supo nada de lo que le sucedía a Anisa. Con su única amiga compartía largas horas de *backgammon*, comían pipas de calabaza o zampaban mermelada de naranja mientras husmeaban revistas que llegaban desde París. Sin embargo, a la señora Bichir le bastó con verla salir de clase doblada y conteniendo el vómito en la mano para quedar con ella fuera de la escuela. Anisa era un náufrago que se había acostumbrado demasiado a su soledad, al tiempo que su ínsula era engullida por un mar que se le revolvía por dentro.

Fue la señora Bichir la que buscó cualquier excusa para hablar con ella al día siguiente. Aprovechando el bullicio de la última hora, se la llevó al anonimato del centro de Damasco. Compraron helados, se sentaron en un parque y, desde aquella esquina, se quedaron mirando las grandes tartas adornadas con coronas y florones en la pastelería, justo al lado de un café donde las mujeres no podían entrar y el ambiente se empañaba por el humo blanco del narguile.

—Parece una analogía del mundo en el que vivimos —le dijo la señora Bichir—. La de la superficialidad a la que estamos relegadas las mujeres y el privilegio de los hombres.

Por mucho menos hubiese acabado fuera de la escuela, pero la madre de Fátima sabía que podía confiar en Anisa, y la joven en ella.

—Ellos nunca nos cederán sus espacios si nosotras no luchamos por ellos, ¿entiendes? Eres una muchacha inteligente, hermosa, llamada a brillar si tienes una oportunidad, pero tú y yo sabemos que tienes un problema, ¿verdad?

Anisa la miró con sus ojos verdes y no tuvo valor para contestarle. Los plásticos y los envoltorios sucios revoloteaban por el suelo mientras los transeúntes los pisoteaban en su paseo vespertino. Damasco era un jolgorio de ruidos, un hormiguero de personas en un vaho de tabaco, anís y cordero. Era fácil mantener el anonimato entre el bullicio que se ensombrecía lentamente bajo un cielo violáceo.

—Sabes lo que te sucede, ¿verdad?

Ella asintió. Su mirada sostenía la determinación de los débiles, pero la zozobra de los ingenuos.

—¿Has hablado con alguien?

—No, señora.

—¿Quién es el padre, Anisa?

Tragó saliva y fue como si tragara piedras. ¿Era suficiente confiar en la madre de Fátima para admitirlo? ¿Era lo mismo la determinación que la acción? No lo era.

—¿Acaso eso importa?

—¿Crees que no? Quiero ayudarte y no sé bien cómo hacerlo. Te obligarán a casarte con él y tu vida dependerá de su buena voluntad, ¿entiendes? Así que te pido que me ayudes. Volvamos a empezar: *¿quién es?*

Anisa cerró los ojos y su mente voló a un lugar imaginario, un oasis fingido en el que se instalaba en su soledad. Camino a Alepo, por el valle de Orontes, podía pasear por los campos de trigo, hasta llegar a las huertas, los naranjales y los almendros. Bajo sus pies, sentía el agua de los arroyos y el viento mecía los chopos y los abedules. Ella lo observaba todo desde la vitrina de los sueños, mientras las mujeres cargaban los fardos en sus espaldas y llevaban cántaros en las cabezas.

Apretó los puños como si estrujara su vida.

—¿Quién es? Confía en mí. Yo te ayudaré.

Silencio.

—¿A quién le temes?

—A Nasser —dijo al fin.

—Yo hablaré con él. Es un hombre piadoso y bueno. Mi marido lo suele ver en la mezquita de los Omeyas temprano. Seguro que me escuchará.

Cerró los ojos. Una tormenta de rabia resquebrajó el cielo de aquel valle fértil al que solía acudir en silencio. Los rayos parecían nervudos capilares azul eléctrico, y se echó a llorar.

—Yo te ayudaré, Anisa. —Apoyó el brazo sobre su hombro—. Tranquilízate, te lo ruego.

—No puede, señora Bichir. Nadie puede ayudarme.

—Inténtalo.

Respiró hondo, enhebró algunas palabras y su profesora fue reconstruyendo un mapa que acababa en algún lugar recóndito del que a Anisa no le gustaba hablar. Y en aquel momento la realidad descendió sobre ellas igual que el velo negro cubría los rostros de las mujeres integristas de la ciudad de Hamma, con humillación, resignación y, a veces, rabia.

Dos semanas después la señora Bichir le preguntó si estaba dispuesta a saltar al vacío. Debajo no se veía nada: ni a sus abuelos maternos —muertos en Alepo apenas dos años atrás—, ni algún ascendiente de un padre biológico que había sido huérfano. Tampoco una red de tíos y primos que se encontraban en una periferia tan lejana que para Anisa fue como si no existiesen. Por eso ella le dijo que sí, que saltaría, y ni siquiera se lo mencionó a su amiga Fátima —tal como le rogó la señora Bichir— y se encaramó al plan de su profesora con la misma fe con la que debería ansiar el Paraíso prometido por el Profeta. Se despeñaría o renacería, pero en aquel momento de su vida pensó que solo podía confiar en la señora Bichir. Era saltar o morir de pie, y Anisa no tuvo la opción ni de dudar.

Su profesora tenía un hermano que diez años atrás se había casado con una madrileña. Era médico y tenía dos hijas pequeñas. Había viajado a España para cursar la especialidad de traumatología, pero acabó casándose e instalado en el Prat de Llobregat, el único lugar de la Tierra donde su profesora pensó que Anisa podía dirigirse en aquel momento. La señora Bichir contactó a su hermano y, a través de un familiar bien acomodado en el seno del partido Baaz, consiguió la falsificación del pasaporte de la madre de Samir.

—¿Está segura de que servirá, señora Bichir?

—Sí, Anisa. Tenemos buenos contactos, créeme.

—Apenas he salido de Damasco. Era muy pequeña cuando mi madre me llevaba a Alepo.

—No tengas miedo. Mi hermano te ayudará y Alá te mostrará la senda para comprender cuál es tu destino. No puedo ofrecerte nada mejor, Anisa. No es el mejor camino, pero es el mejor de los que tienes ahora mismo. Yo también estaré pendiente de ti.

—No sé cómo podré agradecerle todo esto, señora Bichir. Nunca nadie había hecho tanto por mí.

—Hoy por ti, mañana por mí. —La sujetó de ambas manos, como siempre hacía con su hija.

»Debes ser muy prudente. No digas nada a nadie, Anisa. ¡A nadie! A Fátima tampoco. Yo se lo explicaré todo cuando llegue el momento, ¿de acuerdo?

—Descuide, señora Bichir.

—¿Crees que podrás conseguir algo de dinero?

Y Anisa asintió.

—Saldrás en un vuelo a Madrid dentro de tres días.

—¿Tan pronto?

—Es lo mejor para ti. Mi marido es gerente de un gran frigorífico y un ingeniero español que ha venido para poner en marcha las máquinas nuevas regresa en tu mismo vuelo. Pensamos que él puede ayudarte en el viaje y comprarte un billete de autobús para viajar desde Madrid a Barcelona. Mi marido dice que es una buena persona y que me puedo fiar de él, y tú también.

No había vuelta atrás. Su destino había estado echado desde que su madre se había casado con aquel funcionario de la presa de Tabqa: Nasser, ese buen hombre que había madrugado para hacer sus abluciones y leer la Sura de José. Él había dejado el libro del Corán abierto en el patio, bajo el limonero, y Anisa lo había cerrado como si abofeteara a un niño pequeño, sin remordimientos de pecado ni ningún temor al Infierno. A su mente acudieron recuerdos de su niñez en la mezquita, salmodiando el Corán a ritmo de laúd y pandereta, pero sin alegría, como si solo se tratase de un asunto de memoria. Nasser ya se había ido y no volvería en varios días. Estaría en el norte y, cuando regresase, sería ese buen padre que abrazaría a sus hijos y luego los llenaría de besos y golosinas.

Pero a ella no.

A Anisa no la volvería a ver.

No sabía si iba a poder resistir su mirada, pero ya no tendría que comprobarlo. De Aisha sí se había despedido. Más bien, simplemente le dijo que no iría al colegio aquella mañana. Aludió cierto malestar y le informó que iba a tomarse una limonada caliente y a quedarse en la cama. Pero Aisha la miró con indiferencia, aquella que significa «no me importas» y, en ningún caso, un «no pasa nada». A sus hermanastros los llamó y les dio un abrazo. «Recordad a vuestra hermana», les dijo. «Ella os quiere». Después Aisha se los llevó a la escuela y Anisa saltó de la cama y sacó del armario la maleta de piel que ya había preparado. Luego entró en la habitación de Nasser, la que había pertenecido a su madre, y se la quedó mirando como si todavía pudiese conservar algo de ella: su cama de cobre, los muebles de nogal y un espejo de marco dorado ribeteado con arabescos. Pero ella ya no estaba allí. Hacía tiempo que ya no estaba. Su mirada no fue nostálgica, sino algo admonitoria y amenazadora. No iba a volver allí. Estaba segura, y se juró no hacerlo. Se dirigió a la cómoda, abrió el primer cajón y revolvió un poco hasta encontrar una caja de caoba bruñida. La abrió y extrajo un fajo de liras que guardó en el bolsillo de sus vaqueros sin remordimientos.

Salió de su casa con prisas, sin mirar a nadie, consciente de que su maleta llamaría inevitablemente la atención. Eligió el camino opuesto al que tomaría Aisha desde la escuela de los niños y dejó atrás el monte Casiún. Avanzó a pie por la avenida Chukri al Quatli entre un bullicio de voces y bocinas. A aquella hora, las calles hervían de puestos de frutas, revistas, ropa y objetos de todo tipo. Los edificios de cuatro o cinco pisos estaban adornados con adelfas y viñas, y algunas acacias servían para guarecerse del sol. Sin embargo, para Anisa solo fue sol, calor y asfalto. Un aguador se cruzó ante ella y lo detuvo. Parecía un comediante cargado de su *atrezzo* de jarras de metal, teteras de plata y vasos de hojalata. Sacó unas monedas del bolsillo y aquel vendedor ambulante le llenó un recipiente dejando caer el agua con la habilidad de un artesano. Anisa apuró el trago igual que si hubiese atravesado un desierto y luego echó a andar hasta la estación de autobuses Karnak, donde había quedado con la señora Bichir.

Una aglomeración de transeúntes no le impidió reconocer a Fátima con un pañuelo rojo en la cabeza y a su madre. Junto a ellas, dos desconocidos: uno era el marido de la señora Bichir; el otro, Miguel, el ingeniero industrial que la acompañaría hasta Madrid. Anisa le extendió la mano y el hombre le sonrió para tranquilizarla. Luego las amigas se abrazaron y, por segunda vez en pocos días, Anisa se echó a llorar.

—Quise contarte... —intentó decirle, pero Fátima no la dejó terminar y la abrazó con determinación.

—Iré a verte. Te lo prometo.

—Lo sé.

Pero la señora Bichir dijo que no era seguro retrasar ese trance y que convenía salir hacia el aeropuerto deprisa, se dieron más besos, más abrazos e hicieron un repaso a todos los documentos que Anisa debía llevar encima. Después, ella recordaría aquel momento como si hubiese sido una película, como si ella no hubiese estado allí, tambaleándose entre dos mundos. Todo lo que sintió lo fue elaborando después, al mirar atrás y reconstruir sus últimas horas en Damasco, dejándose conducir por dos desconocidos, uno de ellos como si fuese su esposo, un hombre con posibilidades y que podía viajar al extranjero, de donde provenía, como le sucedería a ella en el futuro. «Es bastante más joven que él», diría la gente, «pero hermosa, tan hermosa como triste».

11

Alzira, junio de 1993

Delacroix le dijo que podía llevar a Isabel a casa, que el centro también era una familia y que los niños se alegraban de ver caras nuevas. Delacroix se había enterado de lo de Isabel porque Marc lo soltaba cada dos por tres, con palmaditas cómplices y la misma admiración con la que un torero hace un ruedo a hombros de su afición. «Está muy buena, Delacroix, yo ni me lo creía cuando la vi, tiene un par de tetas que te cagas». Para el religioso era inútil mandarlo a callar. Marc era como un mastín que se le tiraba encima con lametazos ingenuos, pero haciéndole perder el equilibrio con sus pesadas patas. Tenía aquella espontaneidad torpe que los religiosos habían aprendido a disculpar, pero que a veces lo conducía a una franqueza deslenguada que no sabían cómo silenciar. «A esa le bajaba las bragas a la mínima que me diera juego, Delacroix, parece increíble que esa chavala se haya fijado en Carapán». A Samir le asombraba la paciencia que tenían el padre Tárrega y Andoni con él, pero, sobre todo, la que le tenía Delacroix, que ni siquiera le soltaba aquel inofensivo manotazo en la nuca que solía hacer, sino que lo disculpaba y le decía que Dios jugaba en su equipo, aunque él se empeñase en complicarle los partidos. Delacroix era un hombre de gran sensibilidad, convencido de que el sentido de su vida radicaba en ayudar a aquellos muchachos y sentía que con Marc podía conectar a través del deporte y por eso lo intentó una y otra vez. Marc decía que Samir era su preferido —y era verdad—, pero con él, que acababa de cumplir la mayoría de edad, se esforzaba sobremanera y siempre buscaba la mejor forma de decirle las cosas, aunque aparentemente no lo comprendiera. «El Señor hará de ti un Indurain, Marc, solo tienes que dejar que pedalee contigo. Con su ayuda, podrás devolverle los golpes a la vida, de la misma forma que le pega a la pelota Sergi Bruguera». Y Marc, que acababa de ver al ciclista navarro ganando el Giro de Italia a la hora de la siesta y en la segunda cadena de Televisión Española, le daba vueltas a todo aquello, mientras imaginaba a Indurain llevándose otro Tour de Francia en julio. Pero lo de Bruguera eran palabras mayores. A Marc le fascinaba el tenis y Samir lo había visto con los ojos humedecidos y la cara pegada a la tele cuando el tenista catalán ganó su primer Roland Garros un par de semanas antes, el 6 de junio de 1993.

Aquella era una fecha que Samir no podía olvidar. Fue domingo e Isabel lo había invitado a ver *El Guardaespaldas* en el Cine Reino. Le dijo que pagaba ella, que tenía de lo que le habían dado por Navidad, pero Delacroix antes de salir le dio quinientas pesetas. «Para que la invites tú y tengas para el verano, que te lo mereces», y Samir pensó que, de haber tenido un padre, le hubiese gustado que fuese como Delacroix. Recordaba aquel domingo porque fueron elecciones generales y en la plaza se armó un tumulto de gente que jaleaba a Felipe González, hasta que llegó la Guardia Civil y ahí se acabó todo, pero los carteles de José María Aznar ya habían rodado por el suelo bien pisoteados. «Va a ganar igual», le dijo Isabel. «Mi padre me ha dicho que la gente quiere el cambio». Pero se equivocaba, aunque en aquel entonces a Samir le diera igual todo aquello. Recordaba la gigantesca sala del cine llena, el ruido de las latas de refrescos, la gente merendando sin vergüenza y aullando como lobos el *I will always love you*. Witney Houston estaba hermosa, pero Samir se volvía cada tanto para mirar a Isabel y poco más, porque había mucha gente y le daba apuro que alguien lo viera de besuqueo allí con ella. «Acércate un poco más, Samir», le dijo a mitad de película. «Eres más soso que yo que sé». Isabel atravesó su boca con la lengua y ella misma le condujo la mano para que le acariciara los pechos, pero él lo fue dejando lentamente, hasta que le dijo que allí no quería. En ese sentido, Samir tenía la sensación de defraudar a Isabel, pero él no podía evitarlo y sentía que la vergüenza le bullía a fuego lento, hasta paralizarlo. «¡Os habéis manoseado a base de bien! ¿A que sí?», le preguntó Marc por la noche. «Como se entere el marica, no te deja salir más, Carapán». Pero a Samir no le gustaba hablar de nada de aquello, y siempre lo evitaba.

Aquel verano Isabel lo invitó una tarde a su huerto porque sus padres no estarían en todo el día. Tenían que visitar a una tía en Valencia. Comerían con ella, pasarían la tarde allí con su hermano pequeño y, según Isabel, en el campo estarían solos para darse un baño y echar un rato tranquilos. El huerto estaba por Carcaixent y se fueron para allá en bicicleta. En el centro de menores había una bici vieja y Samir pasó la mañana engrasando la cadena y sacándole brillo al cromado que todavía no estaba oxidado. Quedó con Isabel a la salida del pueblo y pedalearon entre los campos unos tres o cuatro kilómetros. Cuando llegaron, se encontraron con un camino que atravesaba un mar de naranjos y conducía hacia un huerto de principios de siglo XX, de dos plantas y con ventanales que parecían dos ojos rectangulares que los observaban, enormes, avanzar. Samir oteó a su alrededor y la construcción le pareció una embarcación que atravesaba aguas verdes y tranquilas, pero onduladas por las copas de los naranjos que ya habían perdido el aroma dulzón de la flor del azahar. Sobre aquel inmenso tapiz de arbolillos, se elevaban tres palmeras como alargados minaretes que vigilaban el horizonte. En un lateral, muy cerca de la casa, había una balsa de riego rectangular que también era utilizada como piscina.

—Te habrás traído el bañador, ¿verdad? —le preguntó después de abrir la robusta puerta de madera en el porche.

Samir asintió.

—Anda, ve y póntelo.

—Está un poco viejo. Me tengo que comprar otro.

—Siempre con tus apuros, Samir. ¿Eso qué me importa? —Le rozó los labios con un beso—. Entra, ven, puedes cambiarte aquí.

Entró en aquella casa de techos altos y frescos, y le vino a la cabeza lo del rancho de Waco, en Texas, donde al comienzo de primavera los miembros de una secta se habían atrincherado para que la policía no accediera. Estuvieron cincuenta días resistiendo armados hasta los dientes, hasta que los federales se prepararon para el asalto final y el rancho ardió con los de la secta davidiana dentro. Lo habían visto en el telediario en directo, como si se tratase de una película.

El bañador de Samir tenía el elástico desgastado y se lo había atado con fuerza para que no se resbalara. Hizo lo que pudo, pero nada más poner los pies en el porche nuevamente sintió que aquel apaño no le duraría demasiado.

—¡Qué bien se está aquí! ¡Es hermoso! —le soltó para decir algo intentando disimular su incomodidad—. De pronto, me hizo acordar a los del rancho ese de Estados Unidos.

—¿Mi huerto?

—Sí.

—¡Vaya ideas de bombero que tienes, Samir! ¿O es que serías capaz de liarte a tiros por mí? —Lo abrazó para besarlo otra vez, pero él no hizo lo mismo, porque no soltaba el bañador con su mano derecha.

—Sería lo último que faltara para que tu madre me llevara a la policía.

—Eso fue hace mucho tiempo, Samir. Ya ni se acuerda, te lo prometo. Ella pensaba que tu casa era un reformatorio y que todos erais como ese amigo tuyo más mayor.

—¿Marc?

—Sí, ese.

—Tu madre no tiene ni idea, Isabel. —Su voz fue lejana, como los recuerdos de su madre—. Allí, ni Marc es peligroso, pero la gente siempre te hace sentir que llevas una marca en la frente. ¿Alguna vez le hablaste de que nos vemos?

—Sí. —Sonó dubitativa.

—¿Cuándo?

—¿Y eso qué importa?

—A mí sí. Es como si estuviese haciendo algo malo contigo.

—Anda, ven aquí, tontorrón, que eres demasiado bueno. —Lo sujetó de la mano con la que no sostenía el bañador para conducirlo hacia la balsa—. Y deja ya ese pantalón, que me pones nerviosa.

Samir se dejó llevar y subió las escaleras hasta al borde del agua. Desde allí, parecía que podía sobrevolar un horizonte acolchonado de naranjos. El agua trasparente y helada comenzó a arrugarse en la superficie cuando Isabel se sentó para removerla con los pies. Llevaba puesto un bikini azul que favorecía el realce de sus pechos generosos y, sin darse cuenta, él se los quedó mirando con inocencia y deseo.

—¿Qué miras?

En aquel momento cayó en la inconveniencia y sintió la tibieza del rubor en su cara.

—Que te queda muy bien, no como el mío.

Isabel lo miró con atrevimiento, con la misma frialdad de quien sabe delinquir y se siente indemne.

—¡Mira que eres pesado, chico! —Y de un salto se zambulló en la piscina—. ¡Ya está! Te toca.

El agua le llegaba por los hombros, aunque Isabel no era muy alta. Luego Samir endureció su cuerpo para evitar el golpe de frío y también se dejó caer con un grito de impresión. El bañador se le hinchó como un pez globo e intentó vaciarlo presionando con las manos.

—¡Lo de tu bañador te lleva por la calle de la amargura! No sufras por eso. Si quieres nos lo quitamos. Aquí no hay nadie.

—¡Vaya soluciones que das a las cosas!

—No te atreves, ¿verdad?

—¿A quitarme el bañador?

—Sí.

Samir escrutó a Isabel. Se acababa de recoger el pelo con una pinza y le sonreía, desafiante.

—¿Quieres que me lo quite para burlarte de mí?

—Pero ¿por qué iba a burlarme yo de ti, Samir?

—No sé, no me hagas caso. Pensé que era una broma. ¿Cómo piensas que vamos a quitarnos el bañador?

—Mira, vuélvete. Quédate de espaldas.

Samir obedeció, como si fuese un juego. Se quedó observando el cielo índigo y despejado. No se atrevió ni a dar un paso, hasta que oyó su voz pidiéndole que se girara. Cuando lo hizo, sus hombros estaban desnudos y su bikini azul sobre la corola de la balsa. De pronto, sintió temor y excitación a la vez. La misma atracción que ejerce lo que se codicia y se teme; el hechizo de una sirena a la que aquel Ulises se sentía incapaz de rozar.

—Ahora, tú —le dijo ella.

Samir se quedó paralizado un momento. Luego actuó sin contestarle y también dejó su maltrecho bañador fuera del agua. La timidez lo ancló como si fuera un poste. A la distancia que estaba de ella no podía apreciar su cuerpo desnudo con nitidez, pero sí distinguir su pubis oscuro y sus pezones pequeños y sonrosados.

—No te quedes ahí como un fantasma. ¿Tienes vergüenza? —le preguntó sin pudor.

—Es que me estoy helando. Vamos a nadar.

—Venga.

Y sin más, arrancó a nadar hacia el otro extremo de la piscina, pero estilo perrito, mientras ella se burlaba de él y se mantenía en su sitio moviendo sus pies como si fuesen la cola de una sirena. Samir se mantuvo haciendo largos de un lado a otro, intentando acostumbrarse a la situación, hasta que ella lo interceptó, lo abrazó y lo besó largamente. «Te he pescado, pececillo». Él sintió su cuerpo desnudo pegado al suyo y estuvo tan incómodo que en ningún momento perdió la rigidez. Por un momento le vino a la cabeza la imagen de Delacroix sentado en la capilla tocando canciones de Los Beatles o Simon & Garfunkel, con los niños tarareando a coro; mientras lo miraba con una ternura que Marc confundía, porque Delacroix lo quería como a un hijo. El día anterior, después de salir del ensayo, le había dicho que el amor no era un juego y que, si quería a esa amiga que tenía, debía respetarla, que así eran las cosas ante Dios. Todo aquello burbujeaba en su cabeza e Isabel intentó hacerle cosquillas y decirle tonterías, hasta que Samir le dijo que iba a salir, que tenía mucho frío. «Como quieras», le dijo. En su voz había decepción, pero él no pudo percibirla. Imaginaba que alguien podía encontrarlos allí desnudos y no le compensaba el riesgo. Los dos se pusieron el bañador en el agua y luego salieron a tomar sol. Sentir aquel calor picando su piel fría y estar con la persona que amaba al mismo tiempo le pareció tan placentero que pensó que no tenía comparación con ninguna otra cosa. Se quedaron en silencio un largo rato, observando el movimiento del agua, sosegado pero incesante, como los latidos del corazón de Samir, hasta que de pronto escucharon el motor de un coche y luego el chirrido de la reja de la entrada. Isabel dio un salto y miró sobre los naranjos.

—¡Mierda! ¡Joder! Son mis padres. No se han quedado.

Él intentó incorporarse, pero ella le dijo que no se moviera.

—Es mejor que no te vean aquí hoy, Samir. Entiéndeme. —Se agachó para darle un beso en los labios.

—¿Qué hago?

—Escondí las bicis a la izquierda del camino. Las verás enseguida. Métete entre los naranjos y quédate escondido hasta que yo te haga una señal. Entonces buscas tu bici y te vas. ¿Dónde has dejado tu ropa?

—Ahí abajo, en la mochila.

Isabel corrió escaleras abajo, la cazó de un manotazo y se la devolvió a Samir.

—Lo siento, de verdad. No me esperaba que volvieran tan pronto. Habrá pasado algo.

—No importa. ¿Cómo salgo? Digo, ¿y si está cerrada la reja?

—Nunca la cerramos, no te preocupes. Perdóname, por favor. —Esta vez lo abrazó—. Anda, vete ya. Si nos ven aquí solos...

—No te preocupes, Isabel.

—¿De verdad lo entiendes?

—Sí, tranquila.

Samir se puso la camiseta y luego la mochila y, mientras el coche avanzaba por el camino, bajó de un salto del borde de la balsa. Luego, agachado, se perdió entre el bosquecillo de naranjos. Desde el rincón donde se escondió se quedó mirando la casa y un recuerdo borroso e incoherente lo sorprendió confuso. No sabía por qué, pero sintió como si hubiese estado en aquel lugar mucho tiempo atrás. Entonces intentó afinar la memoria, pero fue inútil.

«Samir, Samir, mi pequeño príncipe Samir». Aquella voz apagada era solo un susurro invisible en su cabeza, creía estar seguro, pero no se atrevió a decírselo a nadie. Una vez más, fue aquella ráfaga de emoción que a veces le sobrevenía de una forma inexplicable.

Sin embargo, aquel vago recuerdo se esfumó sin más y se volvió irreconocible.

12

Samir no le dijo nada a la teniente Ochoa. De momento, no quería que el nombre de Isabel Valls saltara sobre el frío mármol donde le habían hecho la autopsia de Susana Almiñana. A Isabel la había guardado en su caja fuerte y había tirado las llaves a algún río de su adolescencia. Era algo que Amparo no tenía por qué saber, a no ser que aquella pista fuera uno de esos detonadores que se escondían bajo la arena de la investigación. Entonces sí. Entonces habría que seguir aquel sendero que lo guiaba hasta su madre.

Era solo una intuición, pero ya se había apoderado de él.

Mira que eres terco, joder. ¿Es que todavía lo dudas? ¡Es como si te llamara a gritos, Samir! No se trata de esa tal Susana, no. Se trata de ti, de esa playa y de tu madre. La teniente Ochoa lo vio desde el principio. Mira que eres ciego. Ciego, Samir. Había que serlo para no ver. Y a ti te cuesta.

Aquella mañana, los dos miembros de la Guardia Civil revolvieron un poco más el apartamento de la víctima y llenaron una caja con cartones de bingo, varias fotografías con hombres —nada extraordinario de no haber escuchado el testimonio de promiscuidad de su compañera—, su ordenador portátil, folletos de La3 Club y Mya —los últimos vestigios de las discotecas de la Ruta del Bakalao—, algunas facturas de proveedores de la peluquería, unas cuantas notas manuscritas en un cajón de la cocina, tres carpetas y las fotografías en las que vio a Isabel Valls. Cuando salieron de allí para comer en el bar El Polígono, Samir ya tenía la determinación de tirar lentamente de aquellos hilos invisibles que alguien no había extendido por casualidad.

Isabel, Isabel, Isabel. Un, dos, tres, probando. Parecías tararear su nombre como un loco. No dejabas de pensar en ella como si repitieras un mantra. No te preguntabas si la querías, solo te acordabas de cuánto te costó olvidarla. Me cuesta tanto olvidarte, me cuesta tantooooooo olvidaaaaarte... ¿Cuántas veces tarareaste a Mecano en tu cabeza? ¿Cuántas? Aquella canción te traía demasiados recuerdos... Demasiados. Pero Isabel, muchos más.

Se fueron hacia el polígono industrial de Alzira atravesando un puente de hierro —una caricatura no pretendida del Golden Gate—, construido sobre un fangoso río Xúquer que bajaba entre espesos matorrales y cañas que acababan siendo una tela de araña para troncos, plásticos y herrumbre arrastrada por el río durante las crecidas de la gota fría. El comedor estaba lleno de trabajadores enfundados en uniformes con logos de empresa, mientras veían el *Telediario* en una pantalla plana de al menos cincuenta pulgadas y sumidos en un vocerío que apuró a los guardias civiles para acabar lo más rápido que pudieran con su menú de ocho euros cincuenta. Antes de salir de allí, preguntaron por el tal Jose, la última pareja fiable que Fany le atribuía a la peluquera. Incluso antes de sentarse, ya sospechaban que se trataba del muchacho de barba hípster y coleta en el pelo engominado que llevaba la caja. Fueron directamente a él, se identificaron y casi se derrumba allí mismo como los viejos edificios que caen en una explosión controlada de pocos segundos. Entraron en un pequeño despachito que tenía junto a la barra y se sentó, noqueado por la situación. Casi metro noventa, treinta y un años, músculos de gimnasio, cola de dragón asomándose tatuada por la manga corta de su camiseta y solo le faltó pedir una tila. Samir le explicó que no estaban allí para detenerlo, sino para hacerle unas preguntas sobre Susana Almiñana a la que, según él, conocía desde hacía poco más de un mes. Les dijo que quedaban para divertirse —eufemismo que ambos entendieron perfectamente—, y que igual lo habían hecho cinco veces en su casa —en la de la difunta— y nada más. Masculló disculpas y excusas, y al final, lagrimeando, les suplicó que no le cargaran aquel sambenito, que le había costado levantar el bar después de años de camarero y segurata en salas de fiesta. Samir le dijo que, según la autopsia, la habían matado el lunes por la tarde noche —justo una semana antes— y le preguntó si recordaba qué había hecho aquel día. Jose se irguió en su silla giratoria y se quedó con la mirada fija en la nada. Parecía haber elevado una antena invisible para sintonizar con exactitud aquel maldito lunes. Frunció el ceño, dudó y les dijo que se había pasado toda la mañana en el bar y que, al terminar con las comidas, se había echado una siesta y luego había ido al gimnasio, como siempre, y que si era por testigos, había estado todo el día como si estuviera en un escaparate, solo faltaba que se acordaran, porque lo suyo era una rutina y lo mismo le podían decir del lunes, que del martes, que del miércoles; y que después del *Tenisquash* había pasado por casa para dejar las cosas y que justo aquella tarde había ido a ver a sus padres, que podrían decir por decir, por lo de ser de su sangre, comentó él, pero que era la verdad, que podían llamarlos en aquel mismo momento y asunto zanjado. Y justo entonces fue como si la señal le entrase nítida y fina, porque Jose intentó disimular sus ojos húmedos repasándoselos con los dedos, e hinchó el ánimo igual que un aeronauta avivaba la llama y el globo despegaba de tierra. Según él, a Susana la había visto por última vez el sábado por la noche, en el Lolita Bonita y después en su casa, aunque no lo alargó mucho porque el domingo había quedado para hacer ruta con la bici, con un grupo de diez personas, al menos.

—Ese chico no tiene nada que ver, capitán —le dijo la teniente Ochoa nada más salir de allí—. Creo que hay que tirar por otra parte.

—Vamos a ver cómo pinta el asunto y, según cómo sea, lo llevamos a declarar a comisaría. De momento, no tenemos nada.

—¿Por qué iba a querer matarla en aquel lugar? De momento, no me cierra.

—La coartada de sus padres me hace reír, ¿me entiendes? Como que no tengamos otra cosa, lo voy a tener que llevar a declarar. Pero antes vamos a encajar mejor el puzle, ¿no te parece?

—Nos queda el hermano de Susana. Sale a las seis de trabajar. ¿Lo recuerda?

—¿Sospechaba de alguien cuando lo interrogaste el otro día en el Anatómico Forense?

—No. Ni siquiera sabía de la existencia de este pájaro.

—Pues por hoy lo dejamos estar. En los próximos días hablaré con él. No creo que tengamos mucho que sacar de ahí. Más nos va a valer la lista de tipos que nos tiene que pasar la tal Fany. No tengo ganas de perder toda la tarde removiendo lo mismo que ya nos contó la madre.

—No me rompa el corazón, capitán. ¿Es que no le gusta pasar la tarde conmigo? —le soltó con sorna.

A Samir le hubiese gustado devolverle la ironía con una galantería inusual, pero siempre había sido muy torpe —cobarde— con las mujeres. De Amparo, le gustaba su sonrisa de piano porque encendía su rostro como un farolillo. A pesar de la diferencia de rango, la teniente sabía valerse de su naturalidad con desenfado y solía soltarle aquellas bromas de una manera inocua. Samir sabía que estaba comprometida con un chico de Albacete que era profesor de Música en secundaria. Ambos tenían la esperanza de casarse cuando él encontrara una plaza cerca de Valencia. En el fondo, lo de la boda era más por él que por ella. Según la teniente, la familia de su pareja era demasiado tradicional y, como los dos estaban bien, el proyecto había ido tomando vuelo. Ella se lo había contado más de una vez porque, si algo le sobraba a Amparo, era locuacidad. De hecho, la teniente Ochoa había llegado a Valencia por su novio, un tal Luis Collado, a quien había conocido en el Arenal Sound de Burriana, un fiestón en la playa que los había conectado tres años antes con muchos meses de distancia. Por eso Amparo había decidido abandonar la comisaría de Vitoria y aprovechar una plaza para promocionar a teniente y estar cerca de él. «Fue dicho y hecho», como decía ella. «Las cosas no hay que pensárselas tanto en la vida». Era muy joven, apenas 27 años, pero decidida y con méritos para llegar muy lejos. La teniente Ochoa era atractiva —y ella lo sabía—, pero había llegado hasta Valencia por sus méritos. Ni por su físico, ni por su simpatía. Samir sabía muy bien que se la rifaban en comisaría, pero ninguno hubiese sido capaz de dar un paso sin que ella levantase la barrera. Y la teniente Ochoa parecía tener la barrera bien baja, aunque el capitán a veces lo dudara. Su carácter extrovertido y su buen sentido del humor podían distorsionar las cosas, Samir lo sabía, y por eso procuraba mantener el *airbag* de sus emociones siempre preparado. Para él, la teniente Ochoa era una oficial imprescindible, de las eficientes, a la que no había que comentarle dos veces las cosas porque siempre iba un paso por delante. Además, sabía que a ella le gustaba trabajar con él, porque congeniaban.

—Venga. ¡Por favor, Amparo! Que no estamos para tonterías.

—¿Y para qué estamos? ¡Tiene un arte para las risas, capitán, que echa para atrás!

—Lo sé. Mi mujer... —se corrigió rápidamente—. Mi exmujer lo tenía muy claro. ¿Qué le vamos a hacer?

Eres un soso, Samir. Habría que hacerte de nuevo. Parece que tienes sangre de horchata. ¡Si te lo han dicho todas! ¡Todas! Isabel, la primera. De eso te acordabas muy bien. Soso, manso, retraído. ¿Aún quieres más? Pero cada uno era lo que era, y en la salud y en la enfermedad, ¿o no? ¡Como si Mara no hubiese tenido defectos! No sé por qué te duele tanto, Samir. Tú tampoco la querías ya.

—Usted tiene otros encantos, capitán —le dijo dándole un par de palmaditas en su brazo derecho—. No se crea.

Pero donde debería haber visto una oportunidad, simplemente se quedó desconcertado e intentó escapar como si estuviese rodeado por el fuego cruzado de dos ametralladoras.

—Teniente, dejémonos de zalamerías, ¿no cree?

—Pues sí.

—¿Sabes lo que haremos?

—¿Volver a Valencia?

—¡Efectivamente! Tú te encargarás de que te desbloqueen el portátil de la víctima y, nada más puedas, te metes a echar un vistazo. Ahí podemos encontrar de todo, Amparo. ¡De todo! Y mientras los de informática le buscan la vuelta, revisas bien todo lo que pusimos en esa caja, que al final me dio la impresión de que cargábamos por cargar.

—Como diga, capitán.

Aquella misma tarde, se encerró en su despacho y buscó los datos de Isabel Valls en su ordenador. Con un clic resucitó a su primer amor: Valencia, abril de 1978, hija de Antonio Valls Esteve e Isabel Molina Calatayud, bachillerato, dos hijos, domicilio en barrio de La Fontsanta, calle La Habana número 8, tercer piso, puerta 10, teléfono 961281520, sin antecedentes penales. Era la primera vez que la rastreaba y le pareció inverosímil no haberlo intentado nunca. La mantuvo encerrada en su memoria, bajo siete cerrojos, en el atrio que él mismo le había levantado. En La Fontsanta estaba la otra, la de verdad.

Aun después de toda una vida, todavía se sentía vulnerable al pensar en ella.

¿Isabel? ¿Isabel Valls? ¿Sí? Soy Samir ¿Te acuerdas de mí...? Samir, del instituto. Éramos buenos amigos. Unos críos, muy críos, más bien. ¡Cuánto tiempo! ¿Verdad?... No, no, Samir, Sa-mir... A ese no lo conozco, Isabel. Ese será otro... Yo soy Samir, el huérfano, al que recogiste como una colilla del suelo... No, no importa. ¿Por qué te ibas a acordar? Al fin y al cabo, fue hace mucho, ¿no? En fin, te llamo por otra cosa...

El capitán Santos se puso en pie para apartar aquella borrasca de su cabeza. Se situó frente al escritorio y se quedó observando su fotografía en la pared. Grande, a color, sosteniendo la bandera de España en el día de la Guardia Civil. Camisa blanca, corbata verde, faja roja anudada a la izquierda, divisas metálicas en las hombreras, ceñidor, una trincha y tirante para la pistolera de cuero negro. Las condecoraciones en el pasador, en el pecho y con orgullo.

¡Esto es lo que querías! ¿O no? Sueño cumplido, capitán, y apuntando a coronel. Isabel hubiese estado orgullosa. ¡Ojalá hubiese podido verlo! El pobrecito Samir, ¡ni su madre lo quiso! Pero tú sí que te querías, tú, sí, Samir. Tú, el único que podía hacerlo, y Delacroix. Tenías rabia, tenías fuerza, tenías ganas... Tenías que arreglártelas para salir a flote. Academia Militar de Zaragoza, ¿1995? Sí, en el 95. Maletón en mano. «¿Nombres y apellidos?». «Santos».

«¿Santos?». «Sí, Santos, el que se inventaron para mí, teniente». «¿Y esa carita de santo, soldado? Te la quitas». «Sí, teniente». «A correr, soldado; flexiones, soldado; trepar, soldado», y tú allí, boca arriba, con la cara empapada y un sol de 40 ºC ablandando el asfalto. «¿Es que quiere volver a casa, soldado?». «No, mi teniente», y arriba otra vez, en pie por el orgullo, como cuando izaban la bandera, «PRESENTE», y las garitas, y las guardias, y las maniobras... y la soledad. Siempre la soledad. Esa fue tu gasolina, Samir, y tú a cumplir, siempre arriba, siempre el primero, siempre por llegar a ser algo y que algún día Isabel estuviese orgulloso de ti. ¿Pensabas en ella? Sí, siempre. ¿La querías? Sí, siempre. ¿Y qué pasó? ¿Por qué no? Por lo de siempre, Samir, por ser un cagón, ¿me entiendes? No deberías haberte rendido, pero te conformaste. Siempre un cobarde, siempre el chico del centro, un don nadie. ¿Y ahora qué? Ahora, no. Ahora eres el capitán Santos, al habla, que se ponga. «¿Isabel?». «Sí, soy yo, el capitán Santos, del Equipo de la Policía Judicial. Samir Santos, ¿me recuerdas?» De poquita cosa a saber qué mierda tienes que ver con Susana Almiñana... Y con mi madre.

Se volvió a sentar, a levantarse y a sentarse otra vez. Repasó nuevamente la pantalla de su portátil y se atusó el pelo varias veces. Luego, súbitamente, sujetó el teléfono y tecleó el número igual que se lanzaba al agua helada en los entrenamientos del club. Sin pensárselo, a la primera. El tono de llamada sonó cinco veces y el tiempo se detuvo. Sentía los nervios como cristales en la boca, el hormigón rasgándose bajo su piel y sus ojos cerrados, todo era noche, y ella arrastrándolo a un pasado que lo succionaba como un desagüe, casi sin respirar, con el zumbido de la presión atravesando todo su universo vacío...

—¿Diga?

Silencio.

—¡Diga!

—Buenas tardes. ¿Señora Valls?

—Sí, soy yo.

Silencio.

—¿Diga?

—Disculpe, señora Valls —le tembló la voz—. De la Policía Judicial. ¿Podría hacerle unas preguntas?

—¿Qué? —Fue un chasquido lastimero, como si se le quebrara la voz.

—No se preocupe, señora...

—Mi marido, ¿verdad? —lo interrumpió—. Es mi ex, ¿no es cierto?

—Tranquilícese, por favor. No se trata de él. Se trata de Susana.

—¿De qué Susana?

—Almiñana, señora. Susana Almiñana. ¿La conoce?

—Sí que la conozco. Pero ya no tengo nada que ver con ella. ¿Qué ha pasado?

—La han matado, señora Valls.

—¿A Susana?

—Sí, lo estamos investigando. Por eso la llamo.

—Le juro por mis hijos que no sé nada... Se lo juro.

Y calló.

—¿Señora Valls? ¿Sigue allí?

—Esto es una broma, ¿verdad? ¿Quién es usted?

—Soy el capitán Santos, de la Policía Judicial. Necesito hacerle unas preguntas.

Silencio nuevamente.

—¿Santos? ¿Capitán Santos?

—Sí, señora. Disculpe que le haya dicho todo esto por teléfono. Debería haber ido personalmente. Nadie bromea con algo así, se lo aseguro.

—¿Qué le pasó a Susana?

—La asesinaron en El Saler hace una semana. Lo siento, señora Valls.

Más silencio.

—¡Susana!

—Sí, ella.

—Hace mucho que no la veo, capitán. Mucho, ¿por qué me llama?

—Porque apareció su nombre entre sus cosas y tenemos que preguntar, ¿entiende?

—No sé absolutamente nada, capitán. Fuimos muy amigas y luego dejamos de serlo. Fue hace tiempo. Demasiado para mí.

—Entiendo, señora Valls, pero necesito hacerle algunas preguntas de todos modos. Hay detalles que no puedo comentarle por teléfono...

—No quiero líos, capitán. En mi vida no hay espacio para más líos. Yo no sé nada. Se lo juro.

—No se apresure. ¿Cuándo le viene bien que nos encontremos?

—¿A dónde tengo que ir?

—A ninguna parte. ¿Sigue viviendo en su domicilio de calle La Habana?

—Sí, señor.

—Puedo acercarme mañana, a las seis.

Silencio.

—¿Prefiere venir a comisaría?

—No, claro que no.

—Entonces, iré a su casa.

—¿A mi casa?

—Dígame usted, señora. Como prefiera, donde quiera.

—Está bien. En mi casa. Pero si no se identifica como Guardia Civil, no lo dejaré entrar.

—No se preocupe. Esto no es ninguna broma. Lamentablemente no lo es.

—¿Cómo ha dicho que se llama?

—Capitán Santos.

Dile que eres tú, joder. ¿A qué esperas? ¿Dónde están esos cojones, capitán? ¿Dónde? ¿A qué le tienes miedo? ¿A ella? No, a ella, no... A volverla a echar de menos.

—Ha tenido suerte, porque mañana estoy libre.

—¿Dónde trabaja?

—¿Es parte de la investigación, capitán?

—Disculpe. No quería...

—En Mercadona. Trabajo en Mercadona. Ahora lo tengo que dejar, capitán. Debo ir a buscar a mis hijos al colegio.

—No se preocupe. Hasta mañana.

Y ella colgó.

Cuando te vea pensará que eres un imbécil, Samir... Deberías habérselo dicho ahora mismo. No, así no. «Hola, ¿qué tal? Soy Samir, ¿te acuerdas de mí?». Se lo tendrías que haber dicho por teléfono, pero querías ver su cara. ¿Tanto te importa? Sí, te importa. Más de lo que crees. Es por eso.

Nada más colgar, la teniente Ochoa llamó a la puerta. Era evidente que había estado esperando fuera a que dejase de hablar. No le hizo preguntas. Entró a la oficina con urgencia y cerró la puerta sin hacer ruido. Los ojos de la teniente eran transparentes, ventanas abiertas llenas de emoción. Le temblaban las córneas como el agua que resbala por los cristales cualquier día de lluvia. Se sentó frente a él con parsimonia, como si estuviese cargando aquella atmósfera con su silencio premeditado.

—¿Encontraste algo?

—Sí, capitán.

—Suéltalo, venga.

—Ella lo estaba buscando. Era lo que parecía, capitán.

—¿Qué dices?

La teniente Ochoa dejó un papel sobre la mesa. Era medio folio, insignificante, con trazos de letra redonda y grande.

—La tenemos, capitán.

Samir examinó el papel entre sus dedos y luego se echó hacia atrás hasta caer rendido sobre su respaldo.

—Era siria, capitán —le vibraba la voz—. Su madre era siria y se llamaba Anisa.

13

Valencia, junio de1978

Ya era noche cerrada, pero Anisa abrió los ojos y pudo ver la casa, y aquel soportal alargado con una mesa y sillas de hierro forjado. El conductor extrajo el equipaje del maletero y el ingeniero lo despidió. Ella apenas podía sostenerse en pie. Todavía estaba mareada y con náuseas. El viaje había sido desmesurado, con un rosario de paradas para que vomitara en las cunetas. Ya en el aeropuerto de Damasco comenzó a encontrarse mal. Quizás los nervios, quizás la naturaleza de la maternidad o ambas cosas a la vez, pero hasta que no estuvo sentada en el vuelo de la Royal Jordanian no creyó que acabaría con aquella vida. «Todo saldrá bien, respira», le dijo Miguel Pons mientras un miembro de la tripulación revisaba su pasaporte y la escaneaba de un vistazo detrás del mostrador. Solo pensar en la posibilidad de regresar a casa de Nasser con un lío de mentiras en la maleta, la hizo tambalearse. El alivio de las cartas de embarque entre las manos no evitó los retortijones y las carreras para doblarse sobre un inodoro.

Cuando el avión despegó y la tierra del Cham solo fue un pequeño oasis al borde del desierto, Anisa imaginó que aquella era una extraña forma de morir, como si se elevara en cuerpo y alma a un Paraíso que habría de conocer en cuatro horas. Todo se esfumó tras la ventanilla y, con sus dedos, acarició el plástico helado tras el que se divisaba una tierra color melocotón. ¿Acaso al morir sentiría aquella orfandad? Observaba el vacío y, sin pretenderlo, se echó a llorar. Le dolía el vientre, sentía vértigo e imaginaba que sus piernas eran raíces que se iban desgarrando muy lentamente, hasta cortarlas. Se había sentado junto al pasillo y, en cuanto la lava del estómago presionaba su esófago, corría al baño para evitar vomitar en la bolsa de papel. No sabía cuántas veces había tenido que precipitarse hacia la cola del avión, solo recordaba que cuando aterrizaron en el Aeropuerto de Barajas apenas tenía fuerzas para arrastrar lo que llevaba.

—Así no te puedes ir a ningún sitio tú sola —le advirtió el ingeniero valenciano—. Mucho menos a Barcelona.

Anisa cerró los ojos y se sentó con las manos cubriendo su cara. A veces, cuando rezaba debía hacerlo así, pero arrodillada. Sin embargo, en ese momento fue simplemente desesperación.

—¿Entiendes lo que te digo?

Y lo entendía. El castellano de la señora Bichir había sido suficiente para entender aquellas cosas. Era evidente que no podía y, de haberse quedado sola, se habría tirado junto a la maleta hasta que el peso del malestar la aplastara completamente.

—El señor Saadi me espera. —El cristal de su voz se había astillado al salir de su boca—. Debo ir.

—Lo llamaremos. ¿Tienes un número de teléfono?

Ella asintió.

—Muy bien. Entonces, vendrás conmigo a Valencia. Cuando mejores, viajarás a Barcelona y organizarás tu vida allí. ¿Estás de acuerdo?

Anisa se lo quedó mirando, como si lo tuviese delante por primera vez. Tendría casi treinta años, gesto enigmático y mirada incisiva. Su largo pelo negro le tapaba la nuca y, en la parte frontal, lo peinaba hacia la izquierda. Un mechón se descolgaba sobre su ojo igual que un parche al que apartaba en un ademán de coquetería. Estaba bien afeitado, pero se había dejado crecer gruesas patillas hasta la mejilla, a la moda. A Anisa le pareció un hombre prolijo, alguien que cuidaba su aspecto, como los que posaban para las revistas *Vogue*, las que guardaba su amiga Fátima en un cajón de frutas bajo la cama. Aquel hombre había viajado junto a ella como testigo mudo de su exilio familiar, sin preguntas, pero siempre observándola de reojo, con la torpeza de a quien les cuesta las palabras, esos que optaban por clavar la mirada en el suelo cuando se quedaban frente a frente en un ascensor. Para Anisa, hacía mucho tiempo que las fichas del juego habían saltado del tablero. Era una paracaidista cayendo a la deriva y apenas atinaba a tirar de la anilla que debía hinchar su campana de aire.

No sabía qué contestarle.

—Debo llamarlo, señor Pons. El hermano de la señora Bichir estará muy preocupado si no llego a la estación de Barcelona.

El ingeniero valenciano buscó una cabina de teléfono en la terminal y llamó al número que le había proporcionado la joven siria tres veces, pero de forma infructuosa.

—Lo intentaremos más tarde. Ahora debemos seguir camino. Un coche me está esperando para llevarme a Valencia. Si quieres venir, es tu última oportunidad. Es tarde para las dudas —le soltó como un ultimátum.

—¿Desde Valencia podré llegar a Barcelona?

—Un viaje más corto que desde aquí. Yo puedo alojarte unos días. Eso no será un problema. Tienes que confiar en mí.

—El señor Saadi se preocupará si no llego esta noche, señor Pons —insistió Anisa.

—Podrás llamarlo desde cualquier gasolinera en que paremos. Te lo prometo.

Anisa volvió a asentir con un gesto de resignación y lo siguió con dudas. Antes de subir al vehículo de la empresa, el hombre compró unos bocadillos y dos botellas de agua. La joven apenas comió nada. Fueron cinco horas de náuseas, desazón y mareos por la Nacional 3, rebasando camiones y escuchando Radio Nacional de España. Se detenían cuando ya no podía contener las arcadas y, en un par de ocasiones, volvió a intentar contactar con el hermano de la señora Bichir. Sin embargo, no obtuvo respuesta. Quizás tuviera mal algún número y habría de contactar nuevamente con su profesora, pensó ella, o bien, cuando tuviera que llegar a aquella dirección, lo haría tanteando su suerte como un lazarillo.

Al fin y al cabo, su destino estaba echado: era el precio que habría de pagar por alejarse de Nasser.

La casa estaba fría. Aún estaban en abril. Miguel Pons sacó una manta del armario y le preparó una cama en la habitación junto al comedor. Era una estancia amplia, estilo ibicenco, con vigas al aire y suelo de barro cocido. Había un hogar oscurecido por el fuego y platos de cerámica en las paredes. Le explicó lo indispensable y se lo repitió varias veces para que Anisa lo entendiera bien. Le preguntó si quería que le trajese algo, porque él no volvería hasta el día siguiente al mediodía. Pero ella solo quería descansar y acabar la jornada en la que había amanecido por última vez en Damasco. Anisa insistió en que estaría bien y él le dijo que si se aburría podía ver la televisión. Con un *clic*, iluminó la gruesa pantalla como si fuese una lámpara y un Curro Jiménez a lomos de un caballo blanco intentó llamar su atención solo por un instante, porque ella misma la apagó. Luego, el joven ingeniero fue a la cochera y arrancó una moto Honda roja y platino. Después de ponerla en la calle, Anisa lo oyó alejarse haciendo rugir el motor igual que en una carrera.

La casa se quedó en silencio, como su vida. Se recostó sobre la cama vestida, sin deshacer la maleta, dispuesta a partir de allí en cualquier momento. Sobre ella, el póster de un Jesús hippie con unas vestiduras muy semejantes a las chilabas que vestía su padrastro. Estaba aturdida, observando su vida igual que si hubiese descendido la calima y, en aquella quietud, sintió que las paredes crujían. Anisa era aquella vivienda asentándose sobre el terreno, erguida para vivir, pero con muchos temores.

Luego cerró los ojos, batallando con ellos.

Se despertó a las nueve de la mañana. En la nevera había leche y, sobre el banco de la cocina, azúcar, café y magdalenas. Sobre la mesa, una revista *Interview* con una mujer que se llamaba María Paz Ballesteros en la portada. Parecía un ángel rubio, pero con la túnica abierta y mostrando levemente sus pechos.

Anisa nunca había visto nada igual, ni siquiera cuando en Damasco había acudido a los *hammam* con su madre. Aquellos baños entre mármoles, vapor y té conformaban un momento de tranquilidad y desahogo, y aquel recuerdo le pareció tan inocente como provocadora la fotografía de la revista. Se llevó la mano a la cabeza y, de pronto, se dio cuenta de que no tenía el velo puesto. Volvió a la habitación y se lo puso por si regresaba el ingeniero.

Nada de aquello era lo que había planeado con la señora Bichir. Sin embargo, sentía que no había tenido otra opción. La única realidad en aquel momento era que no sabía dónde estaba ni con quién había accedido trasladarse a Valencia.

Se asomó al jardín y observó el sol sobre la pinada que rodeaba el terreno. Calculó el este, viró al sureste y volvió a entrar a la casa. Se lavó la cara en el baño, extendió su alfombra sobre el suelo del cuarto y orientó el dibujo del mihrab hacia donde creía podía estar la Kaaba en la Meca. Preparó sus manos para el rito del *salat* y se arrodilló para recitar sus oraciones durante cinco minutos. Luego regresó al comedor más serena y descubrió un teléfono junto a los sillones de mimbre y almohadones. Estaba convencida de que el señor Saadi estaría preocupado y que, muy probablemente, la señora Bichir también. Se había memorizado aquel número y, discando con el índice, le rogó a Alá que no la abandonara. El tono sonó cuatro veces, como si con cada uno se sumergiera más y más, hasta quedarse sin aire. Finalmente, una voz de mujer preguntó quién era.

—Soy Anisa —le respondió en árabe—. ¿Vive allí el señor Saadi?

—Sí. —Y también lo hizo en su lengua—. ¿Quién es?

—La señora Bichir me dio su teléfono. Ella me dijo que contactara con él.

Silencio.

—Soy alumna suya y ella me pidió que preguntara por su hermano.

—¡Ah! Sí... Entiendo... Eres tú.

—Sí, señora.

—Él no está.

—No importa, señora. Solo quería decirle que estoy en Valencia y que viajaré a Barcelona hoy mismo, en cuanto pueda.

—Como quieras.

Nuevamente silencio.

—Señora Saadi... Usted es la señora Saadi, ¿verdad?

—Sí. Soy la señora Saadi.

—Le estoy muy agradecida por todo lo que hacen por mí.

—Hablaré con mi marido cuando vuelva. Él pensaba que ya no vendrías. Estuvo hasta la una de la madrugada en la estación de autobuses. Le dijeron que llegarías allí, desde Madrid.

—Lo siento, señora. Tuve un inconveniente. Me encontraba muy mal, vomitando y mareada. El señor Pons me recomendó que viniese a su casa. Me pareció que era lo mejor que podía hacer en aquellas circunstancias.

La voz de la mujer carraspeó en el auricular.

—Hablaré con él. Estos días está muy ocupado. Es mejor que lo sepas.

—Siento las molestias, señora. Muchas gracias.

Silencio una vez más.

—Volveré a llamarla —insistió Anisa.

—De acuerdo.

—Gracias, señora Saadi. No quiero ser una carga, de verdad.

—No sé lo que mi marido pueda hacer por ti. No dejes de aprovechar la ayuda de nadie, ¿me entiendes?

—Sí, señora.

—Quizás ese señor Pons pueda ayudarte también. Piénsalo.

Esta vez fue Anisa la que hizo silencio.

—Llámanos si tienes problemas, ¿de acuerdo?

—Sí, señora.

—Hablaré con mi marido. Buenos días.

Anisa ya no pudo responderle. Había colgado.

De pronto, se sintió aún más confundida. Tan confundida como sola.

El ingeniero llegó cerca del mediodía. Se la encontró de pie, con los vaqueros, un cárdigan de colores sobre una camiseta blanca y un velo del mismo color. Tenía la maleta junto a ella, como si ya estuviese lista para irse.

—¿Estás mejor?

—Sí, señor.

—No me llames señor. Llámame Miguel, por favor.

—Está bien.

—¿Quieres irte ya?

Anisa elevó los hombros.

—¿Eso qué significa?

—Solo necesito comenzar una nueva vida. Cuanto antes lo haga, mejor.

—¿Quieres que te lleve a la estación de autobuses ahora? Debes asegurarte de que te están esperando.

—Los he llamado. —Señaló el teléfono—. Siento no haberlo esperado.

—No importa. ¿Estaba bien el número?

—Sí.

—¿Y por qué no atendían?

—No lo sé, señor.

—*Miguel*.

—No lo sé, Miguel.

El ingeniero dejó las llaves sobre la mesa y se detuvo frente al hogar. En invierno, cuando toda la familia se reunía a veces asaban la carne allí. Era muy excepcional, porque se llenaba la casa de humo y a su madre no le gustaba. Ella era de hacer paella, pero afuera. Se ponía el radiocasete con Peret o Manolo Escobar y a echar el domingo para su familia. Pero hacía un año que había muerto de cáncer de colon, repentinamente, y sin que ninguno hubiese sido capaz de prepararse para ello. La muerte era como aquellos hongos atómicos que devastaban todo alrededor. Su onda expansiva se colaba entre todas las rendijas de la vida, imperceptible al principio, hasta que se comenzaba a sentir la toxicidad de la ausencia. Desde entonces se reunían menos y él era el que mantenía el chalet. Ni siquiera su padre iba. De los tres hermanos, a Miguel era al que más le gustaba ir allí y, cuando observaba las ascuas apagadas sobre las cenizas, se acordaba de su madre y del jolgorio de aquel comedor cuando se reunían todos.

Se apoyó sobre la repisa del hogar. Había una foto de sus padres a color, tomada en un viaje que habían hecho a Benidorm en 1966. Miguel le daba la espalda a Anisa.

—Yo tengo un piso, ¿sabes? No es gran cosa. Me lo compré antes de casarme y quería alquilarlo. Está muy bien, pero es pequeño. El padre de mi mujer es constructor y nos regaló uno más grande. Tenemos un chiquillo y necesitamos espacio, si no jamás me hubiera movido de allí. Está bastante cerca de la estación de trenes, en un barrio que se llama Ruzafa. ¿Entiendes lo que te digo? —Se volvió para dirigirse a ella.

—Sí, señor.

—Eres muy lista, ya me doy cuenta. Yo en Damasco apenas entendía nada. Con ellos solo me entiendo en inglés, y mal. Pero tú...

—Llevo estudiando español desde pequeña y además me gusta. No se trata de ningún don especial.

—Si te espabilas, podrás salir adelante. No sé qué lío te ha traído hasta aquí, pero necesitas que alguien te ayude primero, ¿entiendes? Solo tienes que encontrar un trabajo para mantenerlo. ¿Conoces de algo a esa gente? Digo, a los de Barcelona.

—Es el hermano de la señora Bichir.

Él comenzó a caminar de un lado a otro con las manos en la espalda, pero continuó hablando.

—Yo puedo llevarte a la estación ahora mismo, quiero que me entiendas bien esto que te digo, pero se me ocurre que te puedes quedar en mi piso de Ruzafa por un tiempo. No sé si es una locura, pero estoy seguro de que tal vez puedas encontrar algún trabajo. Como si quieres irte ahora mismo, que te llevo y no se hable más, pero si lo prefieres, prueba. Incluso puedes ir al instituto por la noche y obtener el título. En fin, no quería dejar de decírtelo.

Anisa se sentó y se quedó mirando los ladrillos de barro. Era un suelo sufrido, como ella, para que disimulara si estaba sucio. No era como los mosaicos de su casa, siempre brillantes y coloridos. Pensó que la señora Bichir solo había querido sacarla de Siria, y eso lo había conseguido. Sin embargo, controlar su futuro en España era algo que se le escapaba. Simplemente, no dependía de ella.

—Piensa que siempre podrás ir a Barcelona si cambias de opinión.

Y ella pensó que tenía sentido.

—Tómate tu tiempo para pensarlo. Yo solo quiero ayudarte.

Anisa calló y volvió a mirarlo.

—Tendré que escribirle a la señora Bichir y explicarle.

—Sí, claro.

—Y volver a llamar al señor Saadi, que me espera en Barcelona.

—Será como tú quieras.

—Entonces, me quedaré y le pagaré, señor Pons. Tengo algo de dinero.

—Miguel. Llámame, Miguel.

—Miguel —repitió.

—De eso, ahora no te preocupes. Ya lo iremos viendo.

14

Alzira, julio de 1993

Delacroix habló con el padre Tárrega para que Samir regresara a Los niños de Santiago Apóstol a las dos de la mañana, como Marc, y el director les dijo que solo por esa vez, y únicamente en el caso de que el padre Andoni o Delacroix mismo se responsabilizasen de que no llegarían ni un minuto más tarde. «Yo ya soy mayor de edad, ¿sabes, tío? A mí ya no podéis meterme aquí como si fuese un crío. En cuanto me largue, no me volvéis a ver el pelo. No pienso hacerlo, que hasta los cojones estoy. ¿Quién va a obligarme? ¿Quién?». Pero todo era fuego fatuo, balas de fogueo que solo hacían ruido. El padre Tárrega le recordó que mientras permaneciera bajo aquel techo tendría que cumplir las normas, sin más, y con el anciano director del centro, Marc bajaba las orejas y no se atrevía a tanto como con Delacroix, porque sabía que el viejo sacerdote no se andaba con vueltas como el otro. Sin embargo, para Samir todo era diferente, y se sentía agradecido cada vez que le soltaban un poco más la cuerda. Estaba pasando el mejor momento de su vida: tenía a Isabel, había acabado segundo de BUP con notas impecables y, después de tantos años, sentía que aquel centro era su hogar. Sería poco, pero ese poco era lo suyo. Era parecido a abrir los armarios de la habitación y oler a alcanfor y naftalina. El olor penetrante de esas bolitas en apariencia golosas, también sabían a hogar, aunque a Isabel le evocara la casa de sus abuelos y a encierro y a noches durmiendo sola mientras sus padres salían con amigos. Samir, con la ayuda de Delacroix, había aprendido que no existía una vida mejor, y que debía valorar la que le había tocado en suerte.

El pueblo de Alzira estaba en fiestas de Sant Bernat y aquel año habían llevado a La Trampa y a Mikel Erentxun. Las calles alrededor del Polideportivo Venecia eran un hormiguero de jóvenes que entraban y salían, mientras la música palpitaba con violencia cerca del campo de fútbol, donde habían montado el escenario encuadrado con focos de colores. Samir había quedado con Isabel a las doce y media, cuando acabara el concierto de La Trampa. Él no quería —ni podía— pagar para verlos y ella había querido ir con sus amigas. Después montaban una disco móvil y entraban todos a la pista de baloncesto y continuaba la fiesta hasta que a las cuatro de la mañana llegaba la dispersión y los vasos de plástico, los papeles y los botellines de cerveza eran como los restos de un naufragio en una noche de verano.

Samir aquella noche fue con Marc y sus amigos de la Formación Profesional, que estuvieron fumando marihuana sentados en un bordillo, bebiendo cerveza de una litrona y chupando pipas para cenar. «Venga, Carapán, dale una caladita y verás qué bien te sienta, que el marica ni se va a enterar», y Marc se besó el dedo índice haciendo la señal de la cruz con él. Luego le dijo: «Te lo juro, Carapán, ni una palabra, que tú ya lo sabes». Samir frunció el ceño y le pidió que lo llamara por su nombre, como si fuera necesario mostrar su credencial de orgullo delante de aquella pequeña afición que tenía su medio hermano, acólitos de una vida con pocos esfuerzos, no como la de ellos. Por eso estuvo como sapo de otro pozo, regateando a la noche hasta que abriesen las puertas y pudiesen entrar.

—Estuvo super guay, Samir. ¡Una pasada! Deberías haber venido.

Isabel apareció arrastrada por la ola del gentío proveniente del recinto. Las amigas la rodeaban como si fuesen sus damas de honor y la pandilla de Marc se organizó desbaratadamente para intentar olfatear una presa, pero las niñas —muy monas todas— los estudiaron con desdén, secretearon con Isabel y evitaron cualquier emboscada: se dieron media vuelta y casi la empujaron diciendo que querían buscar algo para beber.

—Pero, pero... —casi tartamudeó Samir—. ¿A dónde vas? ¡Si acabas de llegar!

—Venga, veniros —le contestó ella dejándose conducir enganchada del brazo de una de ellas—. La disco ya está sonando.

—¡Pues claro que vamos con ellas, hombre! —salió al paso Marc—. Tira *palante*. No te quedes ahí como un idiota.

Ellos las siguieron y se zambulleron en un enjambre de jóvenes que se arremolinaba para entrar y salir del polideportivo. Marc se adelantó y fue tras Isabel y sus amigas como si se hubiese encadenado a ellas y una lancha lo hiciese surfear sobre la multitud que olía a perfumes dulzones y a sudor, a la vez. Hacía calor, del que pesaba, y la humedad se pegaba al cuerpo como silicona. De pronto, comenzó a sonar música *tecno* y, con el titubeo de las luces, a Samir le pareció que avanzaban en cámara lenta. El grupo de chicas se detuvo en una de las esquinas de la pista de baloncesto al aire libre y, cuando ellos las alcanzaron, rápidamente cerraron un círculo para comenzar a bailar con movimientos de robot. Marc se acercó a Isabel y le dijo algo al oído. Ella sonrió y, cuando Samir los alcanzó, le preguntó a su novia por qué caminaban tan rápido, pero ella levantó los hombros y las manos como si no supiese, y no le contestó.

La música sonaba fuerte y a Samir no le gustaban aquellos escenarios ensordecedores. Sin embargo, Marc estaba en su salsa, sacudiéndose entre sus compañeros como si fuese un John Travolta. Él estaba rígido e Isabel se acercó a decirle que se fijara en una chica que bailaba cerca de ellos, que se parecía a Míriam, una de las tres niñas de Alcàsser. Las habían secuestrado, violado y matado en una casita de aperos abandonada en medio del monte. Llevaban viendo sus rostros en la televisión desde el otoño y había conmovido tanto a la opinión pública que aquellas adolescentes ya parecían formar parte de sus vidas. Samir se la quedó mirando un momento y le dijo también al oído que no, que no se parecía a ninguna de las tres, y ella volvió a sacudir los hombros sin más, como queriéndole dejar claro que se lo decía por decir y que no tenía la menor importancia, porque aquello se trataba de bailar, o de aparentar que le gustaba hacerlo, y no de ponerse a hablar de nada. Y Samir lo intentó. La mayoría se movía con un vaso de plástico en la mano, metiéndose algo de *whisky*, vodka o ron para que los pies fuesen más ligeros y las estupideces resultasen divertidas. Pero él no podía. No solo se trataba de que si tenía doscientas pesetas prefería invertirlas en llevarla a la playa, sino que no quería llegar a Los niños de Santiago Apóstol sin sorpresas, sin importarle lo que hiciese Marc, que parecía tener inmunidad para todo. Samir no. Sabía lo que habían hecho por él y, si no podía soltarse a bailar como todos, también era porque cargaba esa mochila vacía, pero que pesaba demasiado sin su madre, sin sus raíces y con esa nostalgia que no sabía muy bien por qué, pero que lo reprimía para hacer cosas sin sentido y lo obligaba a observar a aquel tumulto de jóvenes que se iban juntando sobre la pista. Parecían insectos pululando sobre la putrefacción, sin preguntarse por qué, solo a causa de su naturaleza, la de estar ahí, sin más, sin pensar, sin hablarse, simplemente estar juntos, disimulando que la vida era una turba que se hiperexcitaba si pensaba poco y hacía lo que los demás. Pero Samir, no. Él no podía dejar de pensar ni de recordar que su vida era un puzle que no podía encajar y le dolía actuar como si no pasara nada, porque él necesitaba que las relaciones encajasen y no estuviesen dislocadas por las apariencias.

—Vamos al campo de fútbol un rato —le dijo a Isabel.

—¿Qué dices? ¿Cómo se te ocurre?

—La música está muy fuerte.

—Mira que eres soso, Samir. Está todo el mundo aquí. ¿Qué vamos a hacer tú y yo ahí solos? Espabila y baila.

Sin los focos encendidos hasta se verán las estrellas, pensó. Pero no se lo dijo.

—Solo un poco —casi fue una súplica—. Luego volvemos.

Ella lo rodeó con sus brazos y le dio un beso en los labios.

—¡Es que me lo estoy pasando muy bien, Samir!

Él observó su rostro bien proporcionado —casi hubiese dicho que perfecto—, con un diminuto lunar cerca de la nariz y sus labios como almendras bermellón. No había nada estridente en su belleza, pero bien sabía Samir que seducía.

—Yo me voy un rato, ¿vale?

—¿A dónde?

—Ahí, al campo, ya te dije.

—¡Venga, Samir! No seas así.

—¿Te vienes o no?

—Pues no.

—Como quieras.

Y se dio media vuelta como un soldado.

—No te enfades, Samir.

Pero aquello ya no lo oyó, ni vio a Marc haciéndole un aspaviento, y se alejó del golpe de los altavoces hasta adentrarse en la penumbra del campo de fútbol. Los focos del escenario se habían apagado y en las gradas todavía quedaban algunos grupos diseminados. Samir decidió sentarse en la quinta fila, desde donde pudiese ver venir a Isabel con facilidad. Sin quererlo admitir, albergaba la esperanza de que sucediera y conectara con él, que lo viese tal cual era, allí solo, hecho un ovillo en la playa, esperando que su madre regresara. Al fin y al cabo, así se sentía él, esperando a que algo sucediera, esperando a que un día volviese, ¿por qué no? Aquello nunca se lo había confesado a nadie, pero era un sentimiento que merodeaba por su pecho como un renacuajo que se escabulle en un inmenso estanque. A veces podía sentirla, observándolo en sus descuidos, incluso tumbado sobre su cama en la oscuridad, pero otras veces creía que un día llamaría a la puerta del centro de menores y su vida cambiaría de repente.

Miró al cielo y oteó las estrellas que se dejaban ver. Luego cerró los ojos y juntó las manos. Estuvo así durante algún tiempo y, cuando los abrió, esperó sorprenderse y verla venir. Pero no lo hizo. Y después de casi una hora de retiro, decidió volver e intentar hacer que todo aquello valiese la pena, porque el padre

Tárrega y Delacroix estarían a duermevela para que él fuera feliz, para que hiciese lo que los otros, aunque tuviese que volver corriendo como una Cenicienta.

Cuando regresó a la pista de baloncesto no vio a Isabel, ni a los chicos que habían ido con Marc. Solo estaban las amigas de ella, pero esta vez moviéndose junto a cuatro chicos que Samir no conocía de nada. Le preguntó a una de ellas y le dijeron que se había ido a por un refresco. A él ni se le ocurrió quedarse allí y, en modo submarino, elevó el periscopio para dar con Isabel de un vistazo. Buscó por las casetas donde despachaban bebida, en los lavabos y en todo el perímetro que rodeaba a la pista.

Nada.

Entonces, pensó que podría haber ido a buscarlo al campo de fútbol y volvió hacia allí. Se paseó como un sereno por la penumbra e, incluso, elevó la mirada hacia lo alto de las gradas. Aquella pesquisa le llevó más de diez minutos y, por momentos, el malhumor parecía que iba a acabar haciéndole silbar las orejas. Incluso, cuando se dirigió hacia la salida en un último intento, barajó la posibilidad de abortar aquella noche que soñó de otra manera. Pero cuando estaba a punto de hacerlo, de pronto, la encontró. Entraba de la calle, con Marc, que iba contándole nunca supo bien qué. Ella reía como si tuviera cascabeles y buscaba atraer su atención con cada movimiento de su cuerpo.

Samir se quedó confuso y avanzó hacia ellos como una bala perdida e inesperada. Ni siquiera los llamó. Caminó callado hasta interceptarlos. Isabel, al verlo, sobresaltada, mudó su risa y Marc se lo quedó observando tan campechano como siempre.

—¿Dónde andabas, Carapán? Te estábamos buscando.

—Le dije a Isabel que iba al campo de fútbol. —Y la miró con recriminación.

—Pero no te encontramos allí, ¿verdad, Isabel?

Ella estaba desubicada y algo recelosa, y aquello fue lo que más le dolió de aquella noche.

—Sí, Samir. Te estábamos buscando. Venga. —Y lo sujetó de la mano—. Vamos donde te apetezca.

Pero él no se movió.

—No nos queda mucho tiempo, Marc. Pasa de la una y no podemos volver tarde. Por mí, como si nos vamos ya. —Le soltó la mano a Isabel.

—¡Venga, tío! Todavía nos queda.

—No voy a llegar con prisas. No quiero.

—¡Qué raro eres! Que tu chica te dice de ir a donde quieras y sales con irte. ¿Te estás oyendo?

—Me da igual lo que digas. Yo me vuelvo. Tú haz lo que quieras que para eso eres mayor de edad —soltó con sorna.

—¡Pues sí!

—¿Me estás hablando en serio, Samir? —le preguntó Isabel, decepcionada—. ¿De verdad te vas a ir?

La presión de toda la noche disparó las palabras sin poder contenerlas.

—Voy a irme, Isabel. Si quieres, te espero y te acompaño a casa.

Ella lo miró, indecisa.

—Déjalo, tía. Que yo lo conozco bien. Ya se le pasará.

—No, Samir. No te vayas, por favor —insistió ella.

Samir miró con rabia a Marc, toda esa rabia que deja heridas entre hermanos y, como si esperara que sucediera algo, empezó a caminar lentamente en dirección contraria, hacia afuera, no muy rápido, porque esperaba que Isabel lo alcanzara y se fuera con él.

Pero no lo hizo.

Y él siguió andando sin volver la mirada hacia atrás.

15

Valencia, octubre de 2018

607121428, Consuelo Messeguer, San José de Calasanz 1, quinto.
Anisa Awada, siria,
contactos Barcelona,
Samir, su hijo.

La letra estaba emborronada, con trazos violentos, bucles como dientes de sierra y palabras que se tropezaban o se alargaban en un rayón. Aquel papel ajado había sido arrancado de una carpeta de anillas y parecía haber sido escrito a la carrera, con la única pretensión de que no se le cayera de la memoria. Samir lo leyó tantas veces que parecía habérselo cincelado con rabia, como si hubiese rajado profundos surcos sobre su piel. Era la primera vez que aparecía un rastro de ella. Aquel día de marzo de 1982, no solo se habían borrado sus huellas en la arena, sino toda su existencia. Bien sabía él que aquello había sido por una investigación torpe, igual que la de un Sherlock Holmes ciego y sin amor propio. Pero, en cualquier caso, desde su punto de vista, era evidente que, o alguien no había querido investigar, o bien alguien se había esforzado extraordinariamente por no ser investigado.

Samir decidió no llamar por teléfono. No quería postergar aquel encuentro —¿fortuito?— por cualquier excusa. Quería localizarla aquella misma mañana. No se trataba del asesinato de Susana Almiñana, se trataba de su madre... y de él. No dejaba de repetírselo y, excepto la teniente Ochoa, no quería que nadie estuviese al tanto. Aquello ofuscó cualquier tipo de prudencia. Había esperado toda su vida y, de pronto, sintió que su dique no soportaba un minuto más aquella soledad. Un empacho de orfandad presionaba su garganta con asfixia y le insistió a la teniente Ochoa para que, por ahora, no comentase sus sospechas con el resto del equipo. Ya buscaría el momento para reunirse con el coronel Solís e informarlo cuando dejasen de ser intuiciones. Primero debía transitar aquel arcano sendero como un Pulgarcito persiguiendo miguitas de pan.

Sin embargo, Samir no era capaz de prever hasta qué momento podría mantener aquella investigación al margen de su unidad, tan solo con la discreción de Amparo.

El edificio en la calle San José de Calasanz tenía un aspecto sobriamente opulento y, después de llamar por el interfono, preguntó por Consuelo Messeguer. Solo se identificó como Guardia Civil —obviando intencionadamente cualquier otra información— y una voz lacónica y femenina le permitió el acceso. En el espejo del ascensor vio reflejado a un hombre de tez cobre, con rostro de formas suaves, casi femeninas, pero con una barba rasurada a solo tres milímetros de su piel. Tiempo atrás, cuando todavía lo quería, Mara le había dicho que lo que más le había gustado de él habían sido sus labios gruesos y sus ojos de rapaz y, aquella mañana, al observarse como si fuese la primera vez, pudo ver a cualquiera de aquellos sirios que saturaron los medios de comunicación durante los últimos años. De la tierra de su madre —que desde aquel instante sintió suya— sabía lo que había visto y escuchado atónito: una civilización devastada por la artillería de un odio fratricida. Ocho años de conflicto contra el gobierno de Bashar Háfez al-Ásad que había acabado degenerando en una pugna por territorios que fueron esquilmados por la muerte, el hambre, la destrucción y el dolor. La noche anterior, Samir había googleado sobre aquella guerra. Era un conflicto entre el ejército de al-Ásad, unas supuestas fuerzas democráticas, Al-Qaeda, los kurdos y el Estado islámico. Aquella jauría había despedazado un país pujante y, de los radicales del ISIS o del DAESH —o como se quisieran llamar cualquiera de aquellos salvajes—, había visto atrocidades tales como la destrucción del bimilenario templo de Baal en Palmira, la ejecución irracional de hombres quemados vivos ante el recreo de las cámaras o la decapitación de secuestrados occidentales y locales con un mono naranja color butano. Las imágenes de una Alepo convertida en escombros sobre un desierto era el símbolo de un mundo extinguido, pero al que su madre había pertenecido. Samir deseó creer que quizás allí pudiese estar la respuesta a su desaparición y la causa de aquel silencio inexplicable sobre el que había deambulado su niñez.

Al salir al rellano, la puerta del apartamento estaba abierta. La mujer se había envuelto en un batín y lo esperaba justo bajo el marco de la entrada, como si fuese incapaz de decidir qué actitud adoptar ante aquella inesperada visita. Samir avanzó hacia ella y le estrechó la mano con denodada deferencia.

—Disculpe que la moleste, señora Messeguer. Soy el capitán Santos de la Policía Judicial de la Guardia Civil. —Y extrajo de su bolsillo su acreditación verde y oro—. No quisiera importunarla demasiado, pero necesito hacerle algunas preguntas en relación con la desaparición de una mujer llamada Anisa Awada. ¿La recuerda?

La mujer dio un paso atrás, aguzó sus ojos arrugados como pasas y frunció el ceño denotando cierta confusión.

—¡Eso fue hace más de treinta años, señor!

—Treinta y siete, exactamente.

—Y no se confunda, no fue una desaparición. Anisa se fue y abandonó a su hijo, no sé si sabe eso también. Si desapareció, fue porque quiso.

Samir intentó disimular el peso de la desazón. De golpe, su esperanza se hundió a la misma velocidad que una piedra se iba al fondo de un río. Sentía que le iban a coser su historia con gruesas agujas y sin anestesia.

—Hemos reabierto el caso. Le ruego su colaboración, señora Messeguer. Solo unas preguntas.

—Por supuesto. —Se apartó para dejarlo pasar.

El salón era una estancia iluminada que hacía chaflán sobre la avenida. Muebles clásicos color nogal que habían envejecido junto a ella, ancestral alfombra persa, sillones de respaldo principesco y reposabrazos como grandes orejas. Presidiendo el salón, un cuadro de metro y medio color sepia: ella —al menos tres décadas atrás—, su marido, un muchachito a un lado y una niña al otro.

El guardia civil se sentó y Consuelo le ofreció un café que él rechazó educadamente.

—Mire, capitán... —y se interrumpió esperando que la ayudara.

—Santos, señora. —Volvió a omitir su nombre deliberadamente.

—Eso, usted disculpe, que, con lo devota que soy yo, lo de *santos* debería habérseme quedado a la primera. —Sonrió buscando su aprobación—. Pero a lo que vamos, lo de aquella chica. Todo fue muy extraño, ¿sabe? Si es que apenas me acuerdo de lo que fue, capitán. Solo me acuerdo de ella por lo del niño. Si no, ya se me habría pasado sin pena ni gloria, porque la ayudamos en todo lo que pudimos. Bien lo sabe Dios. ¡Y tanto! Digo que la ayudamos, pero sobre todo fue mi marido, ¿entiende? Cuando él la trajo para Valencia ella no tenía dónde caerse muerta. Decía que tenía a alguien en Barcelona, pero vaya a saber. Yo la conocí después, cuando mi marido ya no pudo manejar la situación.

—¿Ella era siria?

—¡Sí! Fíjese. Siria. Con la de veces que pensé en ella cuando veía en la tele a la gente esa lanzándose al mar para llegar a las islas griegas. Lo de esa guerra es terrible. Gente bien, gente con buenas profesiones huyendo a campos de refugiados e intentando atravesar Europa como una marabunta. El papa Francisco estaba horrorizado, como todos, claro, pero la gente no ayuda. Nosotros sí la ayudamos, capitán, pero ella fue una desagradecida, así de claro. Mil veces me pregunté si Anisa se volvió y acabó como esa pobre gente... Se lo tendría merecido, por haber hecho lo que hizo.

Samir respiró hondo y el aire le dolía. Se le había secado la boca inesperadamente.

—¿Usted cómo llegó a conocerla?

—Disculpe, capitán. A todo esto, ¿cómo supo usted que yo la conocía?

Dudó un momento.

—Por Susana Almiñana.

—¿Quién?

—¿No sabe de quién le hablo? Una peluquera de Alzira, joven, llamativa. Nos consta que contactó con usted.

La mujer se lo quedó mirando sorprendida.

—¡Ah, sí! ¡Esa chica, sí! ¡Claro! ¿De Alzira dice que era?

—Así es. ¿La recuerda?

—Ni siquiera vino a verme. Fue algo muy extraño, ¿sabe? Llamó, preguntó por mí y me dijo que, si quería saber algo del niño, ella sabía, pero que me iba a costar. —Se frotó los dedos como si comprobase el tacto de algo polvoroso.

—¿La chantajeó?

—Pues algo así. Me quedé descolocada. Yo no sabía quién era, ni si me decía la verdad, pero me empezó a dar datos de esto y de aquello, y me di cuenta de que me decía la verdad, que sabía del crío y de cómo había desaparecido. Me dijo que si quedábamos para vernos, ella me contaría todo lo que sabía. Yo me moría por saber de aquel bendito que no había tenido la culpa de nada y... —La emoción le llegó a la garganta como una culebra reptando rápido, hasta atragantársele.

Samir esperó un instante para que la mujer se recuperase.

—Disculpe, capitán. Ya... lo del niño aquel no sé por qué todavía me pesa tanto.

—¿Y se lo dijo? ¿Le dijo dónde estaba Samir?

—¡Qué va! No me dijo nada. ¿No le digo que quería cobrar? Yo le dije que tenía que hablarlo con mi marido y ella me contestó que me lo pensara, que me volvería a llamar para saber qué había decidido y que ella podría conectarme con él, con Samir.

—Pero ¿usted de qué la conocía?

—¿Yo? De nada, de absolutamente nada. Si no sé ni qué cara tiene esa chica, ¿me entiende? Nunca volvió a llamar. Fue todo muy extraño, se lo aseguro.

—¿Le dijo cómo contactó con usted?

Consuelo negó con la cabeza.

—¿La fecha más o menos?

—Pues... —Se quedó calculando mentalmente mientras acariciaba su barbilla—. Es que no recuerdo el día exacto, pero creo que fue hace unas tres semanas. Más o menos. No me acuerdo el día, capitán.

Samir se disculpó y comenzó a teclear en su teléfono aquella información.

—Y a Anisa, ¿cómo llegó a conocerla?

—Fue mi marido quien la trajo. Nunca nos dijo por qué se separó de su familia, pero con lo preñada que venía nos lo explicamos todo, ¿entiende? Creo que ni diecinueve años tenía. El caso es que mi marido quiso ayudar a un cliente cuando estuvo en Siria. Él era ingeniero y montaba frigoríficos. Viajaba mucho entonces, no se crea que solo a Siria. Aquella vez había viajado allí y le pidieron el favor de acompañarla en el vuelo, nada más, pero él la ayudó incluso más de lo que debía, porque hasta la metió en un piso que tenía cuando estaba a punto de tener al niño. ¡De bueno y tonto que era a la vez! Ella no tanto, se lo aseguro. Iba de mosquita muerta, pero sabía lo que hacía.

—Entonces, ¿el niño nació aquí?

—Pues claro. Ese niño era español, y ella lo abandonó como a un perro. Solo Nuestro Señor puede perdonar algo así, pero nosotros... Nosotros, no.

Samir clavó sus ojos en los de aquella mujer y pensó que estaría más cerca de los setenta que de los sesenta. Se quedó callado unos segundos.

—¿Cómo sabe que lo abandonó, señora? ¿Quién abandona así a un hijo, en una playa, toda la noche? Piense. A veces juzgamos rápido, y sin pensar.

La mujer agigantó los ojos, asombrada.

—Usted sabe de él, capitán. Sabe lo que pasó. ¿A que sí?

—Sí que lo sé, señora.

—¿Dónde está? —Su tono fue anhelante.

—Samir se crio en un centro de menores religioso, los únicos que había en los años ochenta. De Samir sabemos; de su madre, nada. —Sus palabras sonaban despiadadas y rencorosas—. Por eso he venido. Nunca nadie aportó ningún dato de él, ¿comprende? Nunca. Pero por razones que no vienen al caso, a él sí lo hemos localizado. De ella, ni rastro

A ella se le desencajó la expresión.

—¿Qué insinúa? ¿Acaso cree que podríamos habernos quedado con él? —En su voz volvió a patinar la emoción—. ¿Eso es lo que quiere decir?

—No, señora. No se confunda. Usted me preguntó y yo le respondí. Nada más. Lo cierto es que estamos investigando la desaparición de Anisa Awada, de quien jamás supimos nada, como acabo de decirle. De Samir sabemos, de ella no, ¿me entiende?

—¡Nosotros tampoco sabemos, capitán!

—¿Por qué cree que ella se fue por su propia voluntad?

—¡Porque se llevó todo, capitán! —le respondió airada—. Lo metió todo en la maleta y se fue, ¿entiende? Lo único que dejó fue al niño, y nosotros supimos de aquello por casualidad, solo al ver su foto en el periódico bastante tiempo después.

Samir se tomó un momento y midió las palabras. Sin embargo, su memoria estaba llena de revancha.

—¿Por qué no fue a la policía? —Esta vez fue inquisidor—. ¿Por qué no se le ocurrió identificar a ese niño que creció sin pasado, señora? Quizás lo hubiese ayudado a comprender tanto silencio. ¿Es que jamás se dio cuenta de eso?

La mujer se puso en pie, soliviantada.

—¿Quién es usted para venir a hablarme en ese tono? ¡No se lo permito!

—Ya se lo he dicho. —Él también se levantó para enfrentarla—. Pertenezco al Equipo de la Policía Judicial. Soy el capitán Santos y estoy investigando la desaparición de Anisa Awada en el mismo lugar donde acaba de ser asesinada Susana Almiñana, con quien usted habló semanas atrás.

Se lo soltó de carrerilla, como si quisiera ametrallarla por su estupidez.

La mujer, por torpeza o debilidad, se desplomó sobre el sillón nuevamente.

—¿Qué me está diciendo?

—Lo que oye. Susana está muerta. Allí, en aquella misma playa. ¿Qué me dice?

Consuelo se quedó paralizada, con la mirada vagando por la habitación. Parecía desorientada.

—Oiga, capitán. Usted no puede venir a mi casa a juzgarme de esta manera, ¿entiende?

—Yo no he venido a juzgarla. He venido por una desaparición y un asesinato que están relacionados, señora. —La última palabra rabiaba rencor.

—Yo no sé nada. —Esta vez sí se echó a llorar—. Le juro que no sé nada.

Samir extrajo un clínex del bolsillo del pantalón y se lo pasó. Ella se tomó un momento y después vació su nariz en él.

—Si quiere, venga cuando esté mi marido —le dijo al fin—. Él quizás pueda ayudarlo, pero yo no puedo decirle nada más. Le pido que se vaya, capitán. Por favor. Le juro que le dije todo lo que sé.

—Lo entiendo. Hablaré con él, descuide.

—Se lo agradezco.

—Cualquier cosa que se les ocurra nos será de suma utilidad. ¿De acuerdo?

—No sé qué más podría decirle.

—Siento las molestias. No tenía elección.

Los dos se pusieron en pie y ella lo guio hacia el recibidor, pero de pronto se volvió hacia él.

—Hay alguien que quizás pueda ayudarlo más que yo. Es una tal Mariví. Trabajaba en la peluquería El Salón Parisién, sobre la antigua avenida Onésimo Redondo, pero ni sé si existe todavía. Ella conocía muy bien a Anisa. Quizás pueda ayudarlo.

—¿Sabe dónde vive?

—No la veo desde hace casi veinte años, capitán.

Y Samir también se apuntó en el móvil aquellos datos.

—Dígale a su marido que tendré que hablar con él, señora Messeguer.

—Se lo diré. Descuide.

Y Samir salió de aquella casa como si se lo llevaran los demonios.

16

Samir nació el 20 de diciembre de 1978 en el pabellón maternal del Hospital de la Fe. Anisa estuvo dilatando durante cinco horas y, a punto de perderse en el limbo del dolor, le pincharon la anestesia epidural. Samir dejó de apretar los puños y nació sin resistirse más. Ella lo miró entre impotencia y rencor, y después dejó que se lo llevaran, extenuada. Tardó en ponerle un nombre, pero antes de salir del hospital la obligaron a hacerlo. Simplemente por el trámite lo llamó Samir, igual que su padre, el que murió en Alepo y acabó cambiando su historia. El niño, por muchos motivos, era un espejo del pasado que ella intentaba dejar atrás. Luego, sin tiempo de caminar erguida, en menos de cuarenta y ocho horas le dieron el alta y una enfermera le dijo que peor habría sido en el verano, cuando tuvieron que ocupar todo el hospital con los quemados de Tarragona. Un camión de gas propileno había arrasado un camping como no se recordaba en España. Se lo soltó con una palmadita en el hombro, que significaba un *no te quejes*, como si fuese su obligación mostrarse agradecida con lo que le daban sin más viniendo de fuera. Entonces cargó al niño y, con lo poco que le quedaba, pagó un taxi hasta el apartamento de Ruzafa.

Su madre le dijo que cada una tenía su ángel, pero de niña Anisa creyó que el suyo era un cobarde, porque se escondía detrás de la puerta de su habitación. Ella era como una rosa de Jericó, reseca por el desierto y arrastrada por el viento como una pelota

ligera, hasta que el agua de cualquier oasis la hiciese reverdecer. Y
Anisa siempre acababa encontrando alguno. Primero había sido
Fátima, luego la señora Bichir y, sin ninguna explicación aparente, el ingeniero valenciano apareció en su camino sin rezos ni
abluciones, pero decidido a cumplir su palabra de alojarla en su
piso de la calle Luis Santángel y a ayudarla con el papeleo de su
residencia. Gracias a Miguel Pons podía pasar los días en la biblioteca Al-Russafí, leyendo a Blasco Ibáñez, Delibes o Goytisolo
y preparándose para el bachillerato sentada bajo las lámparas de
neón. Acomodaba sobre la mesa la enciclopedia de Bruguera, *Saber Más,* y desplegaba los tomos de Historia, Geografía y Naturaleza, como si fuesen complejos mapas que la conducirían a algo.
Aquella era su vida.

Sola.

No podía aspirar a más hasta que naciese el niño. Entonces
llegó el verano y Valencia fue emigrando hacia el mar, mientras la
joven siria deambulaba por su exilio voluntario escribiendo a Fátima
y a la señora Bichir, contándoles que todo marchaba muy bien. El
cordón umbilical con su nuevo mundo era el ingeniero y la visitaba
los viernes con bolsas del supermercado Spar llenas de comida. A
Miguel Pons no le gustaba hablar ni de él ni de su familia. Se sentaba
frente a ella para darle consejos y jugar al *backgammon* como si fuesen amigos desde tiempo atrás. Con los meses, Anisa llegó a preguntarle por qué la ayudaba de aquella manera, pero ese hombre
que había llegado a su vida por casualidad simplemente levantaba
los hombros y movía las fichas en silencio.

Sin embargo, cuando nació Samir todo cambió. Tres semanas
después del parto, Miguel la encontró delirando de fiebre y suje-
tándose el abdomen para que no la reventase un alien parecido al
de la película que acababa de estrenar en España el director Rid-
ley Scott. El niño berreaba enrojecido, estirando las piernas rígidas
de dolor. Si el ingeniero hubiese estado más al tanto de su hijo al
nacer, hubiese sabido que aquello no era más que el cólico de un
lactante, pero entre el temor y la hemorragia de su imaginación
arrastrando dos cadáveres a su propiedad, prefirió correr el riesgo de

la verdad. Al fin y al cabo, era mejor que su esposa acabara sabiendo aquello por él mismo y que no estallara de cualquier otra manera.

Cuando Consuelo entró al apartamento, fue como si se asomara entre bambalinas y bastidores a un escenario inimaginable. ¿De qué se trataba todo aquello? ¿Cómo era posible que su marido le hubiese ocultado algo semejante? ¿La estaba engañando con una muchachita musulmana? Pero Consuelo Messeguer postergó su indignación para después, y echó mano de las reuniones de Acción Católica, aunque no exenta de los remordimientos de una rabia insoportable. Llamó al médico de la familia, organizó la despensa y compró biberones y leche en polvo para alimentar a Samir. Iba y venía con la agilidad de una batería de *rock & roll*, moviéndose de un lado a otro como si asestara golpes en tambores y platillos. Puso orden en pocas horas y, cuando el médico les dijo que tenían que llevarla al hospital de urgencia, la mujer le ordenó a Miguel que se hiciera cargo, que ella se llevaba al niño.

Resultó ser una pancreatitis aguda y Anisa permaneció cinco días hospitalizada junto a una señora de Mislata a la que le habían abierto para quitarle el útero. La mujer no paraba de contarle que había tenido un *affair* con Henry Ford cuando visitó la planta de coches de Almussafes, que lo más excitante que había hecho con su marido había sido una semana en un cuchitril de Benidorm y que, si no hubiese sido por los tres hijos que le había hecho su Joan, hacía tiempo que habría viajado a Londres para conocer el mundo. Anisa callaba. Miraba el gotero como quien cuenta ovejitas y se hacía la dormida. No podía entenderla del todo, pero sí lo suficiente como para retener lo que mentaba cuando la visitaban, siempre repitiendo que era una pobrecita, que como era mora, apenas le daba cháchara. Solo Miguel iba a verla a última hora y, cuando le hablaba de Samir, se estrujaba los dedos nerviosa y echaba su mirada a cualquier parte.

—¿Es tu novio?

—No, señora.

—¿Y quién es?

Anisa volvió la mirada hacia ella oscilando entre la perplejidad y la recriminación.

—Nadie.

«¿Qué le importa?», hubiese dicho. Pero se lo ahorró.

—Bueno, chica. No te pongas de mala leche. El chico está bastante apañado y tú, si no te pusieras eso que os ponéis en la cabeza, serías preciosa, ¿me entiendes?

—Está casado, señora, y no tiene nada que ver conmigo.

La mujer soltó una carcajada.

—¡Si te contara! Entre tú y yo, eso no es ningún problema, créeme. ¿Te conté lo de Henry Ford?

—Sí, señora. Me lo contó y varias veces.

—Pues, mujer, quien dice uno, dice dos y dice tres. Pero allá tú.

Cuando a Anisa le dieron el alta y Miguel fue a buscarla, la mujer le deseó suerte, le guiñó un ojo y ella se encendió como un brasero, pero de rabia. El ingeniero no se dio cuenta de nada y volvió a llevársela del hospital como semanas atrás. Anisa deambuló tras él aturdida, sin importarle demasiado dónde iría. Se sentía apátrida, una nómada sin brújula en el desierto de Saham. Al salir a la calle, una ráfaga de viento la detuvo. Miguel llevaba una trenca de lana con botones de hueso y se la colocó por la espalda para avanzar hacia el *parking*. Ella ni una vez le preguntó por Samir. Solo mencionó que le apetecía un té bien caliente, pero con hojas de menta y, por un momento, a su mente acudieron los bombones rellenos de pistacho y las amplias galerías de escaparates del Zoco Al-Hamidiyah. Aquello le pareció un mundo extinguido, arrasado para ella como si hubiese sucedido una guerra. *Ya no existe, Anisa. Ya no.* Se lo repitió en silencio varias veces mientras caminaba cabizbaja y, cuando se sentó en el coche, Miguel le dijo que las cosas iban a cambiar, no ya por él, sino porque tenía que ser así. *Así*, sin más. *Así*. Un adverbio que el ingeniero repitió varias veces: no podemos continuar *así*, podría sucederle algo al niño, *así* tan débil como estás. Pero Anisa no necesitó demasiado discurso, solo aquel adverbio para comprender que se trataba de su mujer, de Consuelo, y mientras Miguel intentaba explicarse, la joven se preparó para partir hacia Barcelona y suplicarle al señor Saadi qué hiciese lo que pudiera por ella.

—Lo entiendo.

—¿El qué?

—Que debo irme. Lo sé.

—¿Cómo vas a irte ahora que tienes al niño? No. No es eso lo que quiero decir, Anisa. Solo pensamos que no puedes estar sola, ¿entiendes?

Su mirada fija en el salpicadero y el frío cuero de los asientos atravesándole los pantalones. Le faltaba el arrojo de la señora Fadel y de la señora Bichir para desafiar el sistema en silencio, pero decididas.

Solo quería cerrar los ojos y que pasara el tiempo.

—La madre de mi esposa se está haciendo mayor. Mi mujer y mi cuñada están preocupadas. Comienza a tener algunos síntomas del Alzheimer y Consuelo cree que ya no puede vivir sola. Necesita a alguien, y tú también. Es probable que no todavía, pero Consuelo es muy buena y quiere ayudarte a pesar de todo. —Esta vez Anisa se volvió hacia él. Parecía que en su oído hubiese sonado una campanilla.

—¿No le habías hablado de mí?

—A ver, entiéndeme. No se lo dije. Pensé que era lo mejor. No quería preocuparla y creí que todo se iría solucionando solo con el tiempo. Pero las cosas no son así, no pueden ser así. El caso es que mi mujer es muy buena, Anisa. Se ocupó del niño como si fuese suyo y es su voluntad que te ayudemos.

—No quiero molestar más.

—Tú decides. Depende de ti.

—Ya he molestado demasiado. ¿Qué pensará ella de mí? Ni me conoce.

—Lo de ir con mi suegra es una buena idea. De momento. Tendrías que echarle una mano en la casa, acompañarla al médico y esas cosas.

—¿Y estudiar? Estoy preparada para sacarme el bachillerato y poder ir a la universidad.

—Quizás un nocturno, no lo sé. Tienes que darte un tiempo hasta que el niño no sea tan pequeño. De momento tendrías un trabajito y un techo para vivir, que no es poco. De momento...

—Entiendo.

—¿Qué me dices?

Silencio.

—Queremos ayudarte. Mi suegra vive en la avenida Onésimo Redondo. No es céntrico como Ruzafa, pero con lo lejos que estás de tu país para ti es lo de menos. Es justo enfrente de la oficina del Banco Central. Hace unos días le dispararon a un vigilante de seguridad y lo dejaron tieso, pero no te creas que tiene que ver con la seguridad del barrio. Es Valencia en general. Con Franco vivo las cosas no eran así, pero ahora si te pueden meter dos tiros antes de robarte, lo hacen. Pero esto no tiene nada que ver con lo tuyo y el niño.

—Haré lo que me digas, no tengo elección —dijo al fin.

—Sí que tienes. Pero si te quedas, será mejor, ¿no?

—Dile a tu mujer que no sé cómo agradecérselo.

—Ahora la verás. Ha ido a Ruzafa a llevarte al crío. En el hospital estaba todo lleno de gérmenes y no se nos ocurriría llevarlo ahí.

Miguel la condujo hasta el apartamento para recoger sus cosas. Consuelo tenía a Samir en la cuna que su marido había conseguido en un mercado de segunda mano. Su hijo de apenas tres años se sujetaba del borde de mimbre como si se asomara a un pasamanos. Su madre lo vigilaba desde detrás y lo alejó con cuidado al oír la puerta. Cuando Anisa entró al saloncito, los observó a los dos de pie, con la mano de Consuelo ligeramente apoyada sobre el hombro del pequeño Rafael, igual que si posaran para un lienzo renacentista o para la portada de la revista *Hola*. A la joven siria le causó una impresión de profundo respeto. A sus ojos, estaba cerca de los treinta años y su gesto circunspecto no le restaba atractivo. A simple vista, era de complexión ancha y fuerte y, cuando Miguel se situó a su lado, casi le sacaba un par de dedos sobre su cabeza. Consuelo parecía sacada de un escaparate de El Corte Inglés, el que habían levantado donde estaba el antiguo convento de Santa Catalina de Siena. Ella le extendió la mano del mismo modo que recibía a un vendedor de enciclopedias y el niño acabó abrazado a la pierna de su madre como si rodeara un árbol.

—Es la madre de Samir —le dijo al niño.

Pero el hijo del matrimonio continuó asustado y Anisa decidió dar un paso atrás.

—No tengas miedo, Rafael. Esta señorita viene a cuidar de él. No va a hacerle daño.

—No quiero que se lo lleve. —El pequeño casi balbuceó.

—No se lo va a llevar, ya verás.

Anisa miró a Miguel y luego juntó las manos sobre su vientre para volver a dirigirse a Consuelo.

—Le agradezco su ofrecimiento. Con mucho gustó estaré con su madre.

—Probaremos un tiempo para ver cómo funciona, ¿te parece?

—Sí, señora.

Luego se dio media vuelta y comenzó a alejarse hacia su habitación. Miguel observaba incómodo la escena. Había sacado del bolsillo un encendedor Dupont e, igual que Adolfo Suárez hacía en la televisión, se encendió un Ducados e inundó el ambiente de una fumarola más gris que blanca.

—¿No quieres ver al niño?

Ella se detuvo, pero no se volvió.

—Después, está dormido.

—Este niño es un bendito —insistió Consuelo.

Pero Anisa no contestó.

—Acabo de darle el biberón. Por eso está tan tranquilo.

—Se lo agradezco, señora. Es usted muy buena.

—No hace falta que me hables así. Puedes tutearme.

—Como quiera. Voy a recoger mis cosas. Miguel me dijo que vamos a lo de su madre ahora.

—Si te parece bien.

—Sí, señora. Haré lo que les parezca mejor.

Luego se perdió por el pasillo.

Consuelo sujetó a su hijo en brazos y miró nuevamente a Samir con una expresión compungida. Miguel parecía esperar que le dijese algo, pero su esposa permaneció callada, intentando no devolverle una mirada recriminatoria.

17

Alzira, julio de 1993

Isabel lo llamó por teléfono a Los niños de Santiago Apóstol cinco días después de que terminaran las fiestas de Sant Bernat. El padre Andoni le dijo que era *esa chica amiga suya* y a Samir le hubiese gustado que fuese como cuando era niño y que Delacroix le pusiese el termómetro bajo el brazo y le dijese que se quedara muy quieto, porque si no las bolitas de mercurio acabarían entre las sábanas y aquello era veneno. A él nunca le había pasado, pero a un niño que ya no estaba con ellos, sí. Se las había metido en la boca y el padre Tárrega había tenido que llevarlo al centro de salud de madrugada. Samir sintió que la habitación lo oprimía. Era uno de aquellos días de viento de poniente y la casa parecía que se había hinchado de calor. Le costó bajar de la litera, y postergaba aquel momento. No quería hablar con ella. Más bien hubiese querido que lo llamara al día siguiente de la noche de la fiesta, pero no lo hizo, y Samir también se fue hinchado de lo que supuraban las heridas del amor. ¿Acaso era el desamor? No sabía explicar muy bien a qué sabía aquello, pero había tenido tantas horas para lamer sus dolores que ya estaba saciado. En el fondo, ya había comprendido que eran tan diferentes como intentar nadar contracorriente.

Caminó hacia el comedor sin prisas, aletargado por aquel calor húmedo que le impedía pensar con claridad y, de pronto, se recordó corriendo por aquel pasillo al grito de un, *dos, tres, escondite inglés* o persiguiendo a los niños con pistolas de plástico durante algunas tardes de invierno.

—Hola.

—¿Cómo estás, Samir? ¿Sigues enfadado conmigo?

—No.

—No es verdad. Si no te llamo, tú no apareces.

—Iba a hacerlo. Estuve con cosas.

—Ya. No importa, Samir. Quiero verte. ¿Y tú?

Silencio.

—¿Tú no quieres verme?

—¿Por qué no iba a querer verte, Isabel?

—No sé. Estás raro.

—¿Yo? ¿Yo soy el que está raro?

—No quiero discutir, Samir. Tengo algo importante que contarte.

—¿Qué ha pasado?

—No te asustes.

—Dime, ¿qué es?

—Es mi padre. Perdió el trabajo el otro día y en casa están todos de los nervios.

—Lo siento mucho, Isabel. De verdad. ¿Quieres que nos veamos en el parque?

—Sí. A las siete, con menos calor.

—Vale.

Cuando llegó, Samir la vio sentada a la sombra. Todavía la tarde era sofocante, una burbuja de humedad que debía reventar y dejar caer una tormenta. Se puso en pie, lo abrazó y le dio un beso en los labios, de esos que se están planeando durante mucho tiempo y se quiere que no se olviden. Samir sintió que Isabel derribaba todas sus murallas en un momento y se sentó junto a ella dándole la mano. De pronto, como si nada hubiese pasado, le dio por pensar que en realidad no hacían una mala pareja y que lo que más le fastidiaba era no poder ir a verla a su casa, sin más. ¿Qué había hecho mal? ¿Acaso tenía culpa de que su madre lo hubiese abandonado de aquella manera? ¿Era malo crecer en un centro donde tenían cabida los dejados a la mano de Dios? ¿Acaso no era el más brillante de su clase? De hecho, Isabel pasaba a tercero de BUP con dos materias pendientes y Samir pensaba ayudarla en los exámenes de septiembre. ¿Qué tipo de personas podían rechazarlo simplemente por eso? Sentía tanta rabia al respecto que poco le importaba el padre de Isabel, como si hubiese sido justo que la vida también les repartiese malas cartas, sin esperarlo ni merecerlo, como a él. Al fin y al cabo, al menos aquello era de esperar. Todo el mundo hablaba de la crisis económica y solo Indurain con su tercer Tour de Francia parecía volar sobre los problemas. Isabel le dijo que en Avidesa se lo habían dicho de un día para otro y, de un día para otro, al paro y no más bolsas de helados en casa, ni una vida acomodada en un escaparate que parecía imperturbable. De pronto, en apenas unas horas, con casi cincuenta años, su padre se derrumbó sobre su cama igual que un judío condenado a morir en un gueto durante la ocupación alemana.

Fue la primera vez que la vio llorar y estuvieron en silencio mucho rato, sin decirse nada. Aquello lo cicatrizó todo y Samir pensó que por fin había encontrado una respuesta para todas sus dudas, como cuando tiraba hacia la boca de la rana metálica que tenían en el patio y acertaba después de varios intentos. Luego se puso en pie, metió la mano en el bolsillo y sacó una navajita plateada que le había regalado Marc. Se acercó a una robinia, clavó la punta en su estrecho tronco y comenzó a cincelar un corazón con las iniciales de los dos allí dentro.

—Es un regalo —le dijo él—. De momento, es todo lo que puedo darte. Algún día todo será diferente.

Isabel se puso en pie y volvió a abrazarlo.

—Eres muy bueno, Samir.

—Delacroix dice que la bondad es el lenguaje del Cielo, pero yo no tengo muy claro que eso sirva para este mundo.

—Tú eres inteligente y eso te ayudará. Sé que llegarás lejos.

—Quién sabe.

—Yo lo sé.

Luego se separó de él.

—Entonces, ¿hemos hecho las paces?

—Nunca estuvimos en guerra.

—Venga, va, como si no hubiera pasado nada.

—Eso —contestó él.

Y se besaron.

—Se me ha ocurrido una idea, Samir. Ve a casa, cena algo y diles que llegarás a las doce. Seguro que te dejan.

—¿A dónde quieres ir?

—Ya lo verás. A las nueve te espero aquí.

—Pero no será alguna locura, ¿verdad? Yo no puedo hacer las cosas como Marc. Yo no soy así. No me gusta mentir.

—No te preocupes. Te va a gustar.

—Venga, a las nueve.

Samir se duchó, se puso una camiseta limpia que les habían enviado por llamar a un programa de música de Radio Nacional de España. Él mismo cortó una barra de pan, lo rellenó de jamón york y tomate y se lo comió deprisa en la cocina. Marc había pasado todo el día fuera y no quería que al llegar le preguntara a dónde iba. Pero Delacroix sí lo hizo, mientras Samir masticaba de pie y bebía de una jarra de agua helada. «Solo al parque, no te preocupes. Hay mucha gente ahora en verano». Delacroix se quedó imperturbable delante de él, rígido como un Madelman. Samir sabía que quería decirle algo, conocía sus gestos. Aquel sacerdote francés era un hombre indescriptible, con una formación enciclopédica, pero también con una sensibilidad extraordinaria. Igual se sentaba con los niños a jugar al perrito yoyó, que los adiestraba al ajedrez como un Bobby Fischer o un Kaspárov. Coleccionaba sellos con la misma pasión que rasgaba la guitarra en la capilla o entonando *Rock & roll star,* de Loquillo y Los Trogloditas cuando quería que sus pupilos lo pasaran bien. Samir no solo lo admiraba, sino que lo quería. Lo conocía bien, pero sabía que Delacroix aun lo conocía mejor. Y, lo más importante, que confiaba en él.

—¿Cómo se llama esa chica?

—¿Quién?

—La que te llamó.

—¿Isabel? Es la amiga de la que te hablé alguna vez. ¿Por qué?

—Por nada. Me gusta saber con quién vas.

—Si quieres, un día la invito aquí. No sé si se puede.

—Me parece bien, pero a una hora que yo te diga.

—Es buena conmigo y nos conocemos desde el colegio. Marc también la conoce, pero no tienen nada que ver. No pienses mal.

—No sé qué tan buena es, Samir. Eso solo lo puedes saber tú. Solo tú.

—¿Por qué me dices eso?

—Solo la vi una vez en la puerta, esperándote. Parecía incómoda y por eso quizás no me saludó. Yo no la conozco, Samir. Tú sí. Solo quiero que estés bien, ¿me entiendes?

—Sí. Lo estaré.

Samir volvió al parque a toda prisa y se sentó a esperarla. El sol de la tarde había desaparecido tras los edificios, pero todavía la luz vibraba en el cielo como un vapor anaranjado. Un grupo de chicos desafiaba al anochecer mientras terminaban un partido de baloncesto y algunos bancos permanecían ocupados por vecinos que buscaban algo del fresco que aliviaba el día.

La esperó hasta las nueve y media, e Isabel apareció como si rodase una publicidad de champú, con su pelo limpio suelto y brillante, una blusa blanca con la barriga al aire y una falda pantalón negra que hacía lucir sus piernas largas y morenas. Al verla, Samir volvió a sentirse afortunado de que una chica así se hubiese fijado en alguien como él y esta vez creyó que en el sorteo de la vida por fin había obtenido un buen premio, aunque a veces sintiera que le quemaba entre las manos.

Isabel llevaba una bolsa de plástico de El Corte Inglés y Samir le preguntó qué era. «Ya lo verás, vamos», le contestó. Le ofreció la mano para que se levantara y lo condujo nuevamente hacia Los niños de Santiago Apóstol y, ante el gesto de incredulidad de Samir, se colaron por la calle donde estuvieron a punto de darle una paliza casi un año y medio antes, justo detrás del centro de menores. Luego, con facilidad alcanzaron el descampado desde el que se podía observar la Ermita de San Salvador elevada sobre Alzira y, tras un campo de naranjos, los muros de algunos chalets dispersos. «¿De verdad?». Samir no salía de su asombro. «¿Aquí?». Ella sonreía con atrevimiento, con ese desafío de quien intenta algo transgresor, poniendo el pie en un alambre que se columpiaba sobre un precipicio. Isabel sacó de la bolsa una tela rectangular y la extendió bajo una higuera cercana al camino. La noche todavía era una promesa, pero pronto ni se verían. «Aquí podremos ver las estrellas y nadie nos molestará». Él se la quedó observando, incrédulo, volviendo la mirada hacia los muros del centro. «En minutos ya será noche cerrada y nadie sabrá que estamos aquí, relájate». Samir se tumbó deprisa, algo incómodo. El silbido lastimero de las chicharras todavía sostenía la penumbra. «¿A qué tienes miedo, Samir?». «A nada», contestó sin convicción. «¿Y por qué estás tan nervioso? Olvídate del mundo, quedémonos aquí, tú y yo, para siempre». Samir intentó acomodarse y apartar las piedras que se le clavaban en la espalda. Después se fue aquietando mientras se apagaba definitivamente el día. Hablaron por no callar y el cielo se llenó de puntitos resplandecientes, como llamas blancas que no oscilaban, y oyeron los susurros entre la hierba. «¿Has visto, Samir? Todo está bien. Sabía que íbamos a estar tranquilos. A veces parece que le tienes miedo a todo». Como un resplandor, sin pretenderlo, volvió a sus primeros recuerdos: la playa, el frío y esa oscuridad que se había engullido a su madre. «Ven aquí, Samir, mi príncipe Samir». Un alfiler reventó el olvido y nuevas imágenes aturdieron su mente, pero fue como si las viese por primera vez. Como un reptil, lentamente, ella se fue apoderando de su cuerpo y lo besó con destreza y atrevimiento, y cuando sintió que Samir estaba preparado, subió encima de él para rozarse con fruición. Él recordó la película que había llevado

Marc aquel día, la de *Instinto básico*, y aquello lo excitó aún más. Entonces codició su cuerpo con timidez y ella lo ayudó a conducir su mano por debajo de su blusa, invitándolo a un placer que ansiaba para los dos. Isabel se arqueó como una sirena y dejó que Samir la tocara. Era un arpa y él hacía sonar las cuerdas con sus dedos. Solo de él dependía su tono. Se esforzó e intentó desabrochar su sujetador con torpeza, mientras la escuchaba reír. Un gemido inesperado rompió el silencio e Isabel situó sus labios muy cerca de su boca. «¡Samir!», susurró, «¡Samir!». Con delicadeza, se acomodó a su lado nuevamente e intentó desajustarle el pantalón mientras reía, pero él, de golpe, despertó de aquel letargo de excitación y la detuvo.

—Por favor, no. Aquí, no. Es una locura, podrían vernos.

—Nadie puede vernos, Samir. ¿Es que no te das cuenta?

—Te equivocas. A veces pasa gente, yo lo veo desde la ventana, Isabel. Quizás también puedan verme a mí también. Delacroix no me lo perdonaría.

—¿Quién es ese?

—No importa. Vamos a otro sitio.

Y con suavidad le apartó la mano.

Entonces ella se tumbó de espaldas nuevamente y soltó el aire por la boca con rabia.

—No te enojes. Busquemos otro lugar.

—¿Y a dónde quieres que vayamos? ¿A mi casa?

—No lo sé.

Ella calló y Samir intentó abrazarla, pero lo rehusó.

—Será mejor que nos vayamos, Samir —le dijo poniéndose en pie.

—Espera, Isabel, por favor.

—Es mejor así. Si dices que viene gente, me muero de vergüenza.

—No es seguro, pero...

—Pues vámonos, Samir.

Él también se levantó y desanduvieron juntos el camino. Después, sorpresivamente, se despidieron en la esquina del centro de menores. Samir quiso acompañarla, pero Isabel le dijo que no, que era mejor así. Y él no insistió.

De aquello se arrepintió muchas veces.

18

Valencia, octubre de 2018

Los recuerdos eran como una película que había visto muchas veces. La ponía incesante en su cabeza —no siempre cuando él quería—, y todo volvía a suceder, atascado en un universo inalterable donde Samir ya no podía tocarla, ni siquiera susurrarle que había sido un imbécil. A veces era demasiado severo consigo mismo y obviaba que entonces apenas tenía dieciséis años. Isabel Valls se le había estancado en la memoria de tal manera que, cada vez que frotaba aquel universo, ella volvía en silencio. Sin embargo, ya no podía concederle deseos.

Habían pasado veinticinco años. ¿Qué esperaba de ella entonces?

Nada.

¿Nada? ¿Cuánta nada? ¿La que siempre te rondaba cuando te acordabas de ella? ¿Esa? ¿La nada de cómo habría sido lo que nunca llegó a ser? No, esa nada no. La nada del que no sabe qué esperar. La nada de quien está a punto de rozar aquellas pocas cosas que valieron la pena entonces... Incertidumbre, deseo, miedo y algo de vergüenza. ¿De qué, Samir? ¿De qué? De no haber tenido cojones, ¿de qué si no?

Pensó en todo aquello frente a la puerta de su casa, en la calle La Habana número 8, cerca de la plaza Murcia y de la parroquia Virgen de Fontsanta. Era un edificio de Protección Oficial, modesto —quizás decepcionante—, revestido de ladrillos caravista rojos y un diminuto portal que parecía una ratonera. Fue puntual. Las seis de la tarde. Sin embargo, se quedó clavado en la acera, como si la realidad y aquel universo paralelo en el que habitaba ella hubiesen entrado en colisión y la onda expansiva lo hubiese dejado aturdido.

¿Y lo de tu madre ahí dentro? Quizás esperabas que Consuelo Messeguer te contara toda la historia, ¿a que sí? Quizás esperabas una mejor. Quizás hubieses querido que no te soltara a quemarropa aquello, ¿o no? Tu madre fue una hija de puta, capitán, te pegó una patada en el culo y se llevó todo lo demás. ¡Joder! Todavía te duele, Samir. Si el hijo de puta que había matado a Susana quería que lo supieras, ya estaba hecho. Habías tomado nota. No valías una mierda para ella. Pero eso no explicaba por qué lo había cuidado en el orfanato, por qué siempre había estado ahí, callada, entre sombras y susurros invisibles... ¿Que no era ella? ¿Que no? ¿Quién si no? Te crees que no lo sabes, pero siempre has creído que era ella: tu madre... Si hasta a veces podías oírla respirar junto a ti, ¿a que sí? Pero eso no podías decírselo a nadie. ¡Nunca! ¡A nadie! Un demente, un loco, un iluminado. ¿Quién es ese? Un guardia civil, el capitán Santos.

Lo sacudió de aquel limbo la melodía del móvil. Miró la pantalla y era la teniente Ochoa.

—Capitán, creemos que tenemos a la peluquera.

—¿Qué peluquera?

—¡La que me pidió que buscara esta mañana! La Mariví esa. Se llama María Victoria Ferré y parece que sigue viviendo en el mismo barrio.

—Pero ¿cómo lo has averiguado tan rápido?

—No fue tan complicado. El Salón Parisién estuvo abierto hasta unos diez años atrás, pero la tal Mariví dejó de trabajar mucho antes. Fue fácil dar con ella porque se montó una peluquería en la calle Felix del Río, bastante conocida, parece. Quiere ir usted, ¿no?

—Sí, Amparo.

—Lo suponía.

—Gracias por la discreción. ¿Habéis encontrado algo más?

—Nada, capitán. Voy a llamar a la tal Fany para que me pase los ligues de Susana de una maldita vez, que me parece que no se ha enterado de que esto no es una broma. Como que usted no encuentre alguna pista por su parte, esto parece muy empantanado.

—Todo es cuestión de tiempo, Amparo. Tranquila. Algo vamos a encontrar. Y dile a esa chica que para hoy mismo, ¿de acuerdo? ¡A ver si todavía tenemos que traérnosla a comisaría!

—No se preocupe, capitán. Yo me encargo. A mandar.

Samir se guardó el teléfono y apretó el timbre número 10. La lucecita del interfono parpadeó como si existiese un cortocircuito. El nombre de Isabel Valls podía leerse con claridad, pero escrito a mano en un diminuto papel y con bolígrafo azul. Su voz llegó distorsionada por el interfono que emitía un sonido cascado. Samir se identificó como el capitán Santos y la puerta de aluminio vibró para entrar. Subió las estrechas escaleras igual que quien trepa un rascacielos desafiando el vértigo, repitiendo su mantra de autoridad en cada escalón —*Santos, Santos, inspector Santos, Policía Judicial, para servirle, señora*—, una y otra vez, como si conociese sus fantasmas, como si hubiese conseguido concitarlos con su madurez, aunque hubiese pensado demasiado en ella, aunque la hubiese mantenido demasiado en un búnker que Isabel ni imaginaba y, por ello, justo en aquel momento, se asomaba a aquel abismo entre dudas y prefería aquel amor inicuo —¿inventado?— que el ocaso de un recuerdo que acabaría hecho añicos cuando la volviese a ver.

Es el fracaso lo que te pesa, ¿a que sí? Que vea en tus ojos que aún sigues solo, como si nunca nadie te hubiese querido. Solo Delacroix, solo él; Mara no, ella no, porque para Mara solo fuiste una casualidad, un uniforme en la fiesta de oficiales en la Sala Canal en el 2014. Ella tan con su escote y su «eres para mí o no eres para nadie, soldadito». Un capricho que duró demasiado, porque ella confiaba que algún día acabases brillando, y ella contigo; porque algún día te dijeran «mi comandante», y ella contigo; porque algún día quisiera pedirse una excedencia en el ayuntamiento de Alacuás, y ella a vivir del cuento. Por eso se casó contigo, capitán, por eso se negó a las ataduras de un embarazo, por eso pasaba las tardes en el gimnasio y en los cursos de baile, y en los viajes con Mónica y Trini, y en una terraza, y en el Nuevo Centro, y en el Zara, y en el Dior, sí, que le gustaba, y tú, no, tú un soso, un aburrido, tú un tacaño que le costaba comprender que haber crecido con nada no era motivo para vivir con el freno de mano puesto, Samir, porque ella necesitaba más, y más de baile, y más de esto y más de lo otro, y más de follar delante de tus narices, que si no lo querías ver era porque pensabas que las mentiras dolían menos, ¿entiendes?, que las mentiras se arreglan, que las mentiras no son como un tobogán que acaba mandándolo todo a la mierda, y el día que volviste de Zaragoza veinticuatro horas antes, ahí estaba el final esperándote en tu cama, con ella y con él. ¿Él? Sí, él: un torso sudado que se sacudía entre los espasmos encima de Mara, que no sabías muy bien si gemía o reía, porque la música de Coldplay lo confundía todo.

Llegó al rellano como si lo hubiesen lanzado a la estratósfera. Temió perder la compostura y aquel instante de vértigo le pareció tan inverosímil que no supo cómo reaccionar. Pero solo tuvo que dejarse llevar, igual que el tsunami lo arrasa todo en un instante de extrema vulnerabilidad...

Y se abrió la puerta.

Fue como cuando se levanta el telón de golpe. En el escenario, una mujer vapuleada por la vida, con gesto de contrariedad y vestigios de aquel primer amor. Solo fue un *flash*, lo que se puede percibir en un parpadeo. Suficiente para liquidar su recuerdo en pocos segundos.

—Buenas tardes, señora Valls. Soy el capitán Santos.

La mujer pareció observarlo con extrema precaución. El pantalón vaquero y la camisa *slim fit* la desconcertaron, y Samir lo comprendió al instante. Como un pistolero lento, extrajo su placa para sostenérsela a la vista solo un momento. Ella le dedicó apenas un vistazo y sus ojos azules fueron dos canicas revotando entre él, la placa y algún lugar recóndito de su memoria. Descodificar la información prolongó aquel reencuentro varios segundos y, cuando lo miró por última vez, la mujer se llevó las dos manos a la boca en un acto reflejo que podría haber sido la imagen de *El grito*, pero no el de Edvard Munch, porque aquí no hubo horror, sino un sucedáneo de sorpresa, nostalgia y tristeza a la vez.

Todavía se te pone la piel de gallina, ¿verdad, Samir? Se acordaba de ti. No había más que verla... Pero para ti ya no era la misma. No, no lo era.

—¡Samir! —exclamó confusa—. ¡Cómo es posible! ¿De verdad que eres tú?

—Sí, soy yo, Isabel. Lo siento. Debería habértelo dicho.

—No sientas nada, hombre. Pasa, pasa. —Ella se apartó para que entrara—. ¡Samir! No lo puedo creer, te lo juro. ¿Cómo es posible?

Quiso reconocerla en aquella mujer, pero le costaba.

—Debería habértelo dicho por teléfono, pero preferí no mezclar. Además... —dudó—. No sabía si te acordarías de mí.

—¿Cómo no iba a acordarme de ti, Samir?

Lo hizo pasar al comedor y él echó un rápido vistazo: los módulos de los muebles algo desconchados, los sillones cubiertos con una tela naranja y la mesa del comedor ocupada con estuches y papeles. El suelo era un terrazo lijoso con pintitas grises; la carpintería metálica de la ventana era apenas hierro pintado de blanco y el taparrollo de la persiana se había descolgado. Estaba apoyado en la pared, junto a una lámpara de Ikea.

—Disculpa el desorden. Estaba haciendo los deberes con los niños. Si hubiera sabido que venías tú, lo hubiese arreglado un poco más. Está todo un desastre, ya lo sé.

—No te preocupes, Isabel. Está todo perfecto.

—Es que no me lo puedo creer, Samir. ¡Siempre quisiste ser policía! Me acuerdo muy bien. ¡Cómo has cambiado! —En su mirada había perplejidad y cierta fascinación—. Pareces otro, ¿sabes?

Él sonrió, complacido, al tiempo que se hundía en el sillón de dos plazas. Quedó allí encajado con tanta incomodidad que prefirió doblarse hacia adelante y apoyar sus brazos sobre las piernas.

—¿Qué quieres beber? Tengo café, té, zumo, agua... Lo que quieras.

—Nada, nada, de verdad.

—¿Seguro?

—Seguro.

—¡Qué alegría verte, Samir! —Y se sentó en una silla frente a él—. No sabes la de veces que me he acordado de ti.

—Yo también, Isabel. Siento venir por trabajo, pero es lo que tiene investigar crímenes.

—Cuando ayer me dijiste lo de Susana me quedé muerta, ¿sabes? Bueno, vaya. Es un decir, ya me entiendes. El caso es que fuimos amigas, sí, pero después dejamos de vernos. De eso hace un porrón de años. No entiendo qué es lo que tiene que ver conmigo, de verdad. Me alivia que hayas venido tú.

—No te preocupes. No vengo porque crea que estés involucrada. De hecho, casi vengo de forma personal. De no ser así, habría venido con alguien de mi equipo. Ayer encontramos en el apartamento de Susana fotografías contigo. De hecho, serían de hace unos diez o quince años atrás aproximadamente. ¿No es así?

—Puede ser. Éramos buenas amigas entonces, la verdad.

—¿Y qué pasó?

Ella vaciló un momento y clavó sus ojos en el suelo.

—Eso ya no importa, Samir. Son cosas del pasado y no vienen al caso.

—En mi trabajo eso nunca lo sabemos, Isabel.

—Cosas nuestras, ya me entiendes. Me traicionó y ya no pude confiar en ella.

—No voy a insistirte, pero quiero que entiendas que intento encajar un puzle. Quien mató a Susana Almiñana trazó un escenario para involucrarme directamente. De hecho, lo que te voy a decir es altamente confidencial, ¿me entiendes?

El rumor de los niños riéndose y arrastrando cosas llegaba a través de la puerta, pero ella no se inmutó. Simplemente asintió absorta.

—El cadáver de tu amiga llevaba mis datos: mi nombre, mi cargo y mi número de teléfono y, lo que es más sorprendente, apareció en la misma playa en la que me abandonó mi madre.

Isabel volvió a llevarse las manos a la boca, pero esta vez su expresión no fue la misma, sino de temor.

—¿Te acuerdas?

—Pues claro. ¿Quién se olvidaría de una historia como la tuya?

—Ahora imagínate que descubres que la víctima tenía relación con Isabel Valls, con quien el inspector Santos había mantenido una buena relación durante su adolescencia.

—Pero yo no sé nada, te lo juro, Samir. Tienes que creerme.

—Yo te creo, pero hay algo que lo conecta todo y hay alguien ahí fuera que quiere que yo lo conecte. Por eso he venido, Isabel.

Ella se lo quedó mirando sin saber qué responderle. Por un momento cerró los ojos, como si intentara visualizar algo en la pantalla de sus párpados.

—Tiene que ser una casualidad, Samir. No puede ser otra cosa.

—No hay casualidades, Isabel. Nunca las hay.

Volvió a mirarlo.

—Aquello te lo decía el cura, me acuerdo.

—¿Te acuerdas de eso también?

—Sí, y de muchas otras cosas, Samir.

—Delacroix me lo repitió desde niño: «Todo pasa por algo, Samir, algún día lo comprenderás. Las casualidades no existen, las causalidades, sí». Ese hombre era un sabio, Isabel.

—Lo querías mucho, me acuerdo.

—Sí, la verdad. Hoy soy lo que soy gracias a él.

—Pero esta vez se equivocaría. Que yo la conociera es una casualidad. No tiene nada que ver con la causa de su muerte. Créeme.

A veces las cosas no son tan fáciles, a veces hay que desenterrar muchos cadáveres para comprenderlo, Isabel. Las casualidades no existen... Simplemente, no siempre sabemos ver.

Los niños entraron al comedor empujando la puerta como galgos en carrera. El pequeño de cuatro años lloraba sin convicción, acusando a su hermano de ocho que se rebelaba con fastidio. Isabel acogió al pequeño en su regazo, le acarició la cabeza y le pidió que se tranquilizara, que ya lo hablarían después. Se puso en pie y se metió con ellos por el pasillo. Samir oyó el cuchicheo enérgico y vio aparecer nuevamente a Isabel a la vez que cerraba la puerta tras de sí.

—¡No sabes lo duro que es criarlos sola! El padre me pasa algo, si es que me pasa, y yo ya no sé qué hacer. —Su voz se desafinó de emoción—. A veces siento que me arruiné la vida, ¿sabes? A veces pienso que lo tengo merecido.

Y esta vez se echó a llorar.

Samir se puso en pie, rebuscó en sus bolsillos, pero no encontró ningún pañuelo. Ella se limpió las lágrimas con los dedos, luego con las mangas y se volvió a sentar en la silla, avergonzada. Hubiese querido acariciarle la coronilla, pero simplemente se quedó en pie, sin tener el coraje para atravesar el puente colgante que lo conducía hacia aquella Isabel que ya no conocía. Se tambaleaba sobre el abismo del pasado.

—Soy una estúpida, lo siento. Tú sí que has triunfado, tú sí, Samir. Estás increíble y eres alguien importante, lo que siempre soñaste y yo aquí con mi vida de mierda.

—Olvídalo, Isabel. Hemos vivido como hemos podido.

—Sí.

Parecía a la deriva.

—¿Pensarás en lo que te dije?

—No tengo nada que pensar, Samir. Te lo juro.

—Está bien.

Y silencio.

Ese silencio, ¡cuánto silencio aquel día! Tenías tanto para decirle y ya no le dijiste nada. ¿Qué podrías haberle dicho? Nada. A veces te das cuenta de que los momentos pasan, de que la vida pasa y ya jamás puedes volver atrás... No se podía desandar el camino, Samir. No se podía.

—He pensado en ti muchas veces, ¿sabes? —le dijo ella.

—Yo también.

—Más de lo que habrás imaginado.

—Ahora ya no importa, Isabel. Las cosas fueron como tenían que ser.

—Sí, Samir. Lo sé.

—Ahora tengo que irme.

—¿Ya?

—Sí, lo siento. Tengo mucho trabajo, pero si quieres algún día podemos volver a vernos.

Isabel se incorporó y se quedó frente a él mirándolo a los ojos.

—Me encantaría, Samir.

—Te doy mi número por si se te ocurre algo, ¿de acuerdo?

Ella buscó su teléfono en un mueble, Samir le dictó los números y ella le hizo una llamada perdida.

—Ahí tienes el mío.

—Perfecto.

Otra vez silencio mientras se guardaba su número.

—¿Tienes hijos? —Ella le preguntó al fin.

—No. Mi mujer no quería.

—Lo siento.

—No te preocupes. Hace un tiempo que lo hemos dejado.

Samir avanzó hacia la salida. Le dolía ver a Isabel atrapada en aquella cárcel que ella misma se había construido. Quería salir de allí y respirar, pero, de pronto, su mente recibió uno de aquellos fogonazos que iluminaron —como en un guiño— una vida que no podía recordar. Esta vez, Isabel había encendido las luces del recibidor y Samir observó las paredes desconchadas de un viejo empapelado marrón y sepia. Un barullo de imágenes como una bandada de pájaros llenaron su cabeza.

A veces, lo veías, Samir. A veces lo veías, pero sin verlo...

—Piensa en lo que te dije, Isabel y, te pido por favor, no lo comentes con nadie. ¿De acuerdo? Me pondrías en una situación complicada.

Ella asintió.

—¿Nos volveremos a ver? —le preguntó Isabel.

—Espero que sí.

Luego le dio dos besos en la mejilla para despedirse. Todavía recordaba cómo le había enseñado a besar contra aquel muro y hasta pudo sentir el impúdico sabor de su saliva convirtiéndolo en un muchacho nuevo.

Pero aquella era otra mujer.

19

De la época con la señora Dolores, Samir no podía acordarse. Pero cuando entraba a esos apartamentos de aspecto anticuado, con empapelados floreados y recargadas grecas, se sentía más débil y vulnerable, sin saber por qué. La señora Dolores había sucumbido a aquella moda y desde la camita de Samir podía perderse en infinitas rayas y cubos hasta caer dormido. Entonces Samir ya casi podía verlo. Los recuerdos emergían a la superficie hinchados como cadáveres. Pero no todos. Aquello solo era un teatro de sombras chinas difuminadas por la falta de luz. A veces quería sumergir su cabeza en aquel charco de su memoria y abrir los ojos en la oscuridad. Pero no podía. Apenas era consciente de ese tiempo. Aquella pieza del puzle también se le había borrado, aunque todavía le hacía ruido en su cabeza Gabi, Fofó, Fofito y Miliki repitiendo *¿Cómo están ustedes?* Samir gritaba riendo *bien, bien, bien* y en la única lengua que su madre le enseñó. Entonces la señora Dolores era quien estaba con él, quien le encendía la tele, la que jaleaba una y otra vez como los payasos. Era ella la que jugaba, la que lo ayudaba con los cubos de plástico y le montaba una pista para una locomotora. Aquello también eran sombras. Y por supuesto, no podía acordarse —ni saber— por qué su madre estaba en aquel piso de la avenida Onésimo Redondo y con esa anciana más desmemoriada que con Alzhéimer. Desde el principio, Anisa constató que la suegra de Miguel no tenía más que senilidad y que había sido una fortuna ir a vivir con ella. En nada se parecía a lo que el ingeniero le había descrito el día que salió del hospital. Para la señora Dolores, la presencia de Anisa fue un alivio para su soledad y, para ella, la oportunidad de ganarle tiempo a la vida, hasta que Samir creciera y pudiese ir a los párvulos. En ese momento, comenzaría magisterio, tal como le había prometido la anciana al superar los exámenes de bachillerato y obtener una media de 8,5 en la selectividad de 1981.

—Yo te ayudaré, Anisa. Mientras me funcione esto... —Y señalaba su cabeza—, siempre podrás contar conmigo. No sé qué fue lo que te trajo aquí, pero estoy segura de que te mereces algo bueno.

Anisa no le había contado nada de su pasado, pero siempre le hablaba de aquel oasis de donde provenía. De los zocos, de las callejuelas en monte Casiún, de sus parques brollando agua, de los almuhédanos silenciando el bullicio como ángeles cayendo desde un cielo azul, y de las rosas de Damasco, de sus frutales, sus olivos y mucho de Alepo, a donde añoraba volver. Para la señora Dolores, que solo había viajado a Barcelona a visitar a unos primos un par de veces, aquel mundo lejano la llenaba de fascinación. Para la fiesta del Sacrificio, Anisa preparaba el cordero relleno de almendras, con pimientos, aceitunas, nueces y le enseñaba a la anciana a comerlo con los dedos, ayudándose de un pan libanés, sin servilletas, solo con una caja de papel. A Consuelo no le gustaba nada aquellas cosas y la señora Dolores, al año de estar con ella, le pidió que siguiera rezando como quisiese y comiendo lo que le diera la gana, pero que se quitara el velo, porque a su hija le preocupaba que los vecinos pudieran murmurar que su madre se había convertido al Islam. Anisa lo hizo. Le costó, pero se quitó el velo. Fue como si naciese otra mujer a los ojos de los demás. Su belleza fue un amanecer en el oasis de Palmira. En aquel desierto nacieron reverdecidas palmeras y el borrador de una ciudad de columnas esbeltas y rostro dorado. Consuelo supo que deslumbraba al observarla reflejada en el rostro de su marido. A Miguel le costó disimular su estupefacción al descubrir su cabello resplandeciente, largo y oscuro que resaltaba sus facciones perfectas y sus ojos zafiro. A veces, Consuelo se preguntaba por qué no la había despachado la primera vez. Al fin y al cabo, había hecho lo que la Virgen santísima hubiese hecho en su lugar, porque creyó que el Buen Samaritano era ella, la única que podía encauzar la vida de una desconocida con un niño entre los brazos, y sin saber absolutamente nada más de aquella extraña. Consuelo se había arrepentido varias veces de aquello. Le costaba reconocerlo y eso le remordía la conciencia —aunque jamás se lo hubiese dicho a su confesor—, y aquel domingo que descubrió a Miguel embelesado ante tal cambio, estuvo convencida de su error. En aquel momento, Consuelo sintió más vergüenza que celos. Su hermana Inés y su marido habían venido desde Gandía para comer con su madre y, probablemente, también ellos lo habían percibido. No quería ni recordarlo. Él nunca la había mirado de aquella manera —o al menos que a ella le pareciese— y, desde que había nacido el niño y se había vuelto algo más ancha —por decirlo de alguna manera—, él ya no era aquel muchacho de la fotografía de Ibiza en el mueble del comedor: chaqueta azul, solapa ancha, camisa con pinzas, pantalón ajustado de campana y una sonrisa de «aquí estoy yo para comerme el mundo». Habían descartado Canarias y Mallorca porque se habían enamorado de un hotel en el catálogo de Viajes Barceló. Estaba a las afueras de un caserío blanco, con una playa solitaria y terraza en donde había mesas con velas. Se pasaron una semana haciendo uso del matrimonio —tal como se lo había descrito su madre antes de la boda— y paseando en sandalias entre tiendas de ropa y galerías de arte. A los nueve meses nació Rafael y, desde entonces, el amor de Miguel se fue volviendo esquivo y, a veces, inexistente. Y aquel domingo, al verlo con la mirada arrodillada ante aquel altar que su madre había construido con su anuencia, también sintió rabia y temor ante lo desconocido.

Consuelo y su hermana Inés sabían muy bien que Anisa no era la empleada que ellas habían imaginado al principio, ni siquiera una inquilina que ayudaba a su madre en lo que podía. A sus ojos, Anisa había usurpado un trono que les correspondía a ellas, porque su madre bebía los vientos por la joven siria y no hacía nada sin su beneplácito o aprobación. Las dos hermanas pensaron en poner a buen recaudo la cartilla de su madre, la del banco Monte Piedad, y si para Consuelo no hubiese sido un agravio imperdonable, le hubiesen pedido a Anisa que buscara otro lugar y que hiciese su vida como pudiera. Sin embargo, nunca se hubiese atrevido. Anisa jamás les dio la oportunidad de pensar que quisiese aprovecharse de la fragilidad de su madre. Más bien estaba interpretando el guion para el que había sido contratada, y lo hacía a la perfección. En el fondo, se trataba de la anciana: ni tenía Alzhéimer para decidir por ella, ni podían evitar que depositara aquella confianza en Anisa, aunque —con demasiada susceptibilidad— pensaran que les correspondía a ellas.

Samir, por supuesto, no podía recordar nada de aquello, entre otras cosas, porque jamás lo había sabido. Solo recordaba a su madre. Ni siquiera su nombre, solo *mamá*. Lo sentaba en su cama, le vendaba los ojos y le leía cuentos que lo transportaban a tierras doradas donde el niño cabalgaba por mundos mágicos. Tampoco podía recordar cómo había comenzado aquel juego. Entonces Samir solo tenía un año y Anisa lo encerraba en su habitación para prepararse para los exámenes del bachillerato nocturno y luego la selectividad. Lo dejaba allí varias horas. Bajaba la persiana y el cuarto se convertía en un zulo del que Anisa quería alejarse, como si de aquella manera el niño desapareciese de su vida. Samir era bueno, muy bueno, y la señora Dolores siempre le decía que parecía un pan bendito y que tenía mucha suerte con él, pero Anisa lo miraba y solo veía a Nasser, y no podía desterrarlo de su vida por más kilómetros que hubiese puesto de por medio. La señora Bichir le había escrito meses atrás que su padrastro había ido a su casa para hablar con Fátima y tirar de una larga madeja de incógnitas, pero que ella misma le había dicho que su hija no sabía nada y que, si tenía motivos para pensar que su desaparición había sido involuntaria, debía acudir a la policía inmediatamente. Todo esto se lo dijo con el aplomo de la rabia y la prudencia a la vez, sentada frente él, quien no cesaba de acariciar un rosario turco entre sus dedos y beber café con cardamomo amargo, oscuro y espeso, del mismo modo que Anisa recordaba a aquel hombre que, en sueños, imaginaba que llamaba a su puerta y se sentaba frente a la señora Dolores para explicarle que debía regresar a casa. Los pensamientos de Anisa eran una marisma anegada por miedos y dejaba al niño encerrado varias horas, aun escuchando su vocecita —rara vez un llanto— llamándola insistente y resignado, con el pañal húmedo como una bolsa de agua. La voz de Samir era un faro lejano, hasta que un día dejó de serlo y el niño aprendió a trepar la barandilla de la cuna y a dejarse deslizar hacia el suelo. Ni siquiera en aquel momento se atrevió a abrir la puerta, sino que se sentaba en un rincón con sus bracitos rodeando sus rodillas y se ponía a sollozar en silencio percibiendo la oscuridad del abandono. Un día de esos, Anisa encendió la luz y lo descubrió pequeñito como un gorrión caído de un cielo que ella todavía no podía ver. Fue una revelación, un fogonazo de tristeza. Por primera vez pudo verse a sí misma, vulnerable e inocente, esperando a que su madre viniese a protegerla, como si estuviese en una playa olvidada, en la que solían sentirse los huérfanos. Anisa se arrodilló, lo sujetó en brazos y lo abrazó. Nunca había sentido tanto amor por aquel niño. «Negro, no, mamá, negro, no», le susurró Samir varias veces. Su madre lo cambió, le dio de comer y luego lo sentó sobre la cama con los ojos vendados.

—Te voy a contar muchos cuentos, Samir —le dijo al oído—. No hay más oscuridad que la que tú quieras ver.

Y así comenzó el juego, para darle luz a la oscuridad.

Consuelo y la señora Dolores jamás le preguntaron por el padre del niño. Aquel día en Damasco, Miguel cumplió su misión sin más preguntas que las imprescindibles y, casi tres años después, todos imaginaban muchas cosas, pero nadie pudo saber nada de su familia. Solo una vez Miguel lo había intentado, pero ella zanjó el asunto diciendo que los suyos estaban muertos —algo en lo que no mentía, ya que lo sentía así—.

Solo acabó contándole algunas cosas a su amiga Mariví, la ayudante de la peluquera a donde iba la señora Dolores, que cada vez que la veía le proponía ir aquí y allá, que con lo mona que era parecía mentira que no se dejase ver el pelo en ninguna parte. Mariví era una explosión de simpatía, un *show* de cordialidad y de buenos sentimientos que —sin demasiadas luces— sabía empatizar muy bien con los demás. Fue tanto lo que le insistió la señora Dolores en que le hiciera caso, que acabó saliendo con ella varias veces, y con el niño arriba y abajo. Iban a los recién estrenados multicines ABC, a dar vueltas por Galerías Preciados en Ronda Colón y hasta la invitó a unas clases de Tantra, aclarándole varias veces que no se trataba de ninguna secta como la de Los niños de Dios. Anisa supo conectar con ella, por eso le contó de Damasco, de su madre y de la familia de su padrastro. Y estuvo a punto de contarle el sambenito que cargaba sola, pero tampoco lo hizo, y Mariví no insistió. Era una buena chica y, sin más preguntas ni interés, aceptaba a su amiga y al niño en cualquier circunstancia.

Anisa solo dejó a Samir la Noche Vieja de 1980. Ya casi tenía dos años y dormía de un tirón. La señora Dolores le dijo que saliese a divertirse, pero que no le dijera nada a su hija Consuelo, por si acaso, que no tenía importancia, y Mariví se la llevó al Cotillón de la Piscina de Valencia con un vestido rojo y lunares blancos que la peluquera misma le había ayudado a comprarse para la ocasión. Escote en forma de corazón, cintura ajustada y falda ancha hasta las rodillas. Anisa jamás se había vestido así, pero sentía tal deseo de dar carpetazo a su pasado que no le importó imaginar que en Siria le hubieran tirado ácido en la cara por aquello. Bailó toda la noche rodeada de moscones que conocían a la peluquera —con más simpatía que el consabido atractivo que ansiaban los del sexo opuesto— y concitó tanto revuelo a su alrededor que su amiga llegó a sentir la sana envidia de los que quieren bien. Y en medio de aquel trasiego de luces de colores, serpentinas y cuerpos eléctricos vibrando con *Tunnel of love*, de Dire Straits, de pronto, Miguel Pons apareció frente a ella, como de la nada.

—¿Anisa? ¿Eres tú?

Sus pies se detuvieron y se lo quedó mirando estupefacta.

—¿Qué haces aquí?

—Vine con mi amiga Mariví. La señora Dolores lo sabe. Ella me dijo que viniera. ¿Está mal?

—De ninguna manera, tienes que salir. Me alegro de verte.

Todos bailaban, pero en el centro de la pista la música se había detenido para ellos. Solo era un ruido que dificultaba hablar. Miguel se acercó un poco más y, sin entender ella muy bien por qué, le tomó la mano y le acarició delicadamente los dedos. Con su suéter blanco de cuello de cisne y su chaqueta azul entallada parecía más joven.

—Anisa, estás hermosa.

Ella se quedó boquiabierta y abrió sus ojos azules como si pudiesen escuchar. Los segundos fueron un elástico resistente que se tensó sin que ninguno de los dos se diese cuenta, hasta que ella retiró su mano de la suya.

—¿Consuelo está aquí?

—Sí.

—No me digas que me ha visto, por favor.

—No te preocupes. Solo yo te acabo de ver.

—Entonces me iré. Sé que no le gustará y no quiero tener problemas.

—No sé qué decirte.

—No tienes que decirme nada. Le diré a mi amiga que me voy.

—¡No puedes irte sola! No lo hagas.

—No quiero que me vea. —Al decirlo comenzó a apartarse hacia un rincón.

Miguel la siguió y Mariví —que lo observaba todo expectante—, lo hizo también.

—¡Anisa, espera, por favor!

—No. Es mejor que me vaya.

—¡Déjame que te lleve!

—¿Cómo vas a llevarme sin que tu esposa se entere de que estoy aquí?

—Lo arreglaré.

—No, no puedes. Pero te lo agradezco.

Él metió la mano en el bolsillo y sacó cien pesetas.

—Toma, para un taxi. No te vayas sola. Por favor.

—No las quiero.

—Te lo ruego.

Ella lo miró a los ojos y luego su mano extendida.

—Está bien, pero no se lo digas. ¿De acuerdo?

—Será nuestro secreto.

Miguel se alejó y Anisa se quedó temblando. Le explicó a Mariví, recogió su abrigo y le rogó a su amiga que se quedara un poco más. Pero le dijo que no, que no tenía ganas de quedarse sola, y aquella primera noche de 1981 regresaron juntas una vez más. Al llegar a casa, Anisa atravesó el largo pasillo del piso de la señora Dolores y entró en la habitación del niño. Dormía de espaldas a la puerta, abrazado a un oso marrón que era la mitad que él. La joven se sentó sobre su cama y acarició su cabecita. Todavía podía sentir la música golpeando en sus tímpanos y un enjambre de sentimientos se agitaban en su pecho.

—Nunca te voy a dejar, Samir.

Samir tampoco podía recordar aquello. Fue como si nunca se lo hubiese dicho.

—Mi madre una vez me dijo que los ángeles traen las voces de los que se han ido al Cielo —le susurró—. Tú siempre tendrás mi ángel, Samir. Siempre estaré contigo, viva o muerta. Ahora lo sé. El amor es más fuerte que todo el rencor que siento. No lo olvides.

Pero él no podía escucharla.

20

Alzira, agosto de 1993

Delacroix le dijo que podían ir, que no era nada difícil llegar. «Cuando llegaste al centro, la Guardia Civil me dio el punto exacto. Es muy fácil, porque está a pocos metros de un restaurante que sirve de referencia. Quizás te haga bien. ¿Estás seguro de que quieres ir?». Y Samir no lo dudó. Lo venía deseando desde que era un niño. Necesitaba reconocer su recuerdo e incluso intentar comprender algo más, como si la Guardia Civil no hubiese sido capaz de hacer su trabajo entonces. Samir le daba demasiadas vueltas a todo aquello. Nadie imaginaba las veces que había intentado ensanchar las paredes de su memoria. Nadie, no. Delacroix lo sabía. Él lo conocía muy bien. «No vamos a ir solos», le dijo. «Vamos todos y comemos allí». Y *todos* eran los cuatro niños que no estaban con sus familias, Marc, Delacroix y el padre Andoni. «Hay pinadas», les dijo. «Nos llevamos unos sándwiches y montamos el pícnic. ¿Qué te parece?».

En el centro tenían una Ford Transit blanca de nueve plazas que conducía el padre Andoni. El Saler estaba a quince minutos de Valencia, pero a casi una hora de Alzira. Samir sabía que había acabado en aquel pueblo por casualidad, simplemente porque en aquel centro de menores había una plaza. Así se escribía su niñez: un abandono y una casualidad. Era la primera vez que hacían una excursión de aquel tipo y Marc no se cortó en decirle al oído que Delacroix lo tenía entre algodones. «El marica te adora, Carapán. Y no es que a mí me importe, me la suda. Echamos una mañana cojonuda y ya, pero a mí me soportan y creo que no ven la hora de que me largue. Tú eres otra cosa, Carapán». Pero Samir no quería discutir. Pensaba que el discurso de Marc era un guante que le encajaba muy bien, un disco rayado que activaba su altavoz de chico rebelde, y aquello le gustaba. «En septiembre creo que me va a salir algo y ya no me verá ni Dios aquí, Carapán. ¿Qué me dices?». Para Samir era como oír llover. Observaba la carretera con atención, intentando retener cada detalle de cómo estaban llegando a El Palmar, un pequeño pueblo de pescadores rodeado de arrozales. Más bien era una isla, la más grande de la albufera, pero a principios de siglo XX rellenaron el marjal y levantaron puentes hasta convertirlo en una península. Ahí Blasco Ibáñez había dado vida a su novela *Cañas y Barro*, cuando la gente de El Palmar vivía en casas construidas con juncos, cañizos y tierra, mucho antes del *boom* turístico de los años 60 o de 1978, momento en el que Televisión Española estrenó la serie en la pequeña pantalla. Entonces el poblado comenzó a ser popular y se llenó de restaurantes. Pero las barracas continuaron y los pescadores también. En invierno, los arrozales eran charcas plateadas; en verano, campos verdes que brotaban desde el agua y, en otoño, tallos amarillos preparados para la cosecha. Después moría el paisaje: quemaban el rastrojo y la tierra se volvía un erial negro con hilillos de humo elevándose al cielo.

El hermano Andoni dejó atrás el poblado y el inmenso estanque de la albufera quedó a la izquierda y, cuando alcanzó la pequeña localidad de El Saler, giró a la izquierda por una carretera de pinares, hasta alcanzar la playa y el restaurante Las Dunas. Dejaron la furgoneta en un parking que se quedaba pequeño para los coches que había, cargaron con todos los bártulos y dejaron el establecimiento y la única casa de la zona a apenas cien metros de él. Después atravesaron la dehesa, entre dunas todavía florecidas por campanitas de mar amarillas y rosas, y encontraron la orilla. El agua era cristalina, aunque Delacroix les advirtió que, cuando el agua dulce de la albufera se vertía al mar, se volvía algo turbia.

Para Samir, los recuerdos eran olas furiosas que rompían y se transformaban en espuma de nada.

Eso era lo que veía a su alrededor. Todo y nada.

El hermano Andoni y Delacroix se quitaron la camiseta y, por primera vez, Samir observó el cuerpo níveo y flácido de su mentor. Era algo escuálido, con los pectorales caídos y los brazos alargados y lisos como dos articulaciones de maniquí. En cambio, el hermano Andoni tenía una complexión más robusta, de hombros anchos y músculos levemente tonificados por su naturaleza. A Samir le gustaba verlos así, como si no fueran sacerdotes, jugando con los niños —dos de 12 y 10 años y los otros dos de 7 y 8—, sentados en la arena o dándole a las palas como si fueran una familia más. Aquel era un lugar escondido. Había solo diez sombrillas a la vista hasta donde les alcanzaba la vista. El mar estaba estancado y las olitas llegaban exhaustas a la orilla, pero el hermano Andoni dio la orden de entrar solo hasta el pecho, porque no había socorrista. Como de costumbre, Marc protestó y el sacerdote vasco lo miró con desgana e irritación. «Haz lo que te dé la gana», le dijo sin más, y Marc se quedó algo boquiabierto, como si hubiese esperado más batalla.

Samir procuró estudiar la fisonomía de aquella playa y reconocer el pasado. Pero no podía. El escenario parecía haberse reducido, como si ya no fuera tan inmenso, pero igual de indescifrable.

—¿Seguro que es aquí? —le preguntó después de un rato a Delacroix.

—Sí. Eras muy pequeño, Samir. Es muy difícil que lo recuerdes.

—Sí me acuerdo de algunas cosas. Y de mi madre también.

Silencio, y el silbido del viento en los oídos.

—¿De los guardias civiles también te acuerdas?

—Sí. De eso me acuerdo muy bien, pero no sabía quiénes eran. De hecho, pensaba que eran parte del juego.

—¿Qué juego?

—Mi madre me dijo que era un juego, por eso me vendó los ojos.

—¿Eso también lo recuerdas?

—Sí.

—¿Y a qué jugabais?

—A un juego. Ni de casualidad puedo recordar cómo era. Solo que me vendaba los ojos.

Volvió a mirar las dunas coronadas por hierbas y flores amarillas. Era un lugar olvidado, apartado del mundo, idóneo para deshacerse de él. En su cuerpo hirvió la vergüenza. ¿Qué madre podría hacer algo así? No podía entender por qué lo había engañado de aquella manera. Él la quería, de aquello estaba seguro, y de niño prefirió aferrarse a la idea de que algo le había sucedido y ya no había podido volver. Sin embargo, la desolación de aquel rincón de mar le sugería algo premeditado. ¿Acaso quería que muriera? ¿Era aquello lo que también sospechaban todos? A Samir le dolía y se quedó sentado sin tocar el agua. Marc nadaba con brazadas torpes en una zona poco profunda y el hermano Andoni se había puesto a excavar túneles de arena con los niños.

—¿Y la casa del camino y el restaurante? —le preguntó a Delacroix—. ¿No vieron nada?

—Hicieron toda una investigación en su momento, Samir. Por supuesto que habrán preguntado. No había mucho más dónde buscar, imagínate. Echa un vistazo. A mí me dijeron que hicieron todo lo que podían hacer, pero nadie aportó ninguna pista sólida. Lo siento. Sea lo que sea, tú no tuviste la culpa. Lo hemos hablado muchas veces.

Samir calló largamente.

—Gracias de todas formas —le dijo al fin.

—¿Por qué?

—Por todo.

A pocos metros de allí encontraron un merendero con dos mesas de madera. Estaban lejos del mar, antes de las dunas, bajo una pinada. Delacroix sacó pan, fiambre, tomates, patatas, aceitunas, una botella de agua y otra de Coca-Cola. Nunca habían hecho algo semejante y Samir supo que era por él, no hacía falta que Marc se lo recordara a todas horas. El lugar era perfecto. Los niños parecían tan agradecidos que fue como si hubiesen pisado el Disneyland París que habían inaugurado el año anterior. Hasta Marc parecía cómodo y había conducido a los pequeños a un mirador de aves varios metros más adentro, una charca entre juncos donde decía que había visto una garza y varias rapaces raseando sobre el agua.

Al volver, Samir y Marc se sentaron en la tercera fila de asientos solos. Estuvieron callados gran parte del camino. Todos estaban cansados y Samir algo cabizbajo. En la radio escuchaban ausentes que habían desmantelado una red etarra que chantajeaba a los empresarios vascos y que el asedio de los serbios a Sarajevo desde el monte Igman podía costarles que la OTAN bombardeara Belgrado. A Samir lo conmovía la guerra. Había visto en *Informe Semanal* de Televisión Española a un niño bosnio de pie en una fila de alguna parte. Tenía los ojos grandes como dos estanques azules y su mirada parecía acostumbrada al horror. La periodista le preguntaba por sus padres y él le contestaba que los habían matado, que él mismo lo había visto, a ellos y a sus hermanos. Él podría haber sido ese niño, o uno de ese 50% de niños bosnios que habían visto disparar a otros. Todo era cuestión de suerte o de un plan preconcebido por el Creador, según Delacroix. En su caso, cuando escuchaba aquellas noticias, sentía que el destino que le había tocado no lo había elegido, pero otros huérfanos tampoco. Al menos, Samir no había visto nada de aquello. Quizás, pensaba él, también había sido una suerte. Solo se trataba de saber enfocar bien la vida que se había encontrado, la única que tenía. El pasado influía, claro que sí, pero ya no contaba, le decía Delacroix. Marc lo expresaba a su manera. Para él era todo o nada y despreciaba el refrán «mal de muchos, consuelo de tontos». Según él, había tenido mala suerte, muy mala. Era un hecho. La vida lo había jodido, pero pensaba cobrárselo con creces el día de mañana.

—Carapán.

—¿Qué?

—No estés mal, tío.

El ruido del vehículo avanzando por la carretera parecía proveerlos de una mampara invisible.

—Déjalo ya, Marc.

—Lo digo en serio. ¿No se te ha ocurrido que tu madre se ahogara? Quizás se la tragó el mar.

—¿Qué dices?

—Que sí, Carapán. Tu madre no te habría dejado así como así, que tú eres un buen chico. Algo le pasó, de eso estoy seguro. Quizás se acercó para algo, se desmayó y para dentro, y tú sin enterarte.

—Eso es una gilipollez, Marc. Habría aparecido el cuerpo. Además, a mí ya no me importa.

—Sí que te importa. Sufres porque crees que valías menos que un perro para ella, pero tu madre no te dejó como a mí. Le pasó algo. Estoy convencido.

—Cállate.

Suavemente, la mano izquierda de Marc se deslizó sobre la pierna derecha de Samir y le dio tres palmaditas. La última tuvo algo de caricia, e intentó no retirar la mano hasta que comprendiera que él estaba allí. Samir sintió el hormigueo de la emoción y pensó que Marc sabía expresarse mejor callado que con palabras. De eso estaba seguro.

—Carapán —volvió a insistir después de largo rato.

—¡Qué! —contestó algo irritado.

—¿Cuánto hace que no ves a Isabel?

—¿Y a ti qué te importa?

—¿Lo habéis dejado?

—No, claro que no. ¿De dónde te sacas esas cosas?

—Ya no la veo contigo.

—Nos vimos anteayer, que no te enteras.

—¡Ah! No sabía.

Silencio y el viento de una ventanilla baja se coló dentro de la cabina.

—Esa tía no te conviene, Carapán. Te lo digo yo, que las conozco.

—¿A qué viene eso ahora, *don experto*?

—Quería decírtelo. No quiero que lo pases mal.

—¿Tú la conoces, Marc? ¿Tú la conoces?

—He hablado con ella. Es buena tía y está que te cagas, pero no es para ti. Tarde o temprano no será para ti, Carapán.

—¿Que no es para mí? ¿Y por qué? ¿Porque tú lo digas? No sé a qué viene esto, Marc, pero déjalo ya. ¡Déjalo!

—Tío, no te enfades. Si te lo digo por tu bien.

—Pues no me ayudas en nada ahora mismo. Cállate.

Luego ya no volvieron a hablar hasta llegar al centro. Samir necesitaba pensar en su madre y en la posibilidad de que se la hubiera tragado el mar, igual que a Pinocho.

21

La teniente Ochoa le puso sobre la mesa una lista con seis nombres, pero Samir se distrajo observándola más de la cuenta. Se había pintado los labios de un rosa resplandeciente y el maquillaje suavemente oscuro de sus párpados resaltaba sus ojos limpios. El capitán intentó disimular su curiosidad y se distrajo con la hebilla dorada de su pantalón verde, pero ella supo que había dado en la diana cuando Samir, con los sentidos desbaratados, trasteó entre varios papeles de su escritorio hasta comprender lo que le decía su subalterna.

—Es el que pone Susana, capitán, que se me ha hecho un lío en un santiamén.

Samir se sintió indefenso, como un *voyeur* sorprendido en plena faena, e intentó disimular infructuosamente. Sostuvo por fin el papel entre sus manos y observó cómo estaban ordenados con dirección y número de teléfono, impecable, tal como la teniente hacía las cosas. La estetición no estaba segura de si allí estaban todos, pero sí de que aquellos, sin lugar a dudas, formaban parte del *hit parade* sentimental de la víctima. La tal Fany había suplicado que no la nombrasen, que ella no estaba para líos con nadie y que, si bien se lo había pasado ella, la verdad era que podría haberlo hecho cualquier otro que tuviera ojos, porque —según ella decía— la Susana se había dejado ver con todos.

Samir irguió su columna vertebral y el riego sanguíneo comenzó a chispear nuevamente. Examinó la lista detenidamente y un nombre trastabilló entre los demás, como si quisiese abrirse camino a codazos.

En un momento, pasó de la curiosidad al pasmo.

—¡Es increíble! Podría ser cualquiera, pero estoy seguro de que es él.

—¿A quién se refiere, capitán?

—Aquí hay gato encerrado, Amparo. Te juro que no entiendo nada. ¡Pero nada! Hay algo que se nos escapa y creo que lo hemos encontrado.

—¿Quién es?

—Alguien a quien quise mucho. Creció conmigo en el centro de menores. No puede ser casualidad que Marc Escandell esté en esta lista, ¿me entiendes?

—Se lo dije desde un primer momento, capitán. Desde que vi el cuerpo antes que usted. ¿O es que ya se olvida?

—Aquí ya no se trata de esa peluquera, aquí se trata de mí, Amparo. Alguien quiere que lo encuentre, y lo voy a hacer.

La teniente Ochoa titubeó antes de hablar, pero al final se lo soltó:

—¿Acaso cree que es su madre quien lo está buscando?

¿Y qué ibas a contestarle? ¿Cómo decírselo? De mayor te había pasado pocas veces, pero de niño, no. De niño había una... ¿presencia?, de niño había algo que ni siquiera ahora podías ponerle nombre, Samir, algo que la teniente nunca podría entender, ni tú tampoco, no te engañes, tú tampoco. Después habían sido muchos años de silencio y tú te dijiste: «Cosas de niño». Aquello se esfumó de tu vida cuando te hiciste mayor, o eso era lo que creías, hasta que volvió. No sabías por qué, pero había vuelto y, ni podías explicarlo, ni ibas a hacerlo, Samir. No podías. Aquello no podías. ¿Quién podía escuchar aquellas locuras que bamboleaban en tu cabeza? Nadie, y la teniente Ochoa era parte de ese auditorio que acabaría ofreciéndote un gesto de conmiseración.

—Pues no lo sé, Amparo. Por el momento, en pocas horas supe más que en toda mi vida y estoy seguro de que esa Mariví aún me hará saber más. Deberíamos ir a verla ahora mismo, pero acabas de hacer saltar la banca y habrá que ir a hablar con Marc Escandell primero.

La teniente se sentó frente al escritorio con la mirada fija en el vacío y con su atención centrada en algo que estaba más allá de lo que tenía delante.

—¿Su amigo sabía dónde lo abandonaron de niño, capitán?

—Sí. Una vez fuimos juntos.

—¿Y si la hubiera matado allí para dejarle un mensaje?

—¡Venga, Amparo! Eso no tiene sentido. Me lo encontré hace años y sabía perfectamente cómo dar conmigo. Dudo mucho que eligiera matar a una exnovia para enviarme un recado que me llevaría directamente a él. Si flotara, esa teoría no aguantaría ni un segundo.

—Tiene razón, capitán, pero hay algo muy claro: acabamos de encontrar una conexión razonable entre el lugar del crimen y que lo conociera usted. Esa conexión es él. ¿O no?

Samir no le contestó. De pronto, parecía no estar allí. Los recuerdos llegaron como una bola de nieve.

—Por cierto, al parecer fue una relación de hace tiempo, pero que volvió a retomar el año pasado. De hecho, la chica me dijo que en la época en que su amigo y Susana se conocieron, ella ni conocía a la peluquera.

Samir se quedó callado. Miró los ojos azules de Amparo, luego la lista y después el disimulo de la pared.

—Dejemos de darle vueltas. Vamos a hacerle una visita ahora mismo. Quizás se alegre de verme. Marc y yo fuimos como hermanos.

Vivía en Xàtiva, a unos veinte kilómetros de Alzira, casi detrás de la Basílica de Santa María. Era un callejón estrecho de aspecto pintoresco —algunas macetas floridas en los balcones y casas pintadas de rojo, amarillo, terracota o simplemente blancas—, pero deslucido por algunos muros descarnados y faltos de cuidado. La vivienda de Marc era una de ellas y Samir sintió una profunda impresión de desamparo. Él todavía recordaba la última vez que lo había visto. Había sido en el Summum, un club de alterne de sesenta y cinco habitaciones y que tiempo atrás había sido un hotel de cuatro estrellas. Estaba situado en un pueblecito que se llamaba Favara, en la carretera que conducía hacia Cullera. Samir investigaba un asunto de trata de blancas y Marc no podía desanclarse de la barra del bar a las once de la mañana. Encontrarlo de aquella manera hizo añicos su recuerdo —no se habían visto desde los años de Los niños de Santiago Apóstol— y no necesitó hablar demasiado con él para saber que vivía a la intemperie del amor. Se le echó encima borracho en un amago de abrazo y le lloró su vida de aprendiz de emprendedor que nunca había llegado a nada. Por supuesto, Marc no le dijo aquello exactamente, pero entre los efluvios de la embriaguez le mencionó un bar en Gandía, unas inversiones inmobiliarias en Albacete y un negocio de compraventa de coches usados que le embargaron por culpa de un socio que le había arruinado la vida. «Pero estoy remontando», le dijo al final. Aquel día Samir lo metió en un taxi y lo envió para su casa, pero antes le pidió que lo llamara, que tenía ganas de volverlo a ver.

Marc nunca le hizo caso.

Les abrió la puerta una mujer delgada como una momia, con la boca agujereada y los brazos excoriados por las jeringuillas —Samir no necesitó más que un vistazo para darse cuenta—. Preguntaron por Marc y se identificaron como guardias civiles. Ella no protestó y los dejó pasar sin más. «Está en la cama, hoy no está muy bien», pareció excusarse la mujer. La teniente y él avanzaron hacia el interior del mismo modo que un minero se adentra en su túnel. Era una estancia oscura, con una deprimente luz que se intuía desde el patio del fondo, la suficiente como para distinguir los lamparones grises entre el techo y las paredes. Un mobiliario desvencijado, corroído por los años y que, de un vistazo, ambientaba una estancia de posguerra. La mujer tenía la televisión encendida y aquella ratonera olía a tabaco y a humedad. Subieron las escaleras y ella empujó una puerta. Era un hueco negro que olía a podredumbre. Marc era un bulto sobre una cama con un cabezal de hierro. Cuando la mujer levantó la persiana, pudieron percibir un cuarto sucio —montones de ropa por el suelo, envoltorios de alimentos, restos de gasas con sangre— y con las paredes descascaradas. Amparo dio un paso hacia atrás y se tapó con repugnancia la boca y la nariz.

—Es la pasma, tío —le dijo sacudiéndolo con la mano—. ¡Marc! Despierta, venga. Quieren hablar contigo.

Era un insecto, Samir. Los recuerdos vomitaron aquella metamorfosis que todavía te dolía. Había pasado demasiado tiempo, pero parecía que todo acababa de suceder, y era tu hermano. Lo era, sí. Él único que habías tenido.

Estaba amarillo y, del mentón y hasta los pómulos, emergían las púas de una barba descuidada. Sus brazos estaban visiblemente amoratados y su vientre era una colina.

—Marc ya no puede meterse en líos —les dijo ella—. Solo tienen que verlo al pobrecillo.

Fue el mismo Samir quien abrió las ventanas a un balconcillo y le dijo a la teniente que no entrara, que bajara con la mujer y lo esperara allí.

Marc lo miraba con la serenidad de los soñolientos. Parecía narcotizado y tardó un par de minutos en sonreírle, como si hubiera visto a un ángel. Entonces intentó incorporarse dolorosamente, al menos hasta recostar su espalda en la almohada.

—¡Carapán! ¿Qué haces aquí, tío? Joder... Qué alegría me das.

Hablaba lento, repasando cada una de sus palabras, igual que si las suspirase.

—¿Qué es lo que te pasa?

Entrecerró los ojos y volvió a sonreír, pero esta vez con sorna.

—Estoy jodido, Carapán. Jodido.

—¿Qué es?

—Una cirrosis de caballo, tío. Querían que me quedara en el hospital, ¿sabes? Pero yo les dije que no. Llamé a la Loli, que la pobre no tiene na. Ella me cuida y yo le dejo la casa. Total, por dos ratos que me quedan. ¿A quién se la iba a dejar si no?

Samir hinchó los pulmones y expulsó el aire por la nariz resignado. Después acercó una silla y se sentó frente a él. Marc le alargó la mano. Parecía un mendigo. Samir la presionó fuerte, y luego más fuerte. Era un amasijo de huesos. Quería decirle muchas cosas, pero no le dijo nada, como a Isabel. Solo aquello... muy fuerte.

La providencia de Dios. Delacroix se había hartado de repetírtelo. La providencia de Dios, Samir, aun en la noche oscura. Había que verlo para creerlo. Eso tampoco podías decírselo a nadie. Claro que no. Jamás lo hubiesen entendido.

—Escucha, Marc. ¿Sabes por qué he venido?

—No.

—Susana ha muerto. La han matado.

—¿Qué Susana?

—Almiñana.

Sus ojos eran opúsculos de una vida que se le había escapado, siempre bajo el cielo raso, con el silencio de Dios, desde que su madre lo había olvidado teniéndolo delante. El destino de los huérfanos del amor.

—No sabía nada, Carapán. ¿Cómo sabes que iba con ella?

—Estoy investigando el caso, Marc, y un testigo te relaciona con Susana.

Se volvió a acomodar y, suspirando con desgana, le contestó:

—La tía esa me dejó en cuanto me enfermé. La última vez que la vi fue hace un año. Ni puta idea de nada más, Carapán. Te lo juro.

—¿Sabes dónde apareció muerta?

Él negó con la cabeza.

—Fue donde me abandonaron, ¿te acuerdas? En aquella playa de El Saler.

—Joder, tío. ¡Qué casualidad!

—No me vengas con una casualidad, Marc. Eso no es una casualidad. ¿Le hablaste tú a esa chica del lugar?

Marc se lo quedó mirando, pero como si observara hacia adentro a través de las cuencas hundidas de sus ojos.

—No, Carapán. No fui yo.

—No me lo creo.

—Pues no te lo creas. ¡Mira si estoy para andar con mentiras, tío! Más jodido no puedo estar.

Marc se lo quedó mirando durante unos segundos y sus ojos se vidriaron de emoción.

—Tú sí lo conseguiste, Carapán. Que le den por culo a tu madre, a la mía y a todos los hijos de puta que nos jodieron, ¿sabes? Tú lo conseguiste, tío. Eres el puto amo de la Guardia Civil y estoy orgulloso de ti. —Y le soltó la mano para toser, como si escupiera su vida a trocitos.

—Esa chica tenía mi número y mi nombre, Marc, y es aquí donde entras tú. Estoy tirando del hilo, ¿me entiendes? Hay una pieza que me falta y creo que la tienes tú.

—No sé nada de ella, Carapán. Esa tía iba muy suelta, ¿me entiendes? Hoy me dirían que soy un puto machista, pero fue Susana la que me envió de paseo, ¿sabes? Ni al teléfono me respondió. Lo pasamos muy bien juntos. La conocía desde hace muchos años, muchos, muchos, y te juro que pensé que íbamos a vivir juntos. Pero ella también me dio por culo, Carapán, ella también. Es la maldita historia de nuestra vida, la de joder a todo el mundo: yo a ti y ella a mí. Solo los curas esos no nos fallaron, Carapán. Son los únicos. Delacroix con lo marica que era lo intentó todo conmigo. Todos lo intentaron, pero la cabra tira al monte, joder, y aquí estoy, muriéndome solo, con la Loli.

—No te pienso dejar aquí. Te voy a llevar a un hospital, Marc.

—Tú no me vas a llevar a ninguna parte, tío. Al menos la Susana hizo algo bueno: te trajo aquí. He pensado en ti muchas veces, Carapán, en pedirte perdón, en decirte que fui un gilipollas...

—No importa, Marc. —En la voz se le hizo un nudo y carraspeó—. Éramos unos críos. Yo también he pensado en ti. Eso ya no importa.

Callaron y se miraron. Llevaban años esperando aquel momento.

—Solo quiero saber si me perdonas, Carapán.

Habías ido allí para eso, Samir. Pensabas que era otra cosa, pero habías ido para eso. Nada era casualidad, te lo habías repetido mil veces. Entonces no lo percibías como de chico. Ni sombras, ni susurros, ni leches... Pero sabías que alguien estaba moviendo los hilos y tú allí no habías llegado por nada. Los hilos eran invisibles, pero poderosos. Por eso te habían llevado hasta allí, justo en aquel momento. Por momentos no te cabía ninguna duda, pero no podías decírselo a nadie. Quizás a Marc, a él sí. Pero Marc esperaba otra cosa y lo demás no le importaba. Solo necesitaba que se lo dijeras, ¿entiendes?, porque nadie vive completamente a la intemperie del amor, nadie vive del todo a la intemperie de Dios, Samir, y no sabías qué era lo que te había llevado a él aquel día, pero sí lo sabías, sí que lo sabías. Tenías que bendecirlo, para eso te había sentado allí... ¿el destino?, para que le... dijeras. A veces no nos damos cuenta y nuestra vida solo tiene sentido en un instante. El tuyo era aquel, Samir, y tenías que decírselo, tenías que hacerlo... Y lo hiciste.

—Escucha, Marc.

—Sí, Carapán.

Lo volvió a pensar, pero se lo soltó:

—Eres el único hermano que he tenido, tío. —Y no pudo decir más.

Hacía años que no lloraba. Ya ni se acordaba.

—Lo siento mucho, de verdad, Carapán. —Volvió a darle la mano.

Él también gimoteaba.

Samir se incorporó y lo abrazó. Era una mezcla de acidez, sudor y basura golpeando los cauces de sus fosas nasales, como arroyos desbordados. No quería que la teniente Ochoa lo viese así, derrumbado a los pies de su historia, la que nunca borraría, la de él, la de Marc y la de Isabel, a la que la corriente también la había empujado a la deriva.

—Ahora me tengo que ir. Estoy de servicio y no quiero que mi compañera se preocupe.

—Límpiate los ojos, Carapán, que pensará que eres un flojo y te quitarán la placa y la pistola. Siempre has sido igual.

Samir soltó una risa.

—Vuelvo en cuanto pueda, Marc.

—No te preocupes.

Pero ya no se volvieron a ver.

22

Valencia, febrero de 1982

Su madre lo había llevado a la playa un par de veces. Una de ellas con la señora Dolores, a la Malvarrosa. Habían ido en taxi hasta cerca del puerto y la anciana se había sentado en la terraza de la arrocería La Pepica, frente al mar. Anisa había atravesado el paseo con Samir y estuvieron una hora jugando en la playa. Era junio y el cielo tenía un azul tan limpio que hacía brillar la arena como un oro opaco. Cerca del restaurante, las palmeras eran sombrillas esbeltas que se mecían imperceptiblemente. La señora Dolores llevaba un vestido blanco y un sombrero de paja, como una pintura de Sorolla. Luego comieron una paella y Samir se quedó mirando el mar, casi un estanque añil. Tantos años después, para él podría haber sido cualquier otro mar, pero aquel ni siquiera era un recuerdo. La segunda vez que había ido fue en El Saler, muy cerca de donde Samir había aparecido. Miguel y Consuelo lo habían llevado a un mirador de pájaros junto a Rafael, el hijo de ambos. Aquel día de agosto, Anisa lo tenía todo preparado: bocadillos de chóped para el pícnic, un viejo mantel con flores marrones y fondo pastel que había encontrado en el trastero, una sombrilla de tela roja, dos botellas de agua recién sacadas del congelador y un melón pequeño como un balón de fútbol sala. Se puso el bañador de una pieza que se había comprado en el mercadillo y encima un pantalón corto y una camiseta blanca con dibujos verdes y dorados alrededor de una inscripción que ponía *never understimate the power of a woman*, pero cuando subió Consuelo se la quedó mirando entre asombro y hartazgo, incapaz de congeniar su exigua generosidad —en aquel tiempo mera resignación— con la precaución —en realidad temor— que despertaba Anisa en su vida. La joven siria estaba tan hermosa aquella tarde que las enormes luces rojas que alarmaron la mente de Consuelo le impidieron pronunciar nada coherente y, antes de que subiera Miguel con el pequeño Rafael en brazos, le soltó sin opción a réplica que no podía ir, que aquella tarde hacía demasiado calor para que su madre se quedara sola y que se llevaban a Samir, pero que ella se quedaba. «Por favor, no me malinterpretes, es mejor así». Anisa no llegó ni a fruncir el ceño, porque Consuelo enfiló por el pasillo en busca de su madre. La joven, cuando vio a Miguel traspasar el umbral del apartamento, tuvo que bajar la cabeza para no echarse a llorar y le dijo que le había preparado todo a Samir, que en la bolsa había bocadillos de sobra y mucha agua, pero que ella se quedaba, que no se encontraba muy bien. Cuando estuvieron a punto de irse, buscó los ojos de Consuelo como si se desatara una guerra que había comenzado mucho tiempo atrás sin que Anisa se diese cuenta.

Aquello Samir nunca lo supo y mucho menos podría haberlo recordado, pero en su cabeza existían ecos de aquel día de la mano de Rafael —tres años mayor que él—, subidos a un embarcadero sobre una marisma rodeada de juncos que emergían del agua oscura de aquella pequeña albufera. Miguel y Consuelo señalaban con el dedo el horizonte pantanoso. Sobre los tallos de las plantas se posaban tórtolas, mirlos, perdices, estorninos y petirrojos, y Rafael miraba a través de unos prismáticos que su madre le sostenía. Estaban a solo unos centenares de metros de la orilla del mar, muy cerca de donde Samir sería encontrado meses después.

Ya por aquel tiempo, Anisa una vez le dijo a su amiga Mariví que acabaría yéndose a Barcelona, que la señora Bichir le había insistido en que su hermano podría ayudarla a obtener un buen empleo en Badalona, por más que la señora Dolores dijese que tras la muerte de Franco era más fácil encontrar una aguja en un pajar que un trabajo como los de antes. Anisa había postergado aquel ofrecimiento porque bien sabía que más valía pájaro en mano que cien volando —aunque por lo poco que había tratado con la señora Saadi por teléfono, pensaba que en este caso más valía malo conocido que bueno por conocer—, pero la relación con la esposa de Miguel Pons había llegado a un punto que ella consideraba de no retorno. No era de extrañar que en poco tiempo la señora Dolores tuviese una recaída, una enfermedad o simplemente muriese. En cualquiera de esos casos, ni podría estudiar ni la anciana sería capaz de protegerla de los prejuicios —¿antipatías?— de su hija Consuelo. Nada importaba lo que la señora Dolores le prometiera o lo que Anisa ansiara. Ella sentía que la realidad se impondría como si una tormenta gris hormigón amenazara con mojarla después de haber sido fastidiada con dos o tres gotitas. El día que le dijo aquello, su amiga Mariví nunca pensó que estuviera hablando en serio. Desde el punto de vista de la peluquera, el niño sería un problema sin la ayuda de nadie y el discurso de su amiga estaba más alentado por la frustración que por la razón. Sin embargo, el día que hablaron de aquello la joven siria le dijo algo que Mariví nunca olvidaría:

—Samir no puede ser un problema. Si quiero darle un futuro, quizás tenga que pasar algún tiempo sin mí.

La peluquera se arrepintió de no haberle preguntado más sobre aquello, pero, en el poco tiempo que llevaba tratando con Anisa, había aprendido a preguntar poco y a escuchar mucho. La vida de su amiga estaba salvaguardada en un fuerte de alta seguridad que solo se abría cuando ella necesitaba desahogarse. De hecho, nada le hizo pensar que Anisa iba a desaparecer al comienzo de la primavera. Pero bien era cierto que, después del incidente de la noche del 27 de febrero de 1982 —que a la postre fue lo que desencadenó todo—, se habían visto muy poco, y ya nada fue lo mismo entre las dos. En aquella ocasión, Anisa accedió a salir con Mariví el sábado por la noche sin esperar las dos sorpresas que su inocente amiga —más bien inconsciente, pensó ella después— había cargado en su inesperada chistera. La madre de Samir acostó a su hijo con el velador encendido y dejó a la señora Dolores ya en la cama, sentada y viendo a Carmen Maura y Lola Flores en un programa de varietés que se llamaba *Esta noche*. Nada más Mariví tocó el timbre y Anisa bajó al portal, fue la primera en la frente: la peluquera la esperaba con dos chicos que ella no conocía de nada. «Estos son Carlos y Nacho», le dijo Mariví. Dos besos en la mejilla entre el pasmo por la novedad y, en un santiamén, se vio sentada en el asiento de acompañante de un Seat 127 que conducía el tal Nacho. Su amiga y el otro, bien apretaditos detrás, entre risas y bromas que no hicieron mella en el cabreo de Anisa. Desde el principio, sintió que no debería haber subido a aquel coche y esa sensación de estar denigrándose la volvió distante, como si fuese la única manera de no estar allí. Luego, al aparcar en el Barrio del Carmen, le dijo a su amiga que no quería ser una maleducada, pero que quería volverse a Onésimo Redondo. Mariví le suplicó que no la dejara sola, que Carlos le gustaba mucho y, si ella desaparecía, su amigo se quedaría de carabina. «No seas tonta, Anisa, que es muy mono y tienes que ventilarte». Insistió, rogó, conmovió hasta que la madre de Samir se entregó a aquella noche con resignación, incertidumbre y, sobre todo, rechazo.

Aquel tal Nacho, el muy mono, era un prodigio que a Anisa le resultó ridículo: pelo largo y descuidado, gruesas patillas y mostacho como un gato acurrucado bajo la nariz. Llevaba pantalones blancos pata de elefante, chaqueta entallada a lo *Grease* y una camisa estampada con grandes solapas. Iba casi de primavera y Anisa pensó que, sin duda, durante aquella noche todavía invernal, pasaría bastante frío. Mariví y su Carlos marcaban el paso y ella los seguía con Nacho intentando transgredir los innatos límites de seguridad, todo lo que Anisa entendía por intimidad. La madre de Samir intentó ser educada y paciente más de lo que ella hubiese esperado, pero acabó confesándole también a él que quería irse a su casa. No sirvió de nada. Acabaron entre la calle Roteros y plaza del Carmen en un local a luz de vela, con los altavoces vibrando con un cóctel de Bob Dylan, Los Pecos y Rocío Jurado. Por primera vez Anisa supo lo que era un gin tonic, aunque acabó con una Fanta y la farfulla de su pareja contándole sus progresos en Enciclopedias Salvat —venta a domicilio de volúmenes que acababan comprando a plazos, nada más—, que estaba ahorrando para comprarse un piso en Alboraya y que hacía ya un año que había dejado de fumar los Ducados, que con eso que se ahorraba también estaba haciendo un colchón. Anisa escuchó apática su confesión, hasta que vino una transformista libidinosa y mordaz imitando a Sara Montiel, y Mariví y Carlos a reírse con complicidad y ella solo quiso desaparecer de una vez por todas.

Luego le tocó un garbeo por la Plaza de la Reina y la calle Comedias —la noche era húmeda y fría— entre maricas y travestis, según le explicó Mariví, y un trasiego de jóvenes colocados por el hachís o la heroína. Y cuando llegaron al parterre y se toparon con media docena de prostitutas entre las risillas de los dos amigos, Anisa estaba tan harta que se despidió de todos.

—Pero ¿a dónde te vas a ir tú sola a estas horas, hija? Venga, por favor.

—Que no, Mariví. Me voy, que ya estoy cansada.

—¡No puedes irte ahora y sola! ¡Estamos lejos!

—Me da igual.

—No me hagas esto, por favor, Anisa. Venga, tonta. Sube al coche.

Resignada, volvió a montar en él y —con su capacidad para el asombro al límite— el tal Nacho se los llevó a Les Palmeres de Sueca, a un polígono a las afueras del pueblo con un parking a rebosar y rodeado de naranjos. Aparcó junto a una discoteca —podría haber sido una fábrica pintada de blanco— que ponía con letras enormes: LA BARRACA y, sin tiempo para la sorpresa, las puertas se abrieron y todos se plantaron fuera. La desesperación de Anisa nuevamente fue tal que tuvo ganas de gritarle a Nacho que era siria, musulmana y que la única fiesta en la que había bailado había sido cinco años atrás, en la boda de una prima de su madrastra. Pero ni Mariví, ni Carlos, ni mucho menos Nacho parecían comprender que Anisa estaba furiosa, al tiempo que su amiga —más chisposa que divertida— marcaba velocidad de crucero hacia la entrada.

—¡Mariví! —le gritó desde atrás. Fue un alarido de rabia y angustia a la vez—. Basta ya, por favor.

La peluquera —que avanzaba abrazada por Carlos— se detuvo y se volvió.

—¿Es que no lo entiendes? —insistió—. ¡Quiero volver a casa!

—¡Pero Anisa! ¿Qué dices? ¡Lo estamos pasando muy bien!

—No es verdad. Yo no.

Mariví se acercó a ella, intentó razonar —suplicarle—, pero Anisa movía la cabeza de lado a lado con toda la vehemencia que supo. Entonces, Nacho levantó la mano en son de paz —como el alumno díscolo que sabe la respuesta que nadie espera de él— y les dijo que se la llevaba a casa, que se abría un rato y después volvía a por ellos. A Anisa no le hizo falta más: abrió la puerta del coche y se sentó allí igual que Neil Armstrong habría plantado su bandera en la Luna. Cuando Nacho aceleró para salir de allí, ni siquiera miró a su amiga por última vez. El Seat 127 volvió a perderse en la noche y Anisa selló sus labios definitivamente, hasta que a pocos kilómetros de Sueca —aquel camino era una boca de lobo—, el coche aminoró su marcha y aparcó junto a una caseta en un campo de arroz. Si Anisa hubiese podido rugir lo hubiese hecho, pero de su boca apenas surgió el torpe y elocuente silencio de quien sabe que está en peligro, como si pudiese descifrar los rastros de aquella noche y comprender lo que sucedería cuando se detuviese el motor. Ella lo sabía. Desde pequeña lo había sabido. Y antes de que él la sujetase del brazo y fuese una presa fácil, Anisa saltó del coche igual que si saltase de una barca en medio de una laguna negra y echó a correr hacia la carretera sin mirar atrás. Nacho, el mono, al principio le gritó que parara, que si se había vuelto loca —ella era un espectro desvaneciéndose sobre un camino embarrado—, pero luego le escupió «gilipollas», «calienta pollas» y un «pirada de mierda» que ya la pilló algo lejos, casi en la carretera. Y cuando Anisa vio al Seat 127 dirigirse hacia ella, agitada por las alas del miedo —sacudiéndose igual que una garza—, no vio otra alternativa que chapotear por un campo de arroz con el agua hasta las rodillas. Nacho aminoró la marcha, detuvo el coche y le abrió la puerta para que regresase entre arengas de sentido común, pero la madre de Samir se mantuvo allí clavada, titiritando de frío, miedo y locura a la vez, hasta que la puerta se cerró después de un «que te follen, guapa», y se largó acelerando a fondo.

Anisa anduvo por el arcén de la carretera con los pies congelados y el tibio vapor del frío relinchando por su boca. Su abrigo de lana también se había mojado y en sus dedos casi podía sentir la comezón de los sabañones. Puso rumbo hacia las luces de Sueca y una decena de coches pasaron de largo sin ni siquiera aminorar su marcha. A la entrada del pueblo encontró una gasolinera y una cabina de teléfono. Se detuvo en aquel oasis desierto y metió su mano en el bolsillo para sacar algunas monedas. Estaba noqueada por la noche. Sabía lo que iba a suceder, pero no se le ocurrió nada mejor. Puso su dedo rígido y congelado sobre el teléfono y discó los números de la casa de Miguel Pons. Eran casi las dos de la mañana.

—Diga. —Era una voz sonámbula y confusa—. ¿Quién es?

—Soy yo, Consuelo.

—¿Anisa?

—Sí, soy yo.

—¿Qué le ha sucedido a mi madre? —De pronto la voz había levantado vuelo—. ¿Qué pasa, Anisa?

—Tu madre está bien, no te preocupes. Necesito hablar con Miguel.

Silencio.

—¿Con mi marido?

—Sí, por favor.

—¿Me estás hablando en serio?

—Sí, necesito que me venga a buscar.

—¿Que mi marido te vaya a buscar a estas horas? ¿Acaso has perdido el juicio? ¿Dónde estás?

—He tenido un accidente, Consuelo. Te pido disculpas, pero te lo ruego, pásame con él. Necesito que me ayude. No sé quién podría hacerlo si no es él. No tengo a nadie.

Silencio otra vez.

—Esto no se va a quedar así.

—Lo siento, de verdad. Perdóname.

Luego el estampido del auricular sobre la mesilla y, tras un par de minutos, el fuelle somnoliento de Miguel.

23

Isabel le dijo que todos los agostos los pasaba en el huerto y también que iba a hablar con sus padres sobre él, que buscaría el momento y después lo llamaría. «Creo que mi madre ya ni se acuerda de ti, de eso casi estoy segura, pero todo lleva su tiempo, Samir. Mi padre está deprimido con lo del despido, mi madre preocupada y mi hermano y yo viéndolas venir». Él volvía a sentir la piraña de la rabia atrapada en su estómago. «¿Cómo te voy a explicar mates y naturales si no puedo ir? ¡Septiembre está ahí y tienes los exámenes!». Samir se lo había preguntado tan desolado que Isabel no pudo aguantarle la mirada. «Pues ya iré viendo, pero no me agobies, Samir. Hoy voy a hablar con ellos y te vienes, ¿vale?». Y le acarició una mejilla igual que si fuese un chiquillo. Samir se sentía en el mismo punto que años atrás, un Sísifo intentando desprenderse de aquel estigma de niño expósito que no comprendía el porqué de aquel anatema. Era una pesada piedra que acababa siempre aplastándolo ladera abajo y él nuevamente a intentarlo, pero siempre solo, sin amigos que no fuesen los *fumatas* con los que iba Marc, que no fumaba dentro del centro de menores porque estaba prohibido, aunque por ahí fuera siempre conseguía un porro no sabía bien cómo.

Delacroix le había dicho que la gente tenía un raro instinto para rechazar lo que era diferente y que, en el fondo, no era más que no saber ponerse en el lugar del otro, la pura constatación de que, cuanto más se tenía, más egoísta se volvía el ser humano.

Pero a Samir aquello se la traía al pairo, porque le dolía y no sabía cómo remediarlo, igual que cuando Marc acabó con la poquita magia que tenía su niñez. Fue un 8 de diciembre, después de montar el árbol y el Belén. Montañas de serrín, hierba y un río de aluminio que serpenteaba toda la maqueta. Tenían figuritas de barro pintadas por ellos mismos y un abeto que parecía de verdad, con bolas tan frágiles como los niños del centro, tanto que todas las Navidades alguna se hacía añicos en el suelo. «¿Tú no creerás todavía en los Reyes Magos?, ¿verdad, Carapán?». Samir lo miró, incrédulo, todavía asomado a la ventana de los sueños. «¿Qué? ¿No lo sabes?». Y se rio con la misma maldad con la que Gargamel echaba mano para atrapar a sus pitufos. «Mira que eres crío, Carapán, que no existen. Solo es una estúpida mentira». A Samir no le hizo falta más y, de pronto, el delgado velo mágico se rasgó con un puñal que había sostenido Marc con apenas trece años que tenía entonces. Ellos casi no recibían nada: algo de ropa y, a veces, algún juego usado. Pero aquel sueño acabó de golpe y ya no pudo cambiarlo. Con su orfandad sucedía lo mismo, lo sabía, pero a diferencia de aquello, no se resignaba a que su condición lo convirtiese en un paria.

Los días de agosto se le hicieron largos. En su habitación escuchaba con obsesión los casetes de Héroes del Silencio y Danza Invisible que le había grabado Isabel. Los acababa, les daba la vuelta, y venga otra vez, que para eso Marc no estaba, ni se lo esperaba. De él no sabía nada y para Samir casi mejor, así no tenía que contarle. Se pasaba los días dando vueltas con la vieja bicicleta que tenían y, por lo feliz que volvía, le pareció que su verano estaba siendo muy diferente al suyo. Delacroix un día le dijo a Samir que debía darle el aire, que no era bueno pasar tanto tiempo encerrado y le dio a leer *La ciudad y los perros*, de Mario Vargas Llosa. «Te va a gustar», le insistió. «En el libro los protagonistas también se sienten huérfanos de alguna manera. Te va a gustar mucho». Samir leía habitualmente sin que tuvieran que insistirle y cada quince días sacaba un libro de la biblioteca. Sin embargo, por entonces se había instalado en una isla alejada del mundo, y su tutor lo sabía. Por eso lo envió con los niños a la piscina municipal un par de tardes y le dio dinero para que les comprara caramelos y gominolas que los pequeños se comían a dos carrillos, pero bajo amenaza de que les saliesen lombrices en el estómago, como le habían enseñado a él.

Faltaba una semana para que acabara el mes de agosto y el padre Antonio Tárrega le dijo a Marc que el siguiente lunes empezaría a trabajar en el taller mecánico de la calle Doctor Ferrán, y que en septiembre iban a permitirle compaginarlo con su Formación Profesional. El director de Los niños de Santiago Apóstol le pidió que no le fallara, que había dado la cara por él y que, si tal como decía, quería salir de allí cuanto antes, bien le convenía ir aprovechando aquella oportunidad. Marc protestó unas cuantas insensateces como era su costumbre, pero recibió aquel mandato con alivio y entusiasmo. Samir lo sabía. Y cuando fue a buscar la bici para ir a su primer día de empleo, Delacroix le dijo que no, que a él le quedaba cerca, que a Samir también le vendría bien usarla un poco. Marc farfulló algo incomprensible y se largó cerrándole la puerta en la cara, como si ya fuese incapaz de reprimir la animadversión que sentía por él. «Eres un gilipollas», se escuchó gritar desde fuera.

—Anda, llévate la bici y ve a verla —le dijo Delacroix—, que pareces un alma en pena.

Samir vio la bicicleta tirada en el patio. Tenía el cromado sucio de tierra y parecía un títere derrotado sobre el suelo. Se preguntó por qué no iba hacerlo. Quizás había llegado el momento de derribar aquella barrera y que, si Isabel no se había atrevido a hablar con sus padres, lo haría él mismo. Tuvo el presentimiento de que todo iría bien, un optimismo sobrenatural que no le pertenecía y pedaleó como a comienzos de verano hacia Carcaixent, entre campos de naranjos y casetas sencillas donde las familias pasaban el calor alrededor de una balsa de riego. Dio un par de vueltas equivocadas y luego encontró aquella casona, alargada sobre los arbolillos verdes que ya no estaban en flor. Se detuvo frente al portón enrejado y un juego de espejos volvió a deslumbrar su cabeza. Recordaba aquel lugar o, más bien, quizás le evocaba a otro. No estaba seguro. Era una imagen guardada en alguna caja fuerte de su memoria: unos columpios, una barca y un soportal sin nombre. Aquellos también eran restos del naufragio de su niñez, pero los apartó de su mente deprisa porque un perro labrador corrió ladrando amistosamente por el largo camino que conducía hacia la vivienda. Una mujer se asomó a lo lejos y, después de dudar un momento, anduvo hacia el portón con desgano. Era la madre. Samir apretó las dos manos en el manillar para hincharse de valor, pero pronto comprendió que parecía un globo de helio sin fuerzas para elevarse.

—¿A quién buscas?

¿Lo había reconocido? ¿Se acordaba de él? Nunca lo supo. No hubo ni aprecio ni desprecio, solo indiferencia.

—A Isabel.

—¿Y quién la busca?

—Samir.

—¡Samir! Cierto, tú eres Samir.

—Sí, señora, Samir.

—Parece que a esta hija mía siempre tiene que venir a buscarla un chico en bicicleta —le soltó con sorna—. Espera aquí.

Luego se dio media vuelta y se fue.

Samir esperó contrariado varios minutos. Del otro lado del portón el perro lo miraba con gesto serio y bobalicón, advirtiéndole de que aquella no era su casa. Luego Isabel apareció por el camino a paso ligero. Movió la reja y salió fuera para encontrarse con él. Estaba incómoda y se volvió hacia atrás para ver si la observaban desde la casa. Ni siquiera se acercó para darle un beso.

—¿Te has vuelto loco? Te dije que te llamaría.

—Pero no lo has hecho. Ni has venido.

—¡Y tengo mis motivos! No sé cómo se te ocurrió. ¿Es que acaso no puedo tener mi espacio? ¿Es que no lo entiendes? ¡Tienes que irte!

Jamás le había hablado de aquella manera. A Samir se le secó la boca de golpe y sintió que sus manos temblaban sin motivo.

—Quería verte —dijo y al pronunciarlo hubo arrepentimiento y súplica, como si ante ella siempre fuese un niño.

—Pero no debías, Samir. Lo has empeorado todo. No deberías haber venido.

—Hablemos un poco, por favor.

—No, mejor no. Hoy, no. Mi madre está ahí detrás viéndolo todo. Vete, Samir. Te lo pido por favor. Vete.

—Pero ¿por qué? ¿Qué le he hecho? Es que no lo entiendo, Isabel.

—¿Ahora con esas? ¡Mira que eres terco! Mis padres son como son y tú eres como eres, y ya está, Samir. Lo siento, hoy estoy cansada, muy cansada. Vete, lo siento.

Luego se dio media vuelta y traspasó el portón nuevamente. Sus palabras le dolieron y atravesaron su ánimo afiladas como puñales.

—Vete, por favor —repitió.

—¿Quién más viene a verte en bici? —Aquella pregunta fue como el manotazo de un ahogado. Necesitaba acomodar las piezas que se le habían desencajado de golpe.

—Samir, por favor, vete.

—¿Quién?

—Nadie viene, Samir. No sé de dónde has sacado eso. Vete. Te llamaré.

Y desapareció por el camino que una tarde habían recorrido juntos, decidida y sin volver la mirada atrás. Samir sintió que su primer amor se le resbalaba como arena entre los dedos. En aquel momento no pudo reconocer aquella premonición. El piloto automático del amor navegó por su desesperación con calma y simplemente quiso creer que había tomado una mala decisión. Un mal día. Pero pasó aquella semana y no tuvo noticias de ella, y fue como el vino cuando fermenta. Así maduró su adiós, y la tristeza arrastró a la nostalgia en una riada que no dejó nada en pie dentro suyo. Lloraba a escondidas, cuando Marc no podía verlo. Él con su vida nueva, su trabajo casi de favor y no sabía Samir muy bien qué más, porque parecía más sereno y menos mordaz, como si ya hubiera comenzado a cimentar su futura salida de Los niños de Santiago Apóstol. Sin embargo, Samir desconfiaba contarle nada. «Eres un crío, Carapán. Te lo dije, ¿o no? Esa tía no te conviene, nunca te convino y deja de llorar, que es de maricas». Por eso lo esquivó durante aquellos días y, ni él le preguntó ni Samir le habló del vacío que se le había metido dentro. Solo compartían un espacio para dormir, sin más, y con él también sintió que aquella hermandad circunstancial se iba diluyendo. Todo se derrumbaba, pero Samir todavía tuvo un atisbo de valor para intentar sostenerlo, e insistió. Había algo en él que todavía se mantenía anclado a la esperanza.

El 4 de septiembre fue a esperarla al instituto. Se suponía que debía presentarse a Matemáticas a las 11 de la mañana, pero Samir no la vio ni entrar ni salir. Se sentó en las escaleras de la entrada del instituto José María Parra y se escondió en un libro que no leyó en dos horas. Todos los que tenían materias pendientes acabaron aquella mañana y Samir, desafiando al destino, forzó que en Los niños de Santiago Apóstol tuviesen que empezar a comer sin él y caminó hacia la casa de Isabel, errante. Era una cometa a la deriva, una cobaya dándose golpes obstinados entre las cuatro paredes de su urna de cristal. Samir avanzaba para purgar su dolor, decidido no sabía muy bien a qué, hasta que llegó a su esquina e, inesperadamente, la vio a lo lejos. Era el destino que por fin quería que cayese de rodillas y se levantase para seguir. «La vida te espera, Samir», le repetía Delacroix. «No importa lo que hayas sido, sino lo que serás». Por eso fue, para cerrar aquella etapa de un portazo. Quería comprender, quería estar seguro y avanzó para verla mejor, en su portal, y allí estaba ella, entregada, con los brazos de Marc encadenándola a él. Una de sus manos presionaba su nalga para que el cuerpo de Isabel estuviese bien pegado al suyo y ya no pudiese escapar. Se la comía en un beso largo y violento, como Samir jamás había sabido, y creyó que su lengua llegaría hasta su garganta, como un reptil que él nunca había sabido ser.

24

—Es aquí, capitán. Calle Félix del Río número 5.

Aparcaron enfrente. La peluquería estaba recién reformada. El ancho de cinco metros estaba acristalado y, desde fuera, se podían distinguir el estilo minimalista del interior, entre sobrio, atrevido e innovador.

Se habían metido casi setenta kilómetros de autovía en silencio, solo escuchando un magazine en la radio. El reencuentro con Marc lo había dejado ligero, como la atmósfera de un atardecer después de un aguacero.

—¿Está seguro de que está bien?

—Sí. No me lo preguntes otra vez, por favor.

La teniente Ochoa había deslizado su mano hasta la de Samir, que seguía apoyada sobre el cambio. Fue solo un roce instintivo e inadecuado, pero aun así despertó en él una descarga de deseo que neutralizó retirando su mano con rapidez, como si no hubiese sucedido sin querer.

—¿Por qué no lo volvió a ver si lo quiere tanto?

—Las cosas entre nosotros no acabaron bien y después Marc desapareció del centro de menores. Las cosas a veces son difíciles de explicar en pocas palabras. Lamentablemente, solo cuando has vivido aprendes cómo no deberías haberlo hecho.

—¿De verdad cree que no sabe nada?

—Le creo, pero nunca podré estar seguro. De todas formas, tengo sus huellas y su saliva. En cuanto lleguemos, se lo pasaré a la científica para analizar. Si tuviéramos la suerte de que aparaciese en el escenario del crimen, las cosas estarían más claras. Pero tal como lo vimos, me parece inverosímil que matara ni una mosca.

—Algo tenemos, capitán. Fíjese, su amigo, en algún momento, informó a la víctima del lugar donde usted fue abandonado. ¿El porqué? Ese es otro cantar. No creo que sea una casualidad y este para mí es el punto de partida de nuestra investigación ahora mismo.

—¿Y mi nombre y el número de teléfono en el cadáver? ¿También se lo pasó él?

—Más que probable, ¿no cree? Eso ratificaría que no se trata de una casualidad.

—Eso tendría sentido —le dijo Samir—. Ese número de teléfono se lo di cuando me lo encontré en un prostíbulo hace cinco años.

Las cejas de Amparo se arquearon hacia arriba como un acto reflejo.

—No te confundas conmigo, mujer. Aquel día estábamos investigando a una mafia rumana que metía chicas en clubs de alterne de toda la zona.

—No tiene que justificar nada, capitán. Conociéndolo a usted, lo di por supuesto —dijo y le guiñó un ojo.

—¡Ya estás con tus zalamerías!

—¿Y eso qué importa?

—Nada, déjalo. A lo que vamos, Amparo. La pregunta que debemos hacernos es por qué Susana Almiñana fue allí. Es evidente que algo descubre, que algo encuentra y que tiene que ver conmigo y con mi pasado. ¿Qué evidencia esto? La conexión con Consuelo Messeguer, que conoció a mi madre. De momento, este es nuestro umbral.

—Si descubrimos por qué Susana contactó con la señora Messeguer, estaremos más cerca de entender el acertijo.

—En principio, según me dijo ella misma, fue para chantajearla con información sobre mi paradero. Por lo que sabemos a través de Fany, Susana estaba sin un céntimo y, más que seguro, aquí vio algún negocio. Eso encaja.

—De acuerdo, capitán. Pero ¿cómo supo Susana quién era su madre y para quién había trabajado? Que es lo mismo que decir: ¿cómo lo supo su amigo?

—Él me lo hubiera dicho.

—O no. ¿Cuánto hace que no lo ve? Es difícil que usted mantenga la cabeza fría en esto.

Samir calló y se quedó mirando hacia la acera de enfrente, donde estaba la peluquería.

—Quizás tengas razón.

—El eslabón que nos falta nos llevará en volandas hacia el asesino.

—Es posible. Quizás esa Mariví pueda aclararnos algo.

—¿Qué cree que puede saber? A ver, digo, en relación con la víctima. Más bien, puede hablarle de su madre, que para usted no es poco, oiga, pero no hay nada que la conecte con Susana.

—Las dos eran peluqueras. No es un dato menor, ¿no crees, Amparo? Ya existe una relación entre ellas, a priori. Además, tú lo has visto claro desde el principio: «Esto se trata de usted, capitán». Te has pelado la lengua repitiéndomelo. Pues eso, que con la desaparición de mi madre hicieron una chapuza en los años ochenta, y mi instinto me dice que Susana murió por algo que está relacionado con aquello. Puede que sea una paranoia, pero no lo creo. Lo siento aquí dentro. —Y se golpeó un par de veces el pecho.

A esas alturas no era una sospecha, Samir. No, claro que no. No escuchabas los susurros, pero el corazón era un condenado tambor reventándote el pecho. Caliente, caliente, Samir, un poco más, casi la tienes, como si la rozaras con tus dedos. Caliente, Samir, muy caliente. Sabías que era ella llamándote desde alguna parte. Lo sabías.

—¿Insinúa que Susana Almiñana descubrió algo que no debía?

—Es posible.

—¿Y por qué dejarle allí el cartelito con su nombre? No tiene ni pies ni cabeza, capitán.

—Puede haber sido un despiste, que no se dieron cuenta de lo que llevaba en el bolsillo. Simplemente eso.

—¡Venga, capitán! A la chica le habían quitado todo, oiga. Es que no encaja.

—No lo sé, Amparo. Solo sé que en apenas unas horas estamos dando pasos de gigante.

—Estamos donde el asesino quería, capitán. Ese cadáver lo colocaron ahí para que usted y yo ahora estemos exactamente donde estamos. Justo donde lo querían, capitán.

Entraron en la peluquería. Dos mujeres atendían frente a un alargado espejo con una tenue luz azul que nacía de la parte superior; otra charlaba distendidamente por teléfono justo detrás de un escritorio atiborrado de productos en frascos y botellines. Samir supo que la presencia de ambos había causado sorpresa —aun sin ir uniformados— porque el bullicio mutó en un murmullo e, inmediatamente después, en silencio. Preguntaron por María Victoria Ferré —a la que identificaron desde fuera por la diferencia de edad con las otras— y la teniente Ochoa fue la que esta vez mostró su placa. La mujer se identificó, se levantó del escritorio y avanzó hacia ellos con gesto preocupado. Tenía los labios pintados color carmín, unas gafas como ojos de gata y el pelo completamente blanco, pero corto, casi por los hombros. Su aspecto era mucho más joven que la edad que tenía: sesenta y un años, según el informe.

—Usted disculpe, señora Ferré. ¿Tendría unos minutos para respondernos unas preguntas?

—¿Qué ha pasado?

—Nada, de verdad. Tranquilícese. Queremos saber qué puede contarnos sobre Anisa Awada, ¿la recuerda?

Mariví puso cara de pasmada, como si le hubiese caído encima un cubo de agua helada.

—¡Cómo no iba a recordarla!

—La señora Consuelo Messeguer nos dijo que usted la conocía, por eso venimos. Hemos reabierto el caso de su desaparición en relación con un asesinato que estamos investigando.

—¿Un asesinato?

—Una tal Susana Almiñana, de Alzira, ¿le suena?

La mujer frunció el ceño un momento y pareció intentar pensar.

—¿Almiñana?

—Sí, peluquera también, pero de unos treinta años. ¿La recuerda?

—Pues no, señorita. No había escuchado ese nombre en mi vida. ¿Qué tiene que ver eso con Anisa?

—Pues no lo sabemos. Por eso venimos.

—Ya le digo yo que Anisa no desapareció, señorita. Ella se fue. No sé realmente cómo podré ayudarla.

—Solo unas preguntas, ¿nos haría el favor?

—Por supuesto.

Los llevó a un cuartito que tenía con una mesita, un microondas y varias cajas de tintes, cosméticos y accesorios. Era un lugar demasiado pequeño para estar cómodos, pero Mariví y la teniente se sentaron una frente a la otra y Samir se mantuvo en pie, como si fuese un guardaespaldas con los brazos cruzados. Los ojos de Mariví iban y venían hacia él, con desconfianza.

—¿Y qué quiere que les cuente después de tanto tiempo?

—Pues, por ejemplo, cuándo la vio por última vez.

—Déjeme que haga memoria... Fue hace tanto que... En el invierno del 82 o del 83, más o menos. Salimos juntas y aquella noche fue un desastre. No se lo puede ni imaginar. Pero jamás imaginé que por eso dejaría de dirigirme la palabra, ¿sabe? Se fue de Valencia sin decirme nada. Nada. Está mal que lo diga, pero yo me porté muy bien con ella. Éramos amigas, o eso pensaba yo, pero cuando pasaron los meses y no venía y no venía, pues me fui a la casa de la señora Dolores y pregunté por ella. Fue ahí cuando me enteré de que se había marchado. Me quedé muerta. Muerta y muy decepcionada, que no me lo merecía, créame, que lo de aquel sábado por la noche fue una bobada, que nadie hace una cosa así.

—¿Y no se le ocurre a dónde se pudo haber ido?

—Recuerdo que ella hablaba mucho de Barcelona. Sí, recuerdo que días antes no paraba de decirme que se iba a ir, que ya no aguantaba más lo de la hija de la señora Dolores.

—¿Se refiere a Consuelo Messeguer?

—Sí, señorita. Le hacía la vida imposible.

—Visité a Consuelo Messeguer y, según ella, ayudaron a Anisa mientras estuvo en Valencia —intervino Samir—. No entiendo por qué iba a ayudarla y hacerle la vida imposible al mismo tiempo. De hecho, trabajaba en casa de su madre.

Mariví elevó la cabeza y se lo quedó mirando igual que a una estatua.

—Eso yo también me lo preguntaba, ¿comprende? ¿Por qué la ayudan y desconfían de ella a la vez? Pero se trataba de otra cosa, perdone que le diga. Eran celos. Anisa era muy guapa, ¡pero muy guapa! Ya ni mora parecía cuando la conocí. Y el marido de la señora Messeguer no era de piedra, ¿sabe? Pues eso, la miraba como la miraba, que Anisa a veces parecía tonta, que yo se lo decía, pero ella que nada, que eran cosas mías.

—¿Y no lo era? —le preguntó Amparo.

—Yo solo sé que se la comía con los ojos. Por eso la esposa estaba que echaba fuego y quería que Anisa se fuera.

—¿Podría haber sucedido que el marido de la señora Messeguer y Anisa mantuvieran una relación y usted no lo supiese?

—Ella nunca me dijo nada. Yo creo que no, sinceramente. El tema era más por él que por ella, ya le digo. Es más, creo que Anisa no lo conocía muy bien, y yo mucho menos, por supuesto. Más bien ella era algo inocente en ese sentido. Fíjese, años después de que Anisa se fuera, recuerdo que una clienta nos contó que la policía lo había detenido en un puticlub cerca de Alzira, por ahí. El Trébol creo que se llamaba. Ya se imagina que una de eso entiende más bien poco, pero, en fin, esta mujer era vecina de la señora Dolores y no sé cómo se enteró la mujer, ni quise preguntarle, se imagina, que no quería meterla en un compromiso. Solo sé que aquello fue la comidilla del barrio. Al menos en El Salón Parisién, que era donde yo trabajaba. La hija de la señora Dolores, tan católica ella, tan, tan de todo así, muy correcto, ya me entiende, y el marido había montado un cristo borracho y se lo había tenido que llevar la policía. ¿Qué quiere que le diga? Cuando me enteré de eso, ya me pude imaginar que habría tenido sus más y sus menos con Anisa, y que por eso se largó. Estoy segura. Lo único que no le perdono es que no se despidiese, por un enfado de nada, que las cosas así no se hacen.

—¿Y con su hijo? ¿Qué relación tenía con Samir? Se llamaba así, ¿verdad?

—Sí, Samir. ¿Qué quiere que le diga? No sé, normal.

—¿Lo quería?

—¡Pues claro que quería al niño! ¿Cómo no iba a quererlo? ¿Por qué me pregunta una cosa así?

Amparo miró a Samir y luego a Mariví. La teniente esperaba que el capitán dijese algo, pero no lo hizo.

—Señora Ferré, Anisa Awada abandonó a su hijo en una playa. ¿Es que acaso usted no lo sabía?

Mariví se puso en pie de golpe y se llevó una mano a la boca. Era como si ella también acabara de descubrir un cadáver después de demasiados años escondido tras la pared del olvido.

—¿Qué me está diciendo?

—¿No lo sabía?

—No, le juro que no. —Sus ojos se vidriaron de golpe.

Samir la tenía frente a él. De pronto, le pareció que a Mariví se le había atragantado el tiempo.

—La señora Messeguer supo de aquello por un periódico —le dijo él—. ¿Usted no los leía?

—Nunca me interesaron, señor. Esa es la verdad —le contestó, angustiada, intentando contenerse—. Pero para enterarse de esas cosas no hacen falta periódicos. ¡Nadie dijo nada en el barrio! Y eso que yo vi a la señora Dolores muchas veces después. Nada, señorita. Se lo juro.

—Al parecer nadie supo de aquel niño, señora Ferré. Nadie. Lo mandaron a un centro de menores sin más. Al parecer, en ese entonces todo el mundo estaba ciego y sordo.

—¡No me lo puedo creer!

—Necesitamos que nos diga todo lo que sepa.

—¿Y qué quiere que le diga? Me deja helada. Jamás podía imaginar que Anisa hubiese hecho algo así. Jamás. No me lo explico. Es que no me lo creo.

—Créaselo, señora. Ya le digo yo que se lo crea.

—Anisa quería a Samir, se lo digo yo. No pudo haber hecho algo así. No pudo.

Y la mujer se echó a llorar.

La teniente se puso en pie e intentó consolarla pasándole un paquete de clínex que siempre llevaba encima. Samir se quedó con la mirada perdida, como si no estuviera allí. En su mente volvieron a flotar recuerdos, como muchas otras veces, pero esta vez emergieron con fuerza: una casa, unos columpios, una barca y, como si se tratase de un *flash* en la oscuridad, reconoció el rostro de su madre solo por un instante. Fue un resplandor, pero estuvo seguro de que era ella.

Parecía que el olvido se agrietaba, aunque todavía no pudiese ver.

25

El tiempo es solo un instante. Un chispazo inexplicable que deslumbra al mirarlo fijamente, pero engaña. Durante aquellos años parecía que había transcurrido demasiado, aunque en realidad casi acababa de suceder. Solo apenas unos años atrás, él estaba allí, con su madre, en aquella casa. Le parecía demasiado, pero era solo un parpadeo. A veces pensaba que debería haber ido a un hipnotista, como los que veía en televisión en los programas de sábado a la noche y tumbarse hasta que su subconsciente brotara igual que como se desatasca una cloaca negra. Pero no iba a hacer eso. No. ¿Qué dirían de él? Tantos años para ganarse aquello y entonces venía su madre de no sabía dónde para arrebatarle su rango. No, no iba a ir a ningún hipnotista. Solo tenía que cerrar los ojos y ver aquella casa. Eran estúpidos los recuerdos de los niños —lo sabía muy bien porque cuando regresó a Los niños de Santiago Apóstol años después, todo le pareció más precario, más pequeño y más todo—. Las cosas no serían así, pero él recordaba aquel soportal alargado navegando por su memoria como el casco de un barco oxidado, a la deriva. Una imagen manchada, archivada sin fechas ni rostros. También recordaba dos sillas enfrentadas de hierro blanco, con asientos de plástico de colores. Se mecían como hamacas, arriba y abajo, y Anisa sentada frente a él, pero sin rostro, solo alguien que era su mamá. También un tobogán de madera, una tabla de color azul sobre un travesaño de hierro que subía y bajaba con dos personas sentadas en cada uno de los extremos.

De tanto pensar, Samir imaginó que por eso recordaba el soportal, por los juegos que estaban cerca. Era un lugar en la nada de su memoria, la casa donde Anisa había pasado la primera noche en Valencia después de llegar de Damasco. Samir no lo recordaba. Miguel los había llevado en coche hasta allí. Tenía un Citroën CX color gris, impecable, estrenado unas semanas atrás, pero el día que Anisa lo llamó de madrugada para que la sacara de Sueca ya no lo tenía. Entonces había ido a recogerla con el Simca 1000 amarillo y la había llevado a casa con el murmullo de la radio. Estaba furiosa y avergonzada. Era la noche en que había comenzado todo.

Samir no sabía nada de aquello. Ni sabía, ni recordaba. Solo supo que estuvo en aquella casa cuando lo llevaron en un coche nuevo. Jamás podría saber que su madre le había mentido a la señora Dolores. Le había dicho que se iba a echar la tarde con Mariví, pero a su amiga no la había visto desde lo de la discoteca de Sueca. Pero esta vez había mentido por Miguel. «No quiero que se entere, Anisa. Hazme el favor, ya te explico. Por Consuelo no te preocupes hoy», le dijo por teléfono. Y Anisa no sabía muy bien por qué le había dicho que sí, que de acuerdo, y se había ido con él. Quizás por agradecimiento, quizás porque estaba muy sola o, simplemente, porque ya tenía decidido marcharse para siempre. Después de lo de aquella madrugada, Consuelo le había dicho que las cosas no podían continuar así, que su madre necesitaba a alguien que no la dejara sola por las noches, que la entendiera. Aquel día Anisa se lo esperaba, y hasta la había comprendido. Por eso había callado. Consuelo se lo dijo serena. Había rumiado la rabia y había intentado plantearle un armisticio razonable. «Nosotros te vamos a ayudar», le dijo también. Pero después Miguel la llamó y le dijo que su mujer estaba nerviosa, que ella nunca la echaría si Anisa no decidía irse, que no se preocupara. Él siempre la llamaba a escondidas, pero Anisa ya le había escrito a la señora Bichir para decirle que se iría a Barcelona.

Y aquello Miguel no lo sabía.

—Déjalo tranquilo, ahí estará bien —dijo Miguel y señaló los columpios—. Cuando venimos los fines de semana, Rafael juega solo y se pasa ahí todo el día. Para eso los pusimos.

Anisa examinó el terreno. Los juegos estaban instalados sobre una base de arena, a pocos metros de una pequeña obra que había manchado el suelo de cemento. En medio había una tabla y unos hierros de construcción que se elevaban como antenas sobre la superficie.

—¿Qué es todo eso?

—Vamos a hacer una obra para habilitar un paellero. Ya es hora.

Ella lo observó todo con desconfianza.

—Esos hierros son peligrosos, Miguel. Si el niño tropieza...

—Ese albañil me tiene harto. Es un descuidado, pero muy bueno. —Se acercó para taparlos con un cubo de plástico con churretones de cemento—. Siempre lo tenemos cubierto. Es seguro, no te preocupes.

—Tengo miedo de que se caiga. Sentémonos aquí. —Señaló las sillas del soportal.

—No hay peligro, créeme.

Miguel, paternal, apoyó la mano derecha sobre su hombro.

—Ven, no seas terca, quiero hablarte.

—No me gusta dejarlo solo. Espérate aquí, por favor.

—Todo estará bien, de verdad. —Esta vez sujetó sus dedos y estiró de ella como si fuese una niña—. Míralo cómo disfruta. Desde ahí dentro se ve todo.

Cedió, igual que se hubiera lanzado en paracaídas después de un empujón. Entraron al comedor y Miguel cerró la puerta de entrada tras de sí —ya entonces debería haber intuido algo, y quizás lo hizo—. Estaba tal cual lo recordaba. Por un momento se quedó observando la chimenea, los platos de cerámica, el suelo de barro y las vigas de madera en el techo. Fue como si hubiese podido atravesar un cristal de agua y volver a ver a Miguel tres años atrás ofreciéndole el piso de Ruzafa para que se quedara.

—¿Por qué me has traído aquí?

Ella estaba de pie, como entonces, observándolo frente a la repisita construida sobre el hogar. El *déjà vu* fue un *flash* que la mantuvo cavilando unos instantes mientras lo repasaba todo, pero apenas pudo darse cuenta de la dilación de Miguel, ni de la urgencia que empujaban sus palabras.

—Venga, Anisa. —Se rio con estupidez, procurando que el mohín pareciese espontáneo, pero lo percibió nervioso—. ¿Ya no podemos hablar como antes? Sé que lo estás pasando mal y quería que supieras que yo...

Titubeó y la miró esperando que le lanzara algún gesto de complicidad, pero Anisa parecía de mármol, tan inocente como imperturbable.

—Pues eso, que tenía ganas de verte, que no quiero que solo me llames de madrugada. —Y volvió a forzar su sonrisa impostada—. En fin, ya sabes, a veces parecemos dos extraños.

—Es que lo somos.

—¡Hombre, Anisa! ¡Tanto como dos extraños, no! ¿Verdad?

—Visto de esa forma, quizás no. Pero yo no lo veo igual que tú. Lo siento.

Su voz era de hielo, incomprensiblemente distante para él.

Ella ya había comenzado a irse, pero sin moverse del sitio.

—Sé que hay una fuerza entre los dos, que el destino nos ha unido para algo. No puede ser de otra manera. Estos últimos años han sido difíciles para mí, créeme. Al principio no lo entendía, pero ahora sí. Siento algo por ti. Algo muy grande, Anisa, y quería decírtelo.

La madre de Samir calló y, por primera vez, supo que debía buscar la forma de salir de allí.

Miguel estaba inquieto. Se atusó el pelo desde la coronilla hasta la nuca. Luego se frotó su patilla derecha, como si fuese una lámpara mágica que lo pudiera ayudar.

—Siempre te estaré agradecida por todo lo que has hecho por mí —le respondió intentando zanjar aquello—. Has sido muy bueno conmigo, pero no es verdad lo que dices.

—¿El qué?

—No hay nada especial entre los dos. Nunca lo hubo.

Miguel, de pronto, hizo un movimiento rápido, sorpresivo. Parecía que se le hubiese desajustado un resorte.

—Espera —le contestó—. Espera, que te va a gustar.

Corrió hacia la cocina y trajo el radiocasete rectangular, con estructura plateada, pero con dos altavoces negros. En la mano llevaba una cinta. La metió en la abertura y apretó el *play*. De pronto, comenzó a sonar *La chica de ayer*, de Nacha Pop.

Parecía no haberla estado escuchando. Parecía tener el guion ya escrito en su cabeza.

—¿Los conoces?

—No —le respondió confusa.

—Pues están sonando todo el tiempo en la radio.

Miguel se puso a sacudir el cuerpo y a bailar inusualmente. No parecía el hombre que ella conocía. Lo hacía con torpeza —¿ridículo?— y el esfuerzo no podía ocultar la sobreactuación de sus movimientos. Anisa nunca hubiese imaginado nada igual al pensar en él.

—Ven —le soltó yendo hacia ella—. Baila conmigo.

A Anisa aquella escena le pareció más patética que absurda. No podía corresponderlo, pero aun así no pudo esquivar que la sujetara por la cintura y se vio obligada a seguir el ritmo, pero aturdida. Aquella dádiva era lo mínimo que podía ofrecerle. Anisa lo sabía —sentía que se lo debía—. *Me asomo a la ventana eres la chica de ayer, demasiado tarde para comprender, mi cabeza da vueltas persiguiéndote.* Miguel le tareó aquella canción al oído y ella abrazó blandamente su espalda ancha. De haberse tenido que sujetar a él, se habría resbalado como si tuviera manteca entre sus manos. Solo en aquel momento percibió su aliento a alcohol.

—Has bebido, ¿verdad? Es eso.

—Nada, solo unas copitas, no te creas. —Y la atrajo hacia él, hasta que sintió su cuerpo como una sanguijuela.

—Déjame ir a buscar al niño —dijo Anisa e intentó zafarse de él.

—Anisa, yo quiero ayudarte —insistió reteniéndola—. Siempre quise ayudarte. Haría lo que fuera por ti.

—Lo sé, pero déjame ir a buscar a Samir. Por favor.

—Escúchame, solo un momento. Yo, yo... —volvió a tropezar con las palabras.

A Anisa le sonaron angustiosas, apremiantes.

—Haría lo que fuera por ti, lo que fuera.

Entonces Miguel buscó sus labios como un beduino su oasis. Ella ya era una prisionera, pero igual apartó su boca de la suya. Le susurró que él no era así, que había bebido demasiado y no se estaba dando cuenta de la situación. Con la astilla del temor desfigurando su rostro, Anisa le rogó que no lo estropeara todo. Pero Miguel no cedió. Ella cerró los ojos —sentía algo por él: algo de compasión, lealtad y un infinito agradecimiento— y cedió a que la besara. Quiso corresponderlo con ternura, al fin y al cabo, aquel era el menor de los males. Se iba a ir. Anisa ya lo sabía y no quería lastimarlo. No podía, no quería. Sus labios se abrieron y sintió que un músculo húmedo y revoltoso luchaba en su boca —aquello también fue un *déjà vu*— y su cuerpo se estremeció. Dejó que Miguel se desfogara un momento y se llenase de su saliva como un lobo que lame la sangre entre la carne. Luego lo apartó, igual que si emergiera a la superficie de un estanque para poder respirar.

—Me gustas mucho, ¿sabes?

—No puede ser, Miguel. —E intentó que sus brazos dejaran de rodearla—. Deberías saberlo. No puede ser.

—Consuelo no tiene por qué enterarse. Yo te necesito. —Esta vez comenzó a llenarle la cara de besos—. Eres la mujer más hermosa que jamás he visto.

En aquel momento, en su ingle sintió la virilidad de Miguel. Le pidió que parase, que por favor la dejara, pero el deseo que se había inyectado entre sus piernas estaba desbocado y, si aquel potro hubiese tenido riendas, la joven no habría sido capaz ni de tirar de ellas. Anisa podía sentirlo ollar, nervioso. Lo sujetó de los hombros para apartarlo del mismo modo que se hubiese apoyado en la cerviz del animal. Sus músculos eran duros como balas de goma y no pudo evitar que la arrastrara. Debajo de cada pernera parecían moverse las ancas de un animal fibroso sin ninguna dificultad.

—¿Qué haces? ¡No, por favor! Detente.

Un tifón la empujó hacia la mesa del comedor. Era una tempestad repentina golpeando hacia los acantilados de la orilla. La tumbó de espaldas y estiró del elástico de su pantalón como si se tirara de un estribo. De un manotazo, dejó sus nalgas denudas mientras, con su mano izquierda, presionaba su cuerpo sobre la mesa para inmovilizarla. El radiocasete seguía sonando con el *Sol del Caribe* retumbando en sus tímpanos, al tiempo que veía por la ventana a Samir trepando por el tobogán. *Quiero jóvenes muchachas que me sepan dar placer, nos iremos al caribe a jugar y a descansar...* Parecía que la música lo arengaba, pero Anisa le suplicó que no, que por favor, no. Fue inútil. «Miguel, el niño, por lo que más quieras, llévame a la habitación, aquí no». Su voz era angustiosa —para él, gemidos de placer—, el aullido de una presa a punto de ser embestida y no se detuvo. Se desajustó con la misma habilidad que urgencia el pantalón, sujetó su miembro turgente y arremetió con su ariete del mismo modo en que se toma envión para vencer una muralla. Empujó una y otra vez erguido, golpeando contra su piel del mismo modo que un púgil lo hace contra las peras de entrenamiento. La sometió entre resuellos, como un animal salvaje en cualquier documental televisado y, cuando sintió la explosión de la lujuria, la continuó cabalgando más despacio, hasta que se inclinó delicadamente sobre ella y besó su espalda desnuda con suavidad.

Fue todo tan rápido que Anisa no tuvo tiempo ni de asimilarlo. Cuando Miguel terminó, se enderezó y —con toda la dignidad que encontró en los restos de aquel derrumbe— se subió los pantalones y se acomodó el suéter sin atreverse siquiera a mirarlo. Un tsunami la había envuelto en su furia, arroyándola con su fuerza de centrifugado. Pero cuando el agua revuelta comenzó a bajar, también sintió el sabor de la herrumbre en su boca y pudo ver los mosaicos de la habitación de su padrastro como cuando era una niña.

Sin embargo, esta vez no sería igual. Esta vez ella se elevaría sobre ellos del mismo modo que se enseña un estandarte.

En aquel instante, Samir jugaba, ausente, sin poder sospechar que allí se estaba trazando su abandono.

—Lo siento, Anisa —escuchó desde atrás. Su voz llegaba distorsionada, lejana e indiferente—. La próxima vez será como tú quieras, ¿me entiendes?

Ella no contestó.

Entonces la sujetó de los hombros, por detrás. Pero Anisa se apartó. Miguel insistió y fue él quien se puso frente a ella. Metió las manos en el bolsillo, sacó dinero y se lo ofreció.

—No te confundas. Hace tiempo que quería dártelo, para que te compres lo que necesites.

Solo en ese momento Anisa se atrevió a mirarlo. No había odio, ni temor. Solo determinación.

—La próxima vez será diferente, te lo prometo. Tómalo, por favor.

Y ella lo aceptó, sin más. Quería que pensara que aquello se podía postergar, que su amor clandestino tenía algún futuro... Y salir de allí cuanto antes.

Solo se trataba de olvidar aquella tarde que Samir comenzaba a recordar en una nebulosa.

TIEMPO DE VOLVER

26

El agua es negra; es un sepulcro donde muere el sol del atardecer, igual que sobre
un mármol oscuro. Allí no hay pinadas sobre las dunas, ni se ve la llanura de los
arrozales amarillos casi a punto de la cosecha, casi tierra baldía, casi humeando
columnas de rastrojos como hilos de carbón. Nada de aquello es visible desde la
laguna. Ni el asfalto atravesando la albufera tampoco. Solo es eso: agua lisa
como una noche helada y el silencio del cielo sosteniendo cenefas alargadas y grises como sueños pesados que se disiparán en una tormenta, o en la nada. Sin
embargo, allí abajo, todo es agua negra y espesa. Tan solo un surco dorado la
hiere como con un bisturí. Los cañares son pelillos negros sobre una calvicie húmeda, asomándose a la superficie igual que los matorrales enredados en el lodo,
como las matas verdes transformadas en islotes olvidados... El Palmar una vez fue
ínsula. Hasta que el marjal fue rellenado y levantaron los puentes sobre la albufera.
Entonces fue una franja de tierra con caseríos y pescadores. Pescadores con barcas
llenas de lubinas y anguilas retorciéndose en el casco encharcado. Pescadores que
reman balanceándose, como si estuvieran en un columpio, igual que tú, Samir,
igual que tú, que a veces sueñas que puedes volar y te miras los brazos como si
fuesen alas de gaviota. Desde allí arriba, las garzas te parecen palomitas de maíz,
y las cigüeñas también, y los patos roedores que se esconden entre los juncos... Sigues volando, como si el balancín pudiese subir y bajar rozando el agua negra, una
y otra vez, con las carrucas y los petirrojos persiguiéndote igual que si dejaras un
rastro de chispas en el aire. Ahí estás tú, en la nebulosa de tu sueño columpiándo-
te sobre la superficie y, más allá de las orillas, más allá de las malladas sobre la
arena, ves el mar. Tu mar... Te parece como si todavía estuvieras allí, esperándola... Pero ya no estás, ya no, ahora estás rozando el agua dulce y sientes que aquella lámina húmeda y oscura puede llegar a ser una sepultura atrapada por el lodo,
y quieres ver y te da miedo. Quieres fijarte en el fondo, Samir, y sientes su mano

emergiendo del mismo modo que el cuello de un cisne pútrido, alargando sus dedos descarnados y negros, como si te quisieran atrapar, como si quisieran que la encontrases de una vez y para siempre.

27

Sintió la bilis en la garganta igual que un coágulo y el sueño terminó inesperadamente cuando se incorporó del todo con arcadas. Todavía inmerso en el letargo, intentó vomitar sin éxito. Llevaba durmiendo mal toda la semana y supo que sería inútil insistir. Eran las seis de la mañana y se puso a correr hasta las siete. Desde que Mara lo había dejado, había vaciado una habitación y la había llenado de poleas, mancuernas, un banco y una cinta orientada hacia la ventana. Samir se complacía al ver amanecer sobre *La ciudad de las Artes y las Ciencias* —vivía en un octavo piso de la avenida de Francia, muy cerca de El Corte Inglés—, con la luz despertándose sobre aquellos caracoles blancos que emergían de piscinas celestes. Aquella estructura que parecía una columna vertebral vanguardista le confería un aspecto único al complejo y, mientras en sus auriculares sonaba U2, Samir parecía elevarse del mundo, hasta despegarse de él. El ejercicio lo hacía vibrar como un metal incandescente y en su mente fluían los pensamientos como si los riegos sanguíneos de su cabeza fuesen manantiales, pero era incapaz de encajar todas las piezas y comprender por qué el pasado había venido a buscarlo en aquel momento y de aquella manera.

Durante los últimos días había regresado a la dehesa de El Saler y había recorrido sus dunas como si todavía fuese aquel niño. Incluso, hasta se había acercado hasta El Palmar para otear aquella negra agua de la albufera. Un presentimiento irracional lo atraía con fuerza. Su pasado era un misterio que se ocultaba a sus ojos, pero no a su corazón. Sentía que no entendía lo que sentía, aquella luz que no podía ver, la misma que encendía el mundo cuando parte de él estaba a oscuras.

Se fue a la ducha con el cuerpo sudado como un cirio y no pudo evitar pensar en la teniente Ochoa. Intentó reprimir aquella tentación con la disciplina de la autoridad, pero acabó desnudándola con pudor, imaginando su geografía ignota y sus pechos núbiles como si la fisgonease detrás de una puerta. Se sintió triste y vulnerable, como cuando era apenas un crío y pensaba en Isabel después de que Marc le mostrara las revistas obscenas que escondía debajo del colchón, y acabó masturbándose con tantos remordimientos que apenas fue capaz de conseguir el relámpago de placer que buscaba. Montado en el columpio de sus emociones, se sentó a desayunar cabizbajo. Había dejado sobre la isla de la cocina una revista del *National Geographic* y el rostro sucio de una niña siria casi a toda página lo interrogaba en silencio. Tenía ojos verdes, como si en Oriente Medio aquello fuese una excentricidad, y miraba con la súplica de la resignación a la cámara. Samir había repasado las fotografías de un país hecho escombros, con las mujeres atravesando el territorio como escarabajos entre el polvo blanco de los edificios escombrados. Damasco era un oasis que resistía al infierno, pero él ignoraba a qué mundo había pertenecido y si aquello significaba una posibilidad de reconstruir su pasado. Samir se asomó a aquella barbarie con la incertidumbre del náufrago y con la desorientación del amnésico. No podía sentir el desarraigo de un mundo al que jamás había pertenecido, pero era capaz de sentir aquella extraña nostalgia de lo imaginado y anhelado, como si la imagen de una tierra de caseríos blancos entre olivares y viñedos suscitase una esperanza que jamás había conocido.

Se había quedado atascado en aquella anarquía de sentimientos cuando sonó su teléfono móvil sorpresivamente. Era un número desconocido, pero decidió atender, como no lo hubiera hecho semanas atrás. Una voz cascada pareció rasguñar su oído.

—¿Capitán Santos?

—Dígame.

—Marc ha muerto. Me dijo que se lo dijera, por eso lo llamo.

La Tierra gira sobre su eje a casi dos mil kilómetros por hora, pero Samir sintió que la vida se detenía en seco y el tiempo dejaba de sumar. Una inyección de alivio, amor y remordimientos encharcó su alma y se sintió torpe para responder.

—Eres su amiga, ¿verdad?

—Sí, Loli. Nos vimos la semana pasada. Él quería que lo supiese, pero no se preocupe por nada. Marc se lo dejó todo preparado... y pagado.

Samir respiró hondo y entrecerró los ojos.

—¿Necesitas algo?

—Nada.

—Iré en cuanto pueda, no te preocupes.

—Yo no estoy preocupada. Marc ya descansa, que peleó mucho. Bien lo sé yo.

—¿Dónde está?

—En el tanatorio La Costera. Estaremos hasta las dos.

—Gracias por llamar.

Pasó por la comisaría y despachó con su equipo un robo sin sangre en el Centro Farmacéutico de Vara de Quart. Se habían llevado más de seis mil euros y medicamentos de alto costo. Le pidió al teniente Anchorena que supervisara la investigación y les dijo que iba a pasar todo el día fuera de la oficina. Cuando estaba a punto de salir del edificio, la teniente Ochoa corrió hacia él y le preguntó si había descubierto algo nuevo del caso Almiñana y Samir le dijo que no, pero que Marc Escandell había muerto, y que iba a volver a Xàtiva. Ella presionó con su mano derecha su brazo izquierdo, igual que una madre sujeta a su hijo para guiarlo hacia alguna parte —ella no solía hacer aquellas cosas, él lo sabía—. Le pidió acompañarlo, si al capitán le parecía bien, claro, y Samir obvió pedirle que dejara de llamarlo *capitán*, que con Samir bastaba, y le respondió que sí, que podía —por no decirle que le dolía ir a verlo solo—.

Condujo por la A-7 en silencio, como días atrás había hecho el camino inverso. La teniente Ochoa tenía la discreción de un ujier y la habilidad de un artesano para saber qué utensilio utilizar en cada momento. Conocía muy bien al capitán y, sin pronunciar palabra, allí sentada junto a él fue capaz de transmitirle todo lo que él necesitaba. Quizás sin pretenderlo, Samir le había mostrado su perfil más débil, ese lado oculto donde todavía habitaba Carapán, y la teniente lo había observado en silencio, con la conveniente reserva que él tanto apreciaba en ella.

Llegaron a Xàtiva al mediodía. El tanatorio parecía un hotel minimalista, con paredes acristaladas, espacios abiertos y sillones rectangulares. Tenía aspecto de centro cultural o de museo, pero una inscripción en la parte superior del edificio despejaba cualquier duda al respecto.

Era una ironía de cómo lo habías visto, Samir. Allí viviendo en esa cueva de mierda y ahí parecía que había llegado al Cielo. ¡Había hasta bombones en la entrada de la sala! Algo se te removía por dentro, ¿o no? En realidad, todo. Te habías quedado más solo... Los recuerdos parecían un molinillo repicando por el viento.

La sala estaba vacía. Solo la Loli recostada en un sillón negro, adormilada, como si la circunstancia le impidiese echarse a dormir varias horas. Tardó en darse cuenta de que estaban allí —hasta que Samir carraspeó su garganta— y la mujer se levantó de un salto igual que un centinela soñoliento. Parecía más demacrada que la semana anterior —era la sombra de una mujer— y, a Samir le resultó sorprendente y revelador que fuera ella quien se ocupara de todo. Loli miró hacia la vidriera donde estaba Marc con resignación y Samir se detuvo ante aquel umbral incómodo. Era la primera vez que estaba ante el cadáver de un ser querido. Nunca había podido enterrar a nadie y, en aquel momento, fue como si todavía fuese un niño ahogándose en su burbuja de soledad. Le hubiese gustado que Delacroix estuviera allí, que le pusiese su mano en el hombro y le dijese que todo tenía un porqué, que no caminaba solo y que mirara hacia adelante, «siempre hacia adelante, Samir». El tiempo se había convertido en una espiral que lo había devuelto a su niñez y se quedó mirando a Marc como si durmiese en su litera. Tenía el rostro relajado y los labios cerrados con la mueca de una imperceptible sonrisa —según como uno lo quisiera ver—. Lo habían maquillado tanto que tenía la apariencia de estar serenamente dormido.

La muerte deja un rastro inconfundible. Te habías encontrado varias veces con ella como para no reconocerla. Ese blanco cirio que no disimulaba la cosmética. Sabías muy bien cómo reconocer un cadáver, pero ninguno era de los tuyos. Solo aquel. Y era tu hermano, ¿o no? Sentir que no ibas a volverlo a ver fue una revelación. Se te había encendido un foco que podía iluminar todo un estadio, pero que solo te deslumbraba a ti, solo a ti, y la verdad brillaba como si fuese fosforescente. Allí delante estaba tu madre, tu padre y toda una Siria que jamás habías pisado. Sentías que tu historia se desvanecía sin respuestas... La emoción era una olla a presión, en tu garganta.

Samir sintió que se le irritaban los ojos y se enfureció en silencio por no poder reprimirse. Intentó evitarlo, pero tuvo que llevarse el índice a la comisura del ojo izquierdo y disimular un tímido reguero imperceptible. No debía aparentar debilidad —no quería, más bien—, pero la teniente Ochoa se situó a su lado en silencio, sin decirle nada, una vez más. La Loli los miraba, y ellos a Marc, encajonado tras la vitrina de cristal.

A veces, saber decir es saber callar, como esas madres que tú nunca tuviste.

Había muerto el día anterior y la amiga de Marc llevaba allí desde entonces. Samir no se atrevió a preguntarle cuántos habían ido a velarlo. Aquella habitación parecía una sala de madrugada, la morada olvidada de una vida que a Samir le pareció un fraude. Estuvieron solos una hora y media, hablando lo justo, matando los silencios con historias de la Loli, que había entrado en un tratamiento con metadona porque Marc había freído a hostias al italiano —que era como llamaba a quien la había mantenido a cambio de trapicheos durante los últimos años—. El capitán Santos escuchó aquel panegírico sin demasiadas sorpresas. La Loli salpicaba de ordinarieces su discurso, patinando las palabras que a veces parecían ebrias, y él y la teniente aguantaron el tiempo. Samir quería acompañar a Marc hasta el crematorio, convencido de que su amigo lo estaba husmeando desde alguna parte y, cuando faltaban apenas quince minutos para que se lo llevaran, vio llegar a Isabel, lo mismo que una aparición de otro mundo, azorada por las prisas. Se había maquillado y sus labios rojos parecían dos fresas procaces. Amparo la radiografió de arriba abajo con extrañeza, hasta que Samir se la presentó como una amiga de sus años en Alzira. Se había tomado el tren desde Valencia y había llegado hasta allí en un taxi. La Loli también la había llamado por voluntad de Marc.

—Se fue sin que pudiéramos aclarar muchas cosas —pareció confesarle.

Después, ella también se acercó a la vitrina y se lo quedó mirando sola. El capitán no dio ni un paso, como si hubiese decidido dejarla sola en el frente de la batalla.

No sabías si era porque no la perdonabas o porque no querías inmiscuirte en aquella intimidad. Pero ya no importaba, de verdad que no. El caso era que ya no te dolía, aunque las cicatrices a veces todavía sangraran.

Estuvo allí unos pocos minutos, casi ausente, hasta que un empleado trajeado entró para decir que había llegado el momento. La Loli los miró a los tres y luego le contestó que sí, que se lo llevaran, y aquella pequeña comitiva se dirigió hacia la sala del crematorio, donde situaron a Marc para su último viaje detrás de otra urna de cristal y encajado hacia la puerta de un horno cerrado. El encargado preguntó si alguien quería decir algunas palabras y aquella tropilla circunstancial se quedó mirando el féretro, desesperanzada. Samir imaginó que aquel hubiese sido el momento de Delacroix —aun con lo poco que lo había tragado Marc— y echó de menos no tener el valor para leer ni siquiera un Padrenuestro, pero la Loli fue la encargada de disparar las salvas en aquel momento —lo llevaba todo preparado— y levantó la mano como la alumna del último banco y dijo que sí, que ella tenía algo, porque Marc le había pedido que pusiera una canción, incluso aunque no hubiese habido nadie, y la Loli sacó el móvil, un altavoz inalámbrico que llevaba en una bolsa de plástico y, en medio de una gran expectación, *Estoy contigo* de la Oreja de Van Gogh comenzó a sonar como si Marc recitara un salmo desde el más allá:

Tú que me mirabas como nadie supo mirar, tú que protegías la vela si empezaba a temblar, tú que me leías cuentos que me hicieron volar, y ahora tu memoria se escapa con mi vida detrás. Tú, mi estrella despistada en la noche, tú que aún brillas cuando escuchas mi voz, estoy contigo, estoy contigo. La Loli parecía entrenada para aquel momento y miraba el cajón, impasible, pero Isabel se quebró y contuvo el llanto con su mano en la boca. Al mismo tiempo, la teniente Ochoa observaba a Samir de reojo. El capitán intentaba mantener un equilibrio imposible para no caer en aquel abismo de sentimientos. *Tú que recogías las hojas que mi otoño dejó, tú que interpretabas mis penas con un poco de humor, tú que despejabas mis dudas con el viento a favor y ahora va colándose el frío del invierno en tu voz.* Samir intentó resistir desde su trinchera de militar y se cruzó de brazos para hacerle frente al dolor, pero la canción era un tornillo que giraba y apretaba como un taladro. *Tú mi estrella despistada en la noche, tú que aún brillas cuando escuchas mi voz, estoy contigo, estoy contigo...*

Te costaba respirar, joder, que no había chalecos antibalas para resistir aquello, ¿me entiendes? Tu pecho era una pecera de recuerdos agitándose nerviosos, como anguilas. Todo un acuario resquebrajándose y aquel cristal no resistiría, no, y tú que sí, capitán, que vas a poder, porque había que ser hombre, muy hombre, como cuando ella te dejó en la playa de El Saler y resististe toda la noche. Lo habías aguantado, ¿o no? Pues eso, aquello también y a ponerse firme si hacía falta, capitán.

La música entraba como un licor dulce e Isabel se sentó y dejó de mirar. La canción parecía un perfume que lo impregnaba todo. *Cuando sientas que tus manos no se acuerdan de ti y que tus ojos han borrado el camino, estoy contigo, estoy junto a ti. Para darte mis palabras si tus labios ya se han dormido, devolverte tus latidos, todo lo que hiciste por mí...*

Creo que te rompiste ahí, no estoy seguro, pero sí de que en aquel momento la teniente Ochoa te tomó de la mano y que ella lloraba también, y que tú pensaste que Marc no habría podido elegir mejor oración, que hasta Delacroix le hubiese gustado, porque lo tenía todo planeado, hasta morirse, pensaste.

Sin dejar que se terminara la canción, Samir atravesó la puerta abierta, la que comunicaba con el féretro y puso la mano sobre él, del mismo modo que juraban sobre una Biblia, como si quisiera empujarlo al Cielo. *Cuando creas que la vida se ha olvidado de ti, no dejaré de susurrarte al oído, que estoy contigo, que estoy contigo... Cuando llegue la nostalgia a separarte de mí, yo gritaré para que escuche el olvido, que aún no te has ido, que yo sigo aquí... Siempre junto a ti.*

—No me olvides —le susurró.

28

A la salida, Isabel fue a buscarlo y Samir le pidió a la teniente que lo esperara en el coche. Isabel se había recompuesto, pero él todavía parecía noqueado por la emoción. Se metió las manos en los bolsillos y caminaron por los senderos del parking sin prisas. Samir se sentía deambulando por las nubes igual que si chupara un lexatin. La muerte desvanecía las contingencias del mundo, y a ellos dos con él.

—Éramos unos críos, Samir, pero quiero que sepas que siento mucho cómo acabaron las cosas.

—Ya no importa nada de aquello, la verdad. El tiempo no puede volver atrás.

—Sí que importa. Por eso nos llamó. Quería que volviéramos a encontrarnos hoy y que todo fuese como al principio, cuando tú y él erais como hermanos.

—Probablemente solo quería que lo recordáramos con cariño, nada más. Hablé con él la semana pasada, Isabel. Creo que nos despedimos entonces.

Ella se detuvo y lo sujetó del brazo para que él lo hiciera también. Su pulso no era como el de la teniente, sino que parecía urgente, quizás desesperado. Isabel se situó frente a él y Samir fue incapaz de mirarla a los ojos. Ella parecía una sirena y él un Ulises avergonzado por prolongar su regreso a Ítaca.

—Yo te quería, Samir. Debí decírtelo hace años, pero te quería. Siempre supe que llegarías lejos.

Samir sonrió, entre la ternura y el sarcasmo. Ni siquiera él lo sabía muy bien.

—He pensado mucho en ti durante todos estos años —le insistió.

—Yo también, Isabel. Pero elegiste a Marc por alguna razón. Al fin y al cabo, éramos unos críos. Sé que estuvisteis varios años juntos. Ojalá os hubieseis casado, ojalá hubieseis sido felices. Hoy esto dolería menos.

Samir reanudó la marcha. Quería alejarse del coche y evitar que la teniente los viera.

—Marc me engañó. Por eso no acabamos juntos, por eso se fue todo a la mierda, ¿entiendes? Al principio fue que él era mayor, que me gustaba y que lo pasábamos bien. Nos queríamos, para qué te voy a engañar. Casi que crecimos a la vez durante aquellos años. Nos fuimos a vivir juntos y algunas veces hablábamos de ti, pero Marc ya no sabía cómo dar contigo porque no quería volver al centro a preguntar. Sabíamos que te habías ido a la Academia Militar de Zaragoza y él no dejaba de repetir que no te veía ni de militar, ni de policía, ni de nada de eso, que eras demasiado... bueno. Pero un día se acabó. Y no fui yo, Samir. Fue él, que siempre fue a la suya. Le dio un calentón con esa... En fin, era mi amiga, y me traicionaron. Por eso ya no quise saber más nada de los dos.

Esta vez fue él quien se detuvo. Sus palabras fueron tornillos que saltaron por los aires después de un chirrido.

—A ver, un momento. ¿Quién era esa amiga tuya?

—Y eso qué importa, Samir. Ya lo has visto ahí, solo. Te aseguro que no fue nadie importante para él.

De golpe, se sintió de nuevo pisando firme, como si el vapor de los sentimientos se hubiese disipado.

—Vamos a ver, Isabel... —Su tono fue un aguijón inesperado—, aquí todo importa. ¿Acaso olvidas por qué te fui a ver?

Ella se evadió observando el suelo.

—¿Acaso no estarás hablando de Susana Almiñana, verdad?

—¡Qué más da! Podría haber sido ella como cualquier otra.

—Pero fue ella, ¿a que sí?

—Sí.

—¿Y por qué no me lo dijiste desde el principio? —Su tono era recriminatorio—. ¿Por qué? ¿Acaso crees que esto es un juego?

—Lo siento, Samir. Te juro que pensé que no era importante.

—¡Fui a tu casa preguntando por ella!

Isabel se había ruborizado y titubeó un momento antes de contestarle.

—Me daba vergüenza, Samir. Me dolía hablar de Marc contigo y de todo lo que había pasado entre nosotros.

—¿Es que acaso crees que esto es una broma? Dime todo lo que sepas. ¡Pero ya!

—Fue hace mucho tiempo, ¿entiendes?

—¿Cuánto?

—Pues no sé. Marc me dejó en el 2001 o 2002, es que ya ni me acuerdo bien, de verdad.

—¿Y qué más?

—¿Qué más de qué?

El capitán cambió el tono, se irguió y la atravesó con la mirada.

—Se lio con ella cuando Susana tenía dieciocho años. Susana se las traía, que yo lo sé muy bien. Estuvo pegándomela como dos años antes de que Marc me dejara. Ella era más chica que yo. La conocía del FP y al final no sé decirte si fue amiga porque le gustaba Marc o porque nos llevábamos bien.

—¿La volviste a ver después?

—Te juro que no. Le hice cruz y raya y, por ella, acabé con el idiota de mi ex. Sí supe después que Marc y ella lo dejaron pronto, pero él después ni se atrevió a volver conmigo. Yo ya había organizado mi vida.

—¿Estás segura de que no hay nada más?

—¡Por mis hijos! —Y se besó los dedos haciendo la señal de la cruz.

Samir la miró con desconfianza y, una vez más, volvió a caminar, pero esta vez hacia el coche y con paso ligero.

—¿Acaso crees que Marc pudo tener algo que ver con su muerte?

—Pues no lo sé. A él, ahora ya le da igual, créeme.

—Marc hubiese sido incapaz de matar a nadie, ya te lo digo yo. Tenía muchas cosas, pero él no era un maltratador.

—Todos somos incapaces de matar... Hasta que lo hacemos. Cualquiera puede ser un asesino, incluso quien menos te lo esperas.

—No digas esas cosas, Samir. Yo no, yo no lo haría.

Pero él no le contestó.

—¿Quieres que te llevemos a la estación?

Isabel asintió.

—Te lo agradezco.

—Sígueme, que se nos hace tarde.

—¿Quién es? La del coche, digo.

—Una compañera de trabajo. Está en la investigación. ¿Por qué?

—Por nada. Solo curiosidad. Por un momento pensé que era tu pareja.

—Se llama Amparo Ochoa y es teniente de la Guardia Civil, asignada al equipo de la Policía Judicial. Está completamente al tanto del caso Almiñana.

—Vaya, parezco una entrometida. No sé qué podrás pensar de mí.

—No te preocupes. ¿Quieres que te llevemos entonces?

—Sí, desde aquí no sé cómo llegar a ninguna parte. Me harías un gran favor. ¿Vais para Valencia?

—No —le mintió con un tono contundente—. Tenemos trabajo primero.

—Entiendo.

—¿Te vale igual?

—Sí, claro... Y sabes que me alegro de verte, ¿verdad?

—Sí, Isabel. Lo sé.

—Se nota que las cosas te han ido bien, ¿quién te lo hubiese dicho entonces?

Pero el capitán no le contestó. Era como si escuchara la chá-chara de una extraña.

29

Una madrugada de junio de 2016

—Y continuamos con las llamadas de nuestros oyentes, casi al borde de las tres de la madrugada. El amanecer es una promesa que todavía no puede romper este sosiego y la noche nos invita a la confidencia, a la complicidad ¿Con quién tengo el gusto de hablar?

—Buenas noches, Laura. Mi nombre no importa.

—Es verdad. Bien sabéis que es un comodín de nuestro programa: no saber nada de vosotros más que lo que nos queráis contar. ¿Cómo estás?

—Algo nerviosa.

—Ya verás como poco a poco lo vas perdiendo. Esta es una hora en la que estamos entre amigos. ¿Puedes decirnos desde dónde nos llamas?

—Eso tampoco importa, Laura. Discúlpame.

—Sabes que no tienes que disculparte, radioyente. Cuéntanos, ¿por qué nos llamas?

—Es que últimamente me cuesta dormir, por eso os escucho desde hace un año. Me hacéis una compañía que ni te imaginas. Tienes un programa que es único, de verdad.

—Muchas gracias. En realidad, el mérito es vuestro.

—El caso es que hará una hora, cuando llamó aquel chico que llevaba toda la vida buscando a sus padres, me hizo pensar... Me hizo remover cosas, ¿entiendes?

—Nuestro oyente se llamaba Carlos. ¿Crees que sabes quién es?

—No, no, Laura. No se trata de eso. Ni mucho menos. Pero necesitaba llamar y contarle a alguien que a mí me pasa algo parecido. Busco a un niño... Más bien no lo he buscado, pero últimamente pienso demasiado en él.

—¿Quién es ese niño?

—Es difícil de explicar. Sucedió hace más de treinta años, que se dice pronto, ¿sabes? Su madre trabajaba para mí... Bueno, para mi madre, pero porque la llevé yo a su casa.

—¿Era una empleada doméstica?

—Sí... Más o menos. La cuidaba porque estaba mayor, más bien. Fue algo que se me ocurrió para ayudarla, Laura. Mi madre necesitaba ayuda y aquella chica estaba sola y sin familia. Vi la posibilidad de echarle una mano y hay que ver lo desagradecida que es la gente cuando una es buena. Pero no viene al caso... O sí, porque se portó... se portó como...

Por radio se percibe una respiración acelerada, el resoplido de la emoción golpeando el auricular en algún vericueto de España.

—Tranquila. Tómate tu tiempo. Nosotros estamos para escuchar y lo tenemos. Ya sabes que compartimos lo que nos apetece, y que no juzgamos ni obligamos a continuar.

—Estoy bien, estoy bien...

—A veces las personas no responden de la misma manera que uno espera —comentó la locutora—. Los seres humanos somos sencillamente egoístas y, en muchas ocasiones, incapaces de ponernos en el lugar del otro.

—No podrías imaginar lo que hizo —le dijo recuperando el tono de su voz.

—Claro que no.

—Tenía un niño. Unos tres años tendría entonces y, sin previo aviso, va y lo abandona en una playa para largarse.

—¿Qué me dices?

—Lo que oyes. Como se abandona a un perro. Toda la noche estuvo allí, hasta que lo encontraron.

—Pero ¿por qué?

—Nunca lo supe. Jamás pude comprender que hiciera algo así, pero... En fin, no me gusta hablar mal, Laura, pero creo que...

Los silencios caían como gotas huecas.

—A esta hora puedes decir lo que quieras. No te preocupes.

—Anisa era una mosquita muerta. Eso lo entendí yo después. Entonces, no tanto, pero el tiempo nos pone a cada uno en su sitio.

—¿Se llamaba Anisa esa mujer?

—Sí. Anisa. No volví a encontrarme a nadie con ese nombre. *Anisa*. Era siria.

—¿Supiste algo de ella después?

—Nunca. Como si se la hubiera tragado la tierra. Ella lo que quería...

Se detuvo, inspiró y dejó escapar el aire como si se deslizara por un tobogán.

—Ella lo que quería era llevarse a la cama a mi marido y yo creo que le puse los puntos sobre las íes. Esa es la verdad, Laura. No quiero irme con vueltas. En cuanto vio que aquello no podía ser, lo pagó con aquel niño.

—¿Cómo se llamaba?

—Samir.

—¿Y qué pasó con él?

—Yo no supe de él hasta semanas después. Al principio, pensé que Anisa se había ido con el niño, pero un día encontramos su foto en el periódico y el alma se me cayó a los pies. ¡No me lo podía creer! Si no hubiese estado sentada, me habría caído redonda. ¡Era Samir! ¡Samir! La noticia venía con una foto pequeñita a pie de página. Pedían colaboración para identificarlo. Aquel mismo día debería haber ido a la policía y decir que ese niño... En fin, que ese niño era de esa mala pécora, ¿me entiendes?

—¿Y no lo hiciste?

—No lo hice, no.

El silencio esta vez fue un muro blando. Se prolongó casi cinco segundos, hasta que dolieron.

—¿Por qué? Debías quererlo para sentir lo que sientes.

—Me cegué, Laura. Aquella chica había intentado seducir a mi marido y, en el fondo, pensé que me lo tendría que quedar. Esa chica no tenía a nadie y creía que, si iba a buscarlo, el crío se tendría que venir conmigo. Luego su madre volvería y nuevamente a entrar en nuestra vida y venga otra vez la historia... Me hice un lío y me equivoqué. Hay que estar en ese momento y en la piel de cada uno para entender lo que hacemos, ¿me entiendes?

—Pero, si lo abandonó así, ¿por qué habría de volver a buscarlo?

—Era muy extraña. Lo hablamos con mi marido y él me dijo que no nos convenía, que a Samir le buscarían una familia y que estaría mejor que con su madre. De haberlo visto, me lo habría traído a casa, y ninguno de los dos queríamos aquello. Estaba convencida de que con lo pequeño que era acabaría adoptado por buena gente. No queríamos saber nada de Anisa, mi marido tampoco. En el fondo, pensamos que ya estaba a salvo.

—Pero no te quedaste bien con aquello, ¿verdad?

—Es que en aquel momento tenía metido en la cabeza que ir a la policía sería responsabilizarme del crío, Laura. Los dos pensábamos lo mismo. Pero después, no sé, con los años, no pude sacármelo de la cabeza y supe que me había equivocado, que debería haber ido. Y ahora no puedo parar de pensar en aquello. Después de tanto tiempo, pero parece que lo tengo atascado aquí dentro.

—¿Y por qué no lo hiciste después?

—Pues no lo hicimos porque pensamos que ya no tenía sentido. Pensamos que dirían que habíamos sido unos irresponsables, ¿entiendes? ¡Como si nosotros hubiésemos tenido algo que ver con la locura de esa mujer!

—Tuviste miedo.

—No, miedo no. Vergüenza.

—¿Y te arrepientes?

—Sí, Laura. —Nuevamente efluvios de sentimientos borboteando por la radio.

Silencio.

—Hiciste lo que creíste mejor. Ya no podías cambiar su destino.

—Lo sé —soltó apenas sin voz.

Las ondas parecen estar vacías y la locutora también decide callar, y esperar.

—¡Pienso tanto en él! Esto nunca se lo había contado a nadie, Laura. Lo llevo aquí, en el pecho, desde hace años. ¡A nadie! A veces me pregunto qué habrá sido de él, si habrá salido adelante, incluso si su madre habrá regresado a buscarlo. Es una tontería, ya lo sé, pero nos hacemos viejos y los fantasmas del pasado regresan para atormentarnos cuando sentimos que las cosas no las hicimos bien.

—Pues tú tienes que pensar que ese niño está bien. Nada de lo que puedas sentir o pensar ahora puede cambiar lo que sucedió. ¿Por qué no creer que creció en una familia maravillosa?

—Pues sí. Tienes razón.

—Venga, anímate. Todos nos equivocamos alguna vez. ¿O no?

—¡Y tanto!

Pero el tono de la radioyente ya era una cometa que no podía volar y, de pronto, la periodista sospechó que no se despegaría del suelo.

—Venga, ¿quieres contarnos algo más?

—No, Laura.

—Ya sabes que nuestras antenas siempre están abiertas para escucharte.

—Lo sé.

—Hasta pronto, querida radioyente.

Y colgó.

30

Valencia, octubre de 2018

Delacroix siempre te hablaba de aquel granito de mostaza, ese homenaje a lo insig-
nificante que era un himno de esperanza, porque tú no eras nada, solo escoria so-
cial, pero también una imperceptible promesa que solo él supo ver. Solo él. Ni tú
mismo. A veces lo insignificante podía cambiar una historia, los pequeños detalles
intrascendentes cambian la vida, Samir. Había que fijarse bien, y aquello era el
instinto, porque podía pasar por delante de tus ojos como si contaras ovejitas. Un
gilipollas contando estupideces y la verdad allí delante, brillando... Un diamante en
bruto, Samir.

Era domingo cuando tomó la decisión de ir. Aquello era una
espina que se le había enquistado en su cabeza durante la última
semana, una obsesión velada que no respondía a esa lógica que
debía conectarlo todo. Sin meditarlo demasiado, tecleó que iba a
darse una vuelta por el escenario del crimen y le dio a enviar
como un niño tira una botella al mar. La teniente Ochoa contestó con un *bip* casi de inmediato. «¿Lo acompaño, capitán?». Sus
dedos titubearon del mismo modo que en una pulseada china,
tanteando con dudas, chapoteando sobre las letras que parecían
quemar. «Quería que lo supieras, no es para que vengas, quédate
tranquila». Se arrepintió nada más hacer *clic* en su wasap. Creyó
que aquella natural torpeza para relacionarse con el sexo opuesto
había disparado su mensaje, pero otro *bip* vibró en su teléfono
como si jugaran al frontón. «¿Es que no quiere que vaya, capitán?». Una descarga de adrenalina erizó su cuerpo y él le contestó
que no se trataba de eso, sino de que era domingo y no tenía por

qué trabajar. *Bip*. «¿Voy o no voy, capitán? Decídase». Y Samir: «No vengas. Es mejor que descanses». *Bip*. «Me hubiera gustado, capitán. Una lástima». Él dudó, pero sus dedos fueron más rápidos. «Entonces, ¿quieres venir?». El *bip* se deslizó rápido como una culebra. «Capitán, recójame a la una, por favor».

Se encontró con la teniente en la Avenida del Puerto: blusa blanca, vaqueros rasgados de fábrica, zapatillas Converse y un rostro maquillado tan limpio que parecía natural. Samir solo le dedicó una mueca, incapaz de halagarla con ningún comentario que no fuera convencional. Luego aceleró y buscó encaminarse hacia la Autopista del Saler.

—¿De qué se trata? ¿Encontró algo?

—Llegados a este punto, solo son corazonadas, Amparo. Solo eso.

—¿Y tiene alguna?

—Quiero echar un vistazo a un lugar. A veces la verdad está delante de nuestras narices, pero no sabemos verla.

Dejó atrás la Ciudad de las Artes y las Ciencias y atravesó el río Turia. A su izquierda quedó la playa de Pinedo y continuó hacia la dehesa de El Saler. Allí se extendía una franja de mar que a mediados de los sesenta se había convertido en un delirio semejante al de Benidorm, con el proyecto de convertirla en una zona de ocio rodeada de edificios lujosos frente al mar. Samir había recorrido aquel lugar decenas de veces y el Hotel Sidi Saler había sido un cadáver de aquel tiempo hasta que lo volvieron a acondicionar en el 2018. Las cicatrices de aquel sueño de hormigón estaban por todas partes, con agujeros en las paredes, cristales rotos y una piscina escombrada por el abandono. Alrededor, todavía podían verse anticuadas torres de apartamentos en su momento prohibitivas, pero que entonces se habían convertido en centinelas de un ecosistema herido. Aquel plan arrasó las dunas, plantó eucaliptos y hormigonó carreteras. Aquel proyecto había variado muchas veces por las imposibilidades del terreno y la resistencia de algunos movimientos contrarios a convertir aquel oasis de la ciudad en un merendero con derecho al lujo. Incluso, antes de que naciese el aeropuerto de Manises, la dehesa había sido una opción valorada para ello. Pero la asociación ciudadana *El Saler per al poble* se había movido con tal irreverencia y desparpajo durante la dictadura, que con el primer gobierno democrático socialista se impulsó el Parque Natural de la Albufera, que incluyó la dehesa del Saler. Aquello sucedió en 1986, cuatro años después de que Samir hubiese sido abandonado por su madre. Fue entonces cuando comenzaron a sanear las dunas y aquella playa que él recordaba ya no existía de la misma manera.

Dejó atrás la localidad de El Saler y, en lugar de poner rumbo hacia El Parador —un inmenso jardín frente al mar— se desvió hacia el pueblo de El Palmar, a algo más de ocho kilómetros de donde encontraron el cadáver de Susana Almiñana. Pero Samir no entró en la población, sino que se desvió hacia el embarcadero.

—¿No estará pensando en dar un paseo en barca?

—¿Tienes tiempo?

—Si no lo tuviera, no habría venido.

—Después te invito a una paella, no te preocupes. Necesito echar un vistazo a la laguna.

—¿A la albufera?

—¿A qué otra si no?

Ella lo miró desconcertada.

—Es más por lo otro que por nuestro caso, ¿me entiendes?

—¿Se refiere a su madre?

—Sí. Quizás debería haber venido solo. Para ti será una pérdida de tiempo. Ni debería haberte enviado el mensaje.

—¡No me importa, capitán! Solo era para saber.

—De acuerdo —le contestó, aliviado.

—No sé qué le ronda por la cabeza, pero será divertido.

Se dirigieron hacia el tinglado del embarcadero. Entre semana el vaivén de pescadores por los canales era constante, pero el domingo solo salían algunas barcas de paseo con algunos excursionistas. Pasaban el día en la albufera y después buscaban algún restaurante tradicional en el pueblo, como harían ellos después. Desde allí podían verse los campos rasos y secos después del verdor de la reciente cosecha, hasta que en noviembre los anegaran de agua e inundaran caminos y acequias. Entonces, el perímetro de aquella gran laguna de agua dulce se desbordaría durante tres meses y el paisaje se llenaría de gaviotas raseando sobre el agua y de garzas y flamencos picoteando cerca de las orillas.

Samir compró un par de entradas y se sentaron en una barcaza con un toldo blanco sobre sus cabezas. Esperaron diez minutos y, cuando fueron unos doce, oyeron el ruido de la hélice gorjeando bajo el agua. La embarcación recorrió el canal durante unos minutos y acabó en la inmensidad de la laguna. Era una mañana lúcida, de un cielo casi limpio, pero el agua parecía tan gris como enigmática. Sabían que allí debajo no había más de un metro de profundidad y mucho lodo.

Samir parecía un vigía atento a las marismas, matorrales y playas que se habían convertido en juncales.

—¿Qué busca?

—No lo sé. Ya te lo he dicho. Es una corazonada.

—¿Acaso piensa que su madre está aquí?

Aquello no podías decírselo, Samir. Aquello no podía salir de tu boca. No podías, ¡claro que no! Aquello solo era cosa de necios... O de niños, Samir.

Él se volvió y se la quedó mirando con seriedad. El viento otoñal le enredaba el pelo por la cara. No podía verle los ojos. Se había puesto gafas de sol.

—¿Tú crees en las casualidades, Amparo?

—No mucho.

—Yo tampoco.

—¿Y en los sueños premonitorios?

—Nada.

—Es ahí donde no coincidimos, Amparo, porque yo sí creo en ellos.

—¿Y qué ha soñado, capitán?

—Que está cerca.

—¿Su madre?

—Puede ser. No lo sé. Llevo unos días soñando con todo esto, ¿me entiendes? Y no sé por qué. No sueño con aquella maldita playa, sino con esto.

Amparo sonrió, pero Samir no llegó a fijarse en ella.

—Luis dice que todas esas son tonterías, ¿sabe? Que los sueños traducen lo que nos preocupa todos los días. Mejor ni le digo lo que piensa de lo que acaba de decir usted. Quizás él podría ser el Guardia Civil y usted el músico, ¿no le parece?

—Ese novio tuyo necesita vivir un poco más. Hay cosas que no puedes explicar, pero que sabes que existen. La gente rehúye las cosas inexplicables y los oportunistas se las inventan. Yo justo estoy en medio, ¿entiendes?

—A ver, capitán, a ver si lo entiendo... ¿Usted quiere decirme que su madre está detrás de todo esto?

No querías... No querías, pero hablabas, ¡joder! Pero es que con ella todo era diferente...

—Yo no he dicho eso, Amparo. Yo no he dicho nada de eso.

—¿Y qué ha dicho? Explíquese, porque me tiene hecha un lío.

—Siento algo. No sé qué es, pero sé que hay algo.

—¿Algo como qué?

—Déjalo, no puedo explicarlo. No sé si es intuición u otra cosa, pero creo que lo tenemos delante de nuestras narices.

—Pues yo creo que tenemos que encontrar el nexo entre su abandono y lo que descubrió Susana. Que no lo sepamos, no quiere decir que sea un misterio.

—Eso ya lo sé. Claro que lo sé, pero no todo está en lo que podemos ver. Los curas que me criaron me lo grabaron a fuego. Quizás sea por eso.

Callaron y se quedaron mirando el agua negra y espesa. El resto de la tripulación charlaba entre ellos y preguntaban al barquero sobre la albufera. Amparo se había puesto una chaqueta encima, pero Samir solo llevaba un polo verde que dejaba entrever sus brazos fibrosos. En el horizonte, el agua relumbraba plateada y los edificios del *boom* de la construcción se divisaban también en él.

—¿No pensará que su madre está aquí debajo después de tanto tiempo? ¿Verdad?

Samir no desvió su mirada del agua.

—Un metro de profundidad. A veces más, a veces menos. No sé. Si sigo la lógica, me parece un disparate después de tanto tiempo, ¿qué quieres que te diga?

Ella inspiró hondo y luego soltó suavemente el aire por su nariz.

—Esto lo tiene muy confundido, capitán. Está pasando por un mal momento. Es mejor que todo esto no lo comente con nadie, ¿me entiende? —Y lo sujetó suavemente de la mano.

Samir se volvió.

—¿Por qué has venido?

—Porque sabía que me necesitaba, capitán.

—¿A tu novio no le importa que trabajes los domingos?

—Este fin de semana Luis se quedó en Albacete, pero si no, también hubiese venido. Usted me necesitaba. —Le presionó la mano con más fuerza.

—No te entiendo, Amparo —casi susurró.

—Usted no entiende muchas cosas, capitán.

—No se me da bien.

Ella se recostó sobre su pecho y se quedaron observando una mata de juncos que parecía una isla. Frente a ellos, una mujer en la sesentena y su esposo se los quedaron mirando con tal naturalidad que Samir, por un instante, creyó que estaba con Mara.

—¿A dónde me llevará después?

—Hay una arrocería que se llama Nou Racó. Está justo al borde de la laguna y se come muy bien.

—Suena perfecto.

Sin que él fuese capaz de preverlo o evitarlo, le dio un beso en la mejilla. Sintió la humedad de sus labios como una ofrenda y no estuvo seguro de si se trataba de caridad o deseo. Pero no tuvo tiempo para evaluar aquella circunstancia. Su teléfono sonó en el bolsillo.

—¿Capitán Santos?

—Soy yo.

—Soy Loli, la amiga de Marc.

—Lo sé.

—Tengo algo muy importante para usted.

—¿Qué es?

—Por teléfono no. No puedo.

La barcaza cimbreó por el oleaje y Samir clavó la mirada en la teniente. Lo venía presintiendo toda la semana. Algo comenzaba a conjurarse para que él lo entendiera. No sabía cómo explicárselo a su compañera. Solo sabía que ella lo comprendía, aun sin entenderlo.

31

Fumaba nerviosa y le temblaba la mano derecha como si tuviera Parkinson. Lo había citado en el parque de La Glorieta, junto al Ayuntamiento de Xàtiva. Loli ya no parecía la misma. Era un grillo andando de aquí para allá, una yonqui desesperada por un gramo de paz, porque decía que el Marc no la dejaba todavía, que no se iría hasta que se lo dijera. La teniente Ochoa intentó sujetarla para que se sentara. Junto a ellos, había un banco a la sombra de un jacarandá todavía verde, pero la mujer apartó su brazo como un púgil golpeando su saco. Entonces se mantuvieron de pie. Loli no dejaba de mover los pies en una coreografía desacompasada y dando caladas cortas a su cigarrillo.

—Vamos a ver, mujer, como que no te calmes no sacaremos nada en claro, ¿me entiendes? —le dijo Samir.

Ella asintió.

—Necesito un pico. Lo necesito.

—En eso no podemos ayudarte. Lo sabes.

—¡Vaya mierda! Estoy que no puedo, que no puedo, joder.

—Dinos lo que te dijo Marc y te llevamos a casa.

—Se me viene encima, ¿sabe? Ahí lo veo por todas partes y me pongo de una mala leche que no vea. Sé que no se irá hasta que se lo cuente, capitán.

—¿Qué te dijo?

—Él no quiso contárselo antes de morir, pero porque le jodía lo que usted pudiera pensar. Él lo quería, capitán. Por eso voy a traicionarlo, ¿me entiende? El muy cabrón se me aparece por eso. Quiere que se lo cuente.

Su mirada revoloteaba por todas partes y daba caladas angustiada, pero cuando dijo aquello, miró a Samir suplicante.

—No me cree, ¿verdad? ¿A que no? Pero le juro que lo siento aquí. —Y se dio varios golpes en la cabeza—. Él quiere que se lo diga, y se lo voy a decir.

—¿Qué te dijo? —insistió la teniente.

—Que él no tenía nada que ver con lo de la tía esa.

—¿Con Susana Almiñana?

—Sí, tío. ¡Vaya hija de puta que era! No veas.

—¿Qué más?

Cerraba y abría la mano izquierda como si estrangulara el aire.

—¡Joder! Se estaba muriendo y me vino con esa mierda, ¿sabe? Lo habíamos preparado todo para que se marchara con dos cojones, teniéndolo todo preparado, como él quería y, de pronto, me soltó esa historia de mierda. No podía ni hablar, joder, pero me la contó. Yo creo que no quería que se decepcionara, capitán. Por eso se lo calló. Pero ahora no me deja en paz. Abro los ojos y lo veo por todas partes, sobre todo por la noche. Y me acojona.

—Loli, céntrese un poco, venga —le dijo la teniente—. Cuéntenos todo lo que le dijo, con calma, por favor.

—No quería que lo supiera, porque le daba vergüenza, porque decía que iba a pensar que él tuvo algo que ver, pero el Marc del otro lado ya no piensa igual, capitán. Por eso me acojona.

—¿Marc mató a Susana Almiñana?

—¡Que no, joder! ¿Cómo se le ocurre? ¡Si apenas podía ir a mear solo!

—¿Y qué te contó?

—Que la Susana fue a hablar con esa gente para chantajearlo, que estaba seguro. Él le habló del tema a la Susana un día que quedaron para follar. Según él, fue la Susana la que le dijo que podían sacar una buena tajada de aquello, que un capitán de la Guardia Civil ganaría una pasta, y que él se lo pensó entonces, la verdad.

—Nunca me llamó.

—Ya, claro. Fue cuando se enfermó. Me dijo que quería ponerse bueno para encontrarse con usted, que no quería que lo viese enfermo y hecho polvo como cuando se habían visto. Pero la Susana se quedó con aquel rollo. La muy hija de puta. Incluso hasta tenía su número de teléfono, porque usted se lo dio un día a Marc en un puticlub, ¿a que sí?

Samir asintió sin comprender. Bajó la cabeza lentamente, intentando encajar las piezas desordenadas.

—Porque esa gilipollas estaba sin un céntimo y, según el Marc, jugaba sin freno y necesitaba la pasta para tirarla en los bingos, que el Marc a veces se la tiraba por eso, porque le soltaba pasta. La tía contactó con esa gente sin decirle nada y él ató cabos cuando vino a contarle que la habían matado en el mismo lugar que lo habían abandonado a usted, ¿entiende? Ahí se dio cuenta de lo que había pasado, porque la Susana se enteró de su historia por él, solo por él, y el Marc no quería que pensara que era su culpa, que él lo había traicionado. Fue esa puta chupa bingos la que quería chantajearlo, ¿me entiende?

Loli le dio la última calada al cigarro y luego tiró la colilla al suelo para pisarla, al tiempo que tanteaba su bolsillo para extraer su atado Camel.

—Vamos a ver, mujer, que yo me aclare. ¿Qué chantaje se supone que me hizo esa mujer a mí?

—Que conocía a alguien de su familia o algo así. Si usted quería saber, tendría que soltarle pasta. ¡Que no estaba *desesperá* ni *na* la tía! ¡Chantajear a un madero! Se le fue la olla del todo. No me extraña que se la cargaran.

—¿O algo así? ¿Qué es un «algo así»?

—¡Joder, tío! No me acuerdo de todo. —E hizo chipear un mechero para encender otro cigarro que se llevó a la boca.

—Pero ¿cómo lo supo él? ¿Cómo supo de mi familia?

—Por un jodido programa de radio. Esos que echan por la noche para que la gente salga contando todas sus mierdas, ¿sabes? Uno de esos, joder. ¡Yo qué sé cuál! Uno de esos, ¿me entiende?

Una tía decía que lo había conocido. Marc oyó aquello alucinado y supo que era usted.

—¿Cómo sabía que era yo?

—Ni puta idea, capitán. Eso se lo llevó el Marc para la tumba, pero él sabía que esa tía de la radio hablaba de usted, se lo aseguro, y se tomó el trabajo de llamar y hablar con todo Dios para que le dieran el teléfono.

—¿El de quién?

—El de la tía que llamó a la radio. En esos programas nadie se identifica, pero esa quería saber qué había sido de usted y fue por eso que al final consiguió su número, y fue cuando le contó todo a Susana hace como un año.

Samir y la teniente intercambiaron miradas cómplices, pero callaron.

—¿Y llamó a esa mujer?

—Creo que no.

—¿Por qué?

—¿Y cómo quiere que lo sepa? Eso también se lo llevó con él. A usted tampoco lo llamó, ¿a que no? Pues eso, seguro que se lo estaba guardando para cuando pudiera verlo. Pero la guarra esa le apuntó la matrícula y le robó el plan. Eso fue lo que pasó, que la Susana sí llamó.

—¿Te dijo que quería chantajearme?

—No, capitán. No me la líe que el Marc me va a ir dando vueltas como un tío vivo, ¿me entiende? Le estoy contando esto porque el Marc fue bueno, de verdad. Él jamás hubiera hecho algo así, pero la esa tía sí. Marc pensó que usted pensaría eso, que él estaba detrás, pero él ni llamó, ni chantajeó. Todo lo hizo la otra, por la pasta. Marc se fue demasiado de la lengua con esa tía. Cuando los tíos meten la polla, se olvidan de todo.

La mujer estaba tan nerviosa que parecía llevar pólvora dentro.

—Te has metido heroína, ¿verdad? —le preguntó la teniente.

—Puede… Pero os conté la verdad, lo juro.

—Sí, no te preocupes. Has hecho bien.

—¿Y el Marc? ¿Crees que se irá ya?

—Eso yo no lo sé. Eso no lo sabe nadie, Loli.

Samir se había metido la mano en los bolsillos y había comenzado a caminar hacia el aparcamiento, lentamente, sin querer saber nada más de aquello. Sin embargo, de pronto se volvió hacia la amiga de Marc.

—Venga, sube al coche, que te llevamos donde quieras.

Pero la Loli sacudió la cabeza.

—No. Mejor, no. Tú ahí mejor que no pises. Eres un poli.

32

La playa de la dehesa era ancha y kilométrica, algo más desierta hacia el sur, desde la Creu hasta la Punta, donde los cormoranes picoteaban sobre un mar enturbiado cuando desaguaba la albufera. Parecían murciélagos negros batiendo sus alas bajo la luz del sol. Samir había recorrido aquellas playas muchas veces atravesando pinadas y dunas, entre retamas que florecían amarillas y jarillas que parecían cabelleras verdes agarradas a la arena. Las currucas piaban como las chicharras paseándose sobre un manto de zarzaparrillas que podrían haber sido inmensos corales en el fondo del mar. Entonces él creía recordar algo de lo que se guardaba tras el cerrojo de su memoria. Pero ya no podía. Al menos nada que pudiese ayudarlo para descubrir una verdad que parecía haber venido a buscarlo.

Aquel lunes llamó a Consuelo Messeguer y le pidió si podía volver a recibirlo cuando estuviera su marido, quien sería de suma utilidad para actualizar el caso de la señora Awada. El capitán Santos se lo mencionó tal cual: *la señora Awada*, con la denodada intención de desvincular el asunto del crimen de Susana Almiñana y aparentar cierta distancia con la investigación. La mujer fue amable, pero severa a la vez, y le contestó que el miércoles al mediodía sería un buen momento para recibirlo. Ni siquiera le pareció molesta. Sin embargo, al despedirse, le dijo que estaba perdiendo el tiempo y que Anisa ya solo era una mancha borrosa en su memoria. La señora Messeguer le aseguró que debería buscar en otra parte si quería desandar el tiempo. Pero Samir intuía que no era verdad. Estaba convencido de que Marc debía de haberla llamado en algún momento durante el último año. Lo contrario no parecía tener lógica. De no ser así, ¿para qué localizarla luego del programa de radio sin intención de llamarla después? Él pensaba que tendría que haberlo hecho, aunque no lo llamara posteriormente.

—No, no tiene lógica, capitán —le aseguró la teniente Ochoa antes de dejarla en su casa la tarde anterior—. No se entiende por qué se lo calló el día que usted fue a verla.

—No me ocultó que había hablado con Susana Almiñana. ¿Por qué iba a hacerlo con respecto a Marc?

—Usted siempre lo dice, capitán: «En los pequeños detalles están las respuestas».

Recordaba la última tarde de domingo recreándose en ella. No podía evitarlo.

Habían estado sentados en el coche, como tantas otras veces, pero Samir sintió la pulsión de la sangre golpeándolo por dentro, igual que arroyos embravecidos desbordando los torrentes. Hubiese querido transgredir el muro de los años o la invisible barrera que le exigía su rango, pero no pudo.

Creías que no jugabas limpio, Samir. Creías que ibas a estropearlo todo, pero estabas en la cima de un tobogán kilométrico, a punto de lanzarte como un astronauta desde la estratósfera… Siempre lo mismo, Samir, era como volver a estar delante de aquella Isabel en el instinto, atado de pies y manos.

—Fue un día bueno de todas formas, capitán. Gracias por el arrocito en El Palmar.

—¿Por qué me llamas capitán?

—Porque lo es —dijo y sonrió irresistible.

—Llámame Samir, te lo ruego. —Su voz fue suplicante, toda la concesión que podía hacer a su desenfreno en aquel momento.

—¿Y qué más quiere, capitán?

Se había vuelto hacia él. Amparo parecía una jinete enlazándolo, igual que si él trotara dando vueltas a su alrededor. Había sentido su aliento muy cerca, como estar al resguardo de un hogar en una noche de invierno.

Pensabas que quedarte quieto era una forma de moverse, ¿verdad? Pensabas que callar era una forma de hablar. Como habías hecho siempre, Samir. ¡Siempre! No tenías cojones para saltar.

—Tú sabes lo que quiero —le contestó, titubeando.

Ella había pestañeado como en un cortocircuito y había sonreído.

—A su madre. Usted quiere a su madre, ¿verdad?

Había dudado un instante, algo confuso, pero luego había insistido.

—Ella está ahí en alguna parte, Amparo.

—Sí, capitán. Aun después de tanto tiempo, ella lo sigue buscando.

—Eso no lo sé.

—Pero eso es lo que espera.

Y la teniente había traspasado el aro de fuego que existía entre los dos y había rozado la comisura de sus labios con un beso semejante al picoteo de una gaviota sobre el agua.

Luego fue como si encendiesen las luces del cine de golpe, y todo terminó.

—Hasta mañana, capitán —le dijo abriendo la puerta del coche para entrar en su portal.

Se había quedado confuso y ansioso a la vez. La vio alejarse igual que un espejismo.

Apartó de su mente lo del día anterior y dejó a la teniente Ochoa columpiándose en su mente. Eran las diez de la mañana y apuró su paseo sobre la arena todavía húmeda. Vio el restaurante Las Dunas y caminó hacia él atravesando la anchura de la playa. Llegó hasta el parking del establecimiento, desde donde se iniciaba el paseo que lo adentraba en la dehesa de la playa de El Saler. Entre arbustos y pinadas, nacían merenderos con estructuras techadas con cañas y brezos. Siguiendo aquel trayecto, se llegaba a la zona del crimen y Samir volvió a recorrer el tramo que hizo Susana Almiñana aquel día. Se cruzó con algunos transeúntes que estaban corriendo o en bicicleta, probablemente provenientes del pueblo de El Saler, a dos o tres kilómetros detrás del bosque de pinos. Después de recorrer algo más de un kilómetro, se desvió hacia las dunas y llegó a la floresta donde habían encontrado el cadáver. Allí ya no quedaban rastros del crimen. El equipo de la científica había marcado el terreno para fotografiarlo, pero si él no hubiera estado allí aquel día, no podría haberlo identificado. El viento había barrido cualquier rastro, por insignificante que fuera. El jaleo del oleaje llegaba lejano, como los ecos de la noche que había pasado en algún lugar de aquella playa cuando era un niño.

Regresó al camino y echó un vistazo a la única casa que mediaba entre el lugar del crimen y el restaurante. Se acercó a la reja y observó un bosque de pinos y retamas atravesados por un camino asfaltado que conducía al chalet. La teniente Ochoa ya se había encargado de interrogar al dueño de la propiedad y a los trabajadores del restaurante. Nadie había visto nada: en el local porque les resultaba imposible estar atentos al gentío que acudía a la playa y porque por la noche cerraban, y en la casa porque ya no estaban a partir de septiembre. Tan solo el coche de Susana aparcado durante días en el parking les había llamado la atención. De todos modos, Samir tocó el timbre de la casa tres veces y, tal como esperaba, no hubo respuesta. Entonces desanduvo el paseo nuevamente, hasta el restaurante otra vez. Estaba cerrado, pero se asomó por la ventana y vio a alguien dentro haciéndole una señal con la muñeca, mostrándole un reloj. El teniente Santos sacó su placa, la pegó contra el cristal y el individuo se apresuró a abrirle con diligencia. Era uno de los camareros más veteranos y, el mismo día que hicieron el levantamiento del cadáver, ya lo habían acribillado a preguntas, como al resto del personal. Todos habían respondido algo similar: imposible detenerse a observar nada extraño con un paseo que solía estar bastante concurrido, incluso por la tarde, cuando ellos cerraban a partir de octubre. Samir se acercó a las fotografías de las paredes. Un elenco de rostros felices en un comedor que había ido mutando a lo largo de los años. Había imágenes en blanco y negro, en sepia y algunas muy recientes. Los protagonistas posaban orgullosos con alguien del mundo de la farándula o la política y, en la mayoría de los casos, con comensales que lucían un caldero con arroz. Al verlas, Samir sintió un chispazo en su cabeza. La lucidez era así: un relámpago. La vida se pasaba tan rápido como ojear un álbum y la felicidad eran instantes suspendidos en el tiempo, pero que ya no se podían recuperar. Solo crear otros nuevos, que desaparecerían en un abrir y cerrar de ojos.

Aquel restaurante se enorgullecía de llevar abierto más de sesenta años.

—Oiga, ¿sabe si el negocio pertenece al mismo propietario que en los años ochenta?

—Hombre, al mismo, al mismo, no. Al parecer, hubo sus más y sus menos familiares, pero al final el asunto se resolvió. Ahora lo regenta Arturo Roig, el mayor de sus hijos.

—¿Y antes?

—Su padre, don Paco Roig, como el hermano del dueño de Mercadona, el que fue presidente del Valencia. ¡Anda que no le han gastado bromas con eso!

—¿Vive?

—¡Pues claro que vive el buen hombre! Para la edad que tiene está hecho un roble. ¡Bueno es don Paco! Se mantuvo aquí al pie del cañón hasta hace pocos años.

—¿Podría hablar con él?

—Oiga, no sé yo...

—Quiero decir, ¿me puede contactar con alguien que me facilite encontrarlo? Necesito hacerle unas preguntas sobre un suceso del que él fue testigo hace más de treinta años.

El camarero se quedó dubitativo un instante.

—Espere un momento. Llamo a don Arturo y se lo paso.

—Desde luego. Tómese su tiempo.

Cuando lo tuvo al habla, Samir se identificó y le explicó que habían reabierto el caso de una desaparición en 1982, cerca del restaurante, y que esperaba que su padre pudiese recordar algo sobre aquello. El hijo se mostró receptivo y, en una hora, lo citó en el apartamento que tenía en el pueblo de El Saler, donde vivía el anciano. Al llegar allí, lo recibió su propio hijo, aunque el antiguo regente de Las Dunas vivía con una cuidadora hondureña. Su esposa había muerto de cáncer de pecho veinte años atrás. Tenía ochenta y seis años y una mirada tan inquieta como lúcida era su memoria. El anciano tenía la movilidad reducida, pero se movía por el apartamento con la agilidad de un caracol. Su hijo le explicó que los años le habían caído de golpe después de una operación de cadera, pero que habían tenido suerte con la cuidadora, porque congeniaban muy bien.

Arturo Roig, el actual propietario del restaurante, poco sabía de aquella historia que acabaría muriendo con su padre.

—Don Paco, ¿usted recuerda el caso de un niño abandonado cerca de su restaurante?

El anciano estaba vestido, perfumado y peinado como un niño. Se había sentado en una silla del comedor con la misma disposición con la que hubiera recibido a un ministro. Al escuchar aquello, sus ojos se llenaron de asombro.

—¿Cómo olvidar algo así? Imagínese. ¡Pues claro que me acuerdo! ¿Usted sabe qué fue de ese niño?

Samir asintió.

—Está bien. Hecho un buen hombre, don Paco.

—Y de su madre, ¿se supo algo de ella?

—No. Y por eso vengo, ¿entiende? A decir verdad, se hizo una muy mala investigación en su momento. De hecho, consta que lo interrogaron, pero poco más.

—Pues fíjese que fui yo quien llamó a la Guardia Civil aquella mañana. Bueno, mi mujer y yo, que no me dejó ni tocar al niño. Imagínese, pensábamos que estaba muerto. Tuve que llamarlos como un rayo. Parece que lo estoy viendo todavía ahí tirado.

—¿Por qué pensó que estaba muerto?

—¿Cómo que por qué? —Se desplazó hacia delante y se apoyó en el bastón, como si fuera a levantarse—. ¿Se imagina encontrar tirado en la playa a un crío a esa hora de la mañana? ¿A quién se le ocurre? Ni se movía. Mi Maruja me dijo: «Quieto ahí, Paco, ese rapaz está muerto, corre a llamar a la Guardia Civil. No te acerques. No nos metamos en un lío».

Todavía sentías lástima. Era como si hablaran de otro. Era lástima y vergüenza a la vez. No sabías qué era más. No había justificación para aquello. No la había... Y eso era lo que te dolía entonces, que lo acabaras descubriendo todo y todo te acabase doliendo como nunca. Era como el fuego, Samir. Te atraía y te quemaba a la vez.

—¿A qué hora fue aquello, don Paco?

—Calculo que serían las ocho de la mañana, media hora arriba o abajo. Imposible acordarme de eso, fíjese.

—Temprano, quiere decir.

—Sí, desde luego. Mi mujer y yo salíamos a dar un paseo casi todos los días. Vivíamos ahí en aquel entonces, en el negocio. Teníamos la casa abajo y el restaurante, arriba. Recuerdo que frío no hacía, pero que estaba fresco, de eso estoy seguro. Son de esas cosas que a uno se le quedan sin saber por qué.

Al parecer, a su hijo le sonaba todo aquello, pero del mismo modo que las cosas que no se habían vivido y resultan ajenas: estaban difusas y olvidadas.

—Fue un Guardia Civil quien lo recogió, ¿verdad?

—Dos. Eran dos. Se sorprendieron de que estuviera vivo, como nosotros.

—¿Y recuerda algo de lo que dijo el niño? ¿Lloraba?

—No, señor. No lloraba. Aquello lo recuerdo bien. La que lloraba era la parienta, mi Maruja, que se lo pidió al guardia civil para hacerlo entrar en calor entre sus brazos. El niño hablaba de la madre, que tenía que venir, que era un juego.

—¿Un juego? —intervino el hijo.

—¡Como lo oyes, Arturo! El crío llevaba los ojos vendados, oiga. ¡Vendados! ¿Sabía usted eso, señor?

Samir volvió a asentir. Fue una estocada atravesando el lomo del tiempo y llegando a su conciencia.

—¿Y algo más? Cualquier cosa, piense. Sé que le pido demasiado, pero haga un esfuerzo, que veo que tiene una memoria de elefante.

El anciano se irguió como un soldado, pero sentado. Luego se quedó con la mirada colgada en el tiempo.

—Si mi esposa estuviera aquí, le aseguro que le sacaría mucho más. Ya lo creo.

—No se preocupe, don Paco, que lo está haciendo muy bien.

—Lo siento, señor. Si dijo algo más aquel crío, no lo recuerdo.

—No sienta nada. Faltaba más.

—Se lo dije todo a ellos, a los guardias civiles.

—Lo sé, lo sé, pero es que pasó mucho tiempo. ¿Recuerda a alguien más?

—No le entiendo.

—¿Vio a alguien por la zona aquella noche o por la mañana?

Negó con la cabeza y con convicción.

—Por la tarde ni abríamos y por la mañana estábamos muy solos, señor. Figúrese que el paseo que hay ahora ni existía. Solo un sendero. Por ahí paseábamos. Esta zona era un paraíso de tranquila. Solo nosotros y los de la casa. Tuvimos suerte de quedarnos, porque vinieron los ecologistas esos y querían que saliéramos de ahí, ¿sabe? Con la de edificios que habían hecho más para arriba y querían derribar la casa de los vecinos, sobre todo, porque estaba más metida en las dunas.

—Los de la casa, ¿vivían ahí todo el año?

—¡Qué va, señor! Ni mucho menos. Desde que faltó la mujer de Enrique iban mucho menos, pero iban. ¡Claro que iban!

—¿Enrique era su vecino?

—Sí. Iban más sus hijos que él, pero solo algunos fines de semana, en Pascua y en verano. Lo típico, ya sabe. Era buena casa aquella.

—¿Y aquel día estaban? El día en que abandonaron al niño, ¿estaban?

—No estaban. No era época. Uno de los guardia civiles llamó, pero no había nadie. Ellos lo podrían haber visto mejor que yo porque estaban más cerca, pero ya le digo yo que, aun estando a veinte metros, era difícil verlo.

—Entiendo.

Los dos callaron.

Samir intentó encajar sus pensamientos. Su memoria parecía un glaciar resquebrajándose, estrellándose en el agua y haciendo volar en añicos imágenes que parecían sombras.

—Fíjese si es verdad lo que le digo, que la nuera de mi vecino se enteró de lo del niño no sé cuánto tiempo después. No me acuerdo cuánto tiempo había pasado, pero un día en el restaurante salió el tema. Al parecer, andaba consternada porque ni se había enterado de que el niño había sido abandonado allí. Eso me lo contó Maruja, ¿sabe? La verdad es que nos tratábamos poco con los vecinos, pero me llamó la atención que no lo supiera incluso después de que la Guardia Civil hablara con su suegro o con su marido.

—¿Le consta que habló con ellos?

—Quiero imaginar que sí, pero eso debe estar entre los papeles de la investigación. No podían preguntarle a nadie más, ¿me entiende?

—¡Más de lo que imagina!

—Es más, fíjese. Es seguro porque nos pidieron el teléfono de ellos. Me acuerdo porque era raro que tuvieran teléfono en el chalet, pero tenían. Y creo que le dimos los dos: el del hijo de Enrique, que es quien se ocupaba del chalet, y el del mismo chalet. Ahora me acuerdo.

Samir se quedó transpuesto. Meditó un momento y miró al anciano a los ojos.

—Y le pareció extraño que la mujer no supiera nada, ¿verdad?

—Mucho, señor. Me pareció increíble que la Guardia Civil no los hubiese llamado.

Samir se quedó con los ojos clavados en un bodegón pintado al óleo que el anciano tenía junto a la mesa del comedor.

—¿Recuerda su nombre?

—¿El de la mujer de Miguel?

—¿Quién era Miguel?

—El que se quedó con el chalet, uno de los hijos.

—¿Y su mujer?

—Consuelo. Se llama Consuelo. Bien raros que son los dos.

Samir sintió un escalofrío recorriendo sus piernas, avanzaba sobre su espalda como una avalancha.

33

—Los demás no existen, Carapán. Siempre jodido por lo mismo, tío. Tú no tienes a tu madre y para mí es como si no hubiera existido. Eso es lo que te has ahorrado, tienes que verlo así. Ahora te duele, pero algún día quizás descubras que has tenido suerte.

Se habían apartado del grupo. El hermano Andoni y Delacroix se habían quedado con los niños. Los columpiaban sobre el agua y los lanzaban como sacos. Los niños se reían como ladran los cachorros y volvían a hacer cola para un nuevo lanzamiento. Ellos se alejaban andando por la orilla.

—¿Qué es lo que más recuerdas de ella?

—¿De mi madre?

—Sí.

—Sus ojos verdes y que jugaba conmigo.

—¿Por eso lo del pañuelo?

—Sí. Aquello lo recuerdo muy bien. Me dijo que era un juego.

—¿Y qué mas?

—Ya te lo conté todo.

—Piensa, Carapán. Hoy estamos aquí. Quizás, quizás...

—¿Y qué más da? Como si estuviésemos en cualquier otra parte.

—Puede que recuerdes algo más. Inténtalo.

—Déjalo ya, Marc.

—Si solo quiero ayudarte...

—¿Ayudarme a qué? ¿A encontrar a mi madre?

—Sí, Carapán. El otro día, en una peli que echaron en la tele, un par de amigos descubrieron un cadáver y sus padres se quedaron con una cara de gilipollas que no te crees. Era de un tío que había desaparecido hacía siglos.

—¿Qué película era esa?

—Una americana. Tú andabas por ahí con tu novia, por eso no la viste.

—Es mentira.

—¿Qué andabas con Isabel?

—No, que vieras una peli. Te las inventas al vuelo, que te conozco.

El oleaje se oía como una botella girando y llena de arroz.

—¿Y la casa?

—¿Qué casa?

—La casa esa que recuerdas. ¿Cómo era?

—¿Y eso qué importa? Ya te lo dije antes. ¡Olvídate de la maldita casa!

—Joder, ¡qué terco eres, Carapán! ¿Qué había? Dímelo.

—Ya te lo he dicho mil veces: un camino, columpios, una barca... Es todo una nebulosa.

—¿Qué más?

—¿Y yo qué sé? Te estoy diciendo que no puedo acordarme, ¿entiendes? ¡Era un niño! Ni sé cómo recuerdo lo que recuerdo. Todo está hecho un lío aquí dentro. —Y se llevó la mano derecha a su cabeza—. También recuerdo un comedor, un sofá de cuero, una televisión en blanco y negro, un suelo de terrazo, ventanas altas, una mesa con un ColaCao... ¿Quieres que siga? Mi cabeza hace ruido cuando lo intento. ¿Acaso crees que no me gustaría?

De pronto, Marc se detuvo y se lo quedó mirando.

—Ven, te echo una carrera.

Samir lo siguió trotando sobre la arena, pero sin el propósito de alcanzarlo. Sabía que no podía. Marc atravesó el ancho de la playa mientras le hacía señales para que lo siguiera. Su brazo se movía como una hélice defectuosa, pero fue suficiente para que

Samir lo entendiese. Atravesaron las dunas, algunos arbustos y salieron al camino.

—Para, Marc —le gritó Samir—. No nos alejemos más.

El otro siguió corriendo en dirección al aparcamiento, donde estaba la Ford Transit blanca en la que los habían llevado, pero Marc se detuvo en la casa que había en medio del camino.

Cuando Samir llegó junto a Marc, los dos jadeaban como perros con la lengua afuera. Samir se inclinó y apoyó sus manos sobre sus muslos, como si fuera a vomitar. El sol picaba y aplastaba a la vez.

—Mira, Carapán. —Y señaló hacia adentro—. Ahí tienes tu camino.

Samir miró a través de la reja y le hizo acordar al huerto de los padres de Isabel.

—¿Qué insinúas?

—Que estuviste en esta casa y que aquí conocen a tu madre, Carapán.

Negó con la cabeza.

—Delacroix ya me lo dijo. Nadie sabía nada.

—¿A no? Ahora verás.

Entonces estiró la mano y dejó el dedo pegado al timbre durante diez segundos.

—¿Te has vuelto loco? —le dijo empujándolo.

Pero cuando lo consiguió, ya era demasiado tarde. Samir se sintió inquieto y esperaron casi cinco minutos. Pero nadie respondió.

—¡Joder, Carapán! Mírala, quizás recuerdes algo. Tiene sentido.

—¡Claro que tiene sentido, Marc! Pero la policía ya lo descartó. Por la misma razón, podría ir al restaurante a preguntar si vieron a mi madre, ¿entiendes? No tiene sentido.

—¿Quieres que vayamos?

—¿Acaso has perdido el juicio, tío? Para, de verdad. Te lo agradezco, pero detente.

Marc lo miró más sereno.

—Yo solo quería ayudar, Carapán.

—Y lo sé, pero las respuestas no están aquí. Más lo siento yo.

—¿Y dónde están?

Pero Samir dio media vuelta y echó a andar hacia la playa nuevamente.

34

Cerraste los ojos y volviste a recorrer el agua negra, como si fuese la superficie de un inmenso féretro lleno de lodo, y ella allí dentro, emergiendo después de tantos años, alargando su brazo para que la pudieras ver. Tú también estirabas la mano y casi podías rozarla, porque querías ayudarla a salir después de hibernar durante toda tu vida. Podías sentir su aliento húmedo y su recuerdo ya no era una piedra hundida en la laguna. Ya no. Había venido a buscarte. Lo había prometido y regresaba después de la tormenta. Entonces el cielo era raso y la intemperie de la soledad se había vuelto tenue. El tiempo ya no dolía. El tiempo ya no era una mochila pesando sin tu nombre. El tiempo se había detenido allí, justo delante de ti, como si te enfrentaras a un abismo y la albufera fuese una promesa, quizás un sueño irresistible que debías interpretar, aunque tu cabeza estuviese encharcada de lucidez.

Había venido a buscarte, Samir y ya era hora de que abrieras los ojos.

35

El Saler, octubre de 2018

Samir caminó hacia la casa desde el restaurante y tocó el timbre como aquella tarde de 1993 había hecho Marc. Nadie respondió, tal como había imaginado. La propiedad estaba protegida por un vallado metálico que la rodeaba. Las mallas de un metro y medio eran fácilmente salvables, pero no frente a un paseo por el que circulaban deportistas y jubilados anhelando las vitaminas del sol. Samir recorrió el perímetro y se adentró en la espesura de la pinada de alrededor. El cercado se perdía en el bosque y quedaba oculto en gran parte de sus límites. Desde allí, no podía divisar la casa. Una colina cubierta de frondas se elevaba frente a él. Por las dimensiones del terreno, le pareció imposible la existencia de una alarma perimetral, pero supo que saltar el vallado y acercarse a sus alrededores solo obedecía a un impulso insensato que podría acarrearle graves consecuencias si llegaba a ser descubierto. El miércoles iba a reunirse con los propietarios. La señora Messeguer y el señor Pons podrían conducirlo ellos mismos hasta allí, pero su olfato había hecho metástasis en su cabeza y oprimía su sentido del deber después de toda una vida de recuerdos invisibles. Incluso podría haber llamado a la teniente Ochoa para decirle que tenía una corazonada del tamaño de una pelota de ping pong atascada en el esófago, pero no iba a hacerlo. No podía implicarla en aquella infracción y, para avanzar en su desvarío, tanteó en su cintura la funda de su pistola Heckler & Koch bien asegurada.

Trepó, saltó y, cuando estuvo dentro, ascendió por la pendiente arenosa cubierta de árboles hasta encontrar un claro desde donde se podía ver la casa. Tejado rústico, color tostado, a dos aguas y con una larga chimenea que emergía allí. Tenía dos plantas y, en la segunda, una amplia terraza con tres ventanales rectangulares y alargados por donde se podía salir al exterior. Las mallorquinas de madera estaban cerradas como si fuesen los párpados de un rostro que oteaban el bosque. Debajo, un amplio soportal con cuatro columnas y, a la derecha, un espacio amplio que conducía hacia un gran paellero. Desde aquella cima, se podía divisar el mar a unos quinientos metros y, en la dirección contraria, el bosque que se prolongaba más allá del vallado, hacia el pueblo de El Saler: los gruesos pinos carrascos con su verde poderoso, las aserradas hojas de los chopos algo amarronadas, como la de los fresnos, que parecían una cabellera afroamericana, pero ya amarillenta, o los álamos gigantes, casi medio pelados, igual que la cabeza de un anciano.

Descendió la colina atento a cualquier inesperado sensor y pudo observar junto a la puerta de la entrada la advertencia de una central de alarmas. Sin embargo, el capitán Santos estuvo convencido de que se trataba de una disuasión para irrumpir en el interior, algo que no entraba ni el más remoto de sus planes.

Llegó al asfalto que unía la casa con el portón. Aquel camino debía de tener al menos unos setenta metros. Nada de aquello le resultó familiar, hasta que sus pasos lo situaron frente al portón de la cochera. Desde allí observó con claridad lo que era imposible observar desde el portón del camino: el paellero y, junto a él, un jardín atiborrado de macetas dispares, con helechos, lavandas, jazmines y hasta tomillo. Estaban organizadas de una manera peculiar, a modo de un desacertado parterre sobre el que se elevaba la réplica de una alargada barca pintada de azul —mediría aproximadamente un metro y medio—. Llevaba escrito el nombre de *Albufera* en la proa, con una cursiva muy alargada y con un negro que había sido repasado recientemente. Solo entonces creyó reconocer el lugar. La embarcación no era como él la recordaba y los columpios habían desaparecido, pero Samir hubiese entregado la vida convencido de que él alguna vez había estado allí.

Te lo creíste o lo recordaste, pero aquello fue como si descubrieras un rostro tras caer una máscara y te observara por primera vez, y tú a él, y todo encajara sin que pudieras entenderlo.

Intentó no perder la compostura y analizó el terreno con toda la frialdad que pudo. En su mente las imágenes caían descodificadas, como si se tratara de un ordenador que programaba con logaritmos aparentemente indescifrables, pero incesantes. Los pensamientos de Samir eran un torbellino que no podía controlar, e intentó serenarse para poder estar receptivo.

Observó la casa nuevamente: la entrada a la cochera cubierta con piedra caliza blanca; el jardín arreglado sobre una superficie de terrazo rojo e inmediatamente el acceso al paellero a través de un escalón. Aquel espacio hormigonado para las plantas y con la barca flotando sobre ellas tenía más aspecto de estrado que de terraza y Samir intuyó que, entre la entrada a la cochera y el paellero —de aproximadamente unos ocho metros cuadrados—, tiempo atrás habrían estado situado los columpios que una y otra vez se habían balanceado en su memoria, y siguió pensando, con su instinto desbocado, empujándolo y, en aquel momento, no tuvo una certeza, sino un escalofrío.

Sentía la emoción ardiendo en sus ojos sin estar del todo seguro del porqué.

36

No podía recordar a su madre aquella tarde. Los párpados de su memoria eran paredes pintadas con los garabatos de un huérfano. Nadie pudo imaginar lo que hizo Anisa aquella tarde. Ni siquiera ella misma. Después del inesperado abuso en la casa que Samir acababa de descubrir, su madre apretó los puños hasta que sus uñas consiguieron hacer sangrar las palmas de sus manos. La rabia había dado paso a la determinación. El volcán que de niña no había estallado, de pronto arrasó con cualquier miedo. Iba a irse. Debía hacerlo. Comenzaría por buscar el teléfono del bar Mulet y volvería a llamar al señor Saadi, el hermano de la señora Bichir. Le suplicaría cualquier dádiva de interés después de tres años, y poco más. Ya pelearía ella trabajando de lo que fuese. No podía continuar allí, con la beligerancia de Consuelo y con Miguel forzándola como había hecho. Ella no podía haber sospechado aquel escenario, pero era el que tenía. Solo después resolvería lo de la medallita del niño, la que le había regalado su madre en la última fiesta de *Eid al-Adha*, en honor al profeta Abraham. Su madre le había dado un beso —como pocas veces había hecho— y se la había colgado al cuello. Era de oro y llevaba inscrito *Allahu-àkbar* con signos árabes. «Alá es el más grande», le dijo. «Él nunca te dejará». A Anisa siempre se le forzaba un mohín que no era una sonrisa, ni un gesto de dolor —más bien ambas cosas a la vez—, porque pocos meses después Alá la puso a prueba cuando la dejó a solas con Nasser. Era solo un signo, pero aquel era el único vínculo tangible que la unía a su madre y Anisa decidió que Samir la llevara con él. «Que Alá te proteja», le dijo ella también. Pero treinta y tres años después el capitán Santos no podía recordarlo, ni siquiera sospecharlo, porque fue aquel pequeño peón el que desequilibró la partida, sin que Samir pudiese imaginarlo entonces, ni Anisa preverlo aquella tarde de marzo de 1982, cuando decidió cambiar el orden de las cosas y postergar lo de Barcelona para cuando resolviese lo del niño.

No fue un mal cálculo.

Solo fue vencida por lo incalculable.

Aquella tarde, Anisa le mintió a la señora Dolores otra vez. Le dijo que se iba con Mariví, que no tardaría en regresar, pero camino al bar Mulet pensó que, si esperaba demasiado, caería la noche y debería dejarlo para el día siguiente. Llamar al señor Saadi era mucho más sencillo que subirse a un taxi y volver a aquella casa, del mismo modo que una prisionera visita el que fue su cautiverio. Anisa no quería hacerlo, pero alrededor de las cinco de la tarde supo que habría un cambio de planes. De pronto, descubrió que Samir había perdido la medallita y, aunque la buscó por todo el piso de la señora Dolores, no pudo encontrarla. Entonces estuvo segura de que se le habría caído trepando por los columpios del chalet de El Saler. El día anterior, antes de regresar de allí, le había entregado las llaves de la casa. «Por si quieres venir alguna vez», le dijo él. Anisa no le contestó. «Por lo del niño», insistió, «porque le gusta el tobogán». Ella se guardó las llaves en el bolsillo de su vaquero y las hizo tintinear nerviosamente aquella tarde camino al bar Mulet, cuando recalculó sus pasos y decidió ir primero a la playa. Estaba convencida de que podría estar de vuelta en algo más de una hora y media.

Mientras circulaba en aquel Seat 124 negro y amarillo, Samir observó el mundo desde la ventanilla como si fuese algo extraordinario. Durante años, en su mente chispearon *flashes* de aquellos últimos momentos inconexos, pero ni siquiera recordaba la llegada al parking del restaurante. Se había hecho demasiado tarde

—aproximadamente las siete y media de la tarde— y, tras bajar del coche, Anisa extrajo un pañuelo de su bolso. Eran los restos del cataclismo de una vida que había decidido olvidar y lo observó como si hubiese pasado demasiado tiempo desde que lo llevara en la cabeza.

—¿Quieres que juguemos? —y al preguntárselo ya comenzó a cubrirle los ojos y a hacerle un nudo sobre la nuca.

—¿A qué jugamos, mamá?

—Al juego del príncipe Samir. ¿Quieres?

—¿Cómo se juega a ser el príncipe Samir?

Sin perder tiempo, Anisa echó a andar rumbo a la casa con el niño en brazos. Temía que, al entrar en ella, corriese a los columpios y aquello la retrasara en su tarea. La obra que Miguel tenía en marcha estaba llena de hierros, agujeros y peligros que Anisa veía por todas partes, y ella necesitaba cierto tiempo para husmear el terreno tranquila y salir de allí lo antes posible.

—Como siempre. Solo tienes que imaginarlo todo. Un palacio en medio de un gran desierto junto al mar, caballos de colores, pájaros de cristal y fuentes llenas de caramelos. El príncipe Samir puede hacer lo que quiera. Se juega con la imaginación, ¿recuerdas?

—Sí.

No encontró a nadie por el camino y, cuando llegó al portón, dejó al niño en el suelo para buscar las llaves.

—Se oye el mar, mami.

—Sí. Es el mar.

—¿El palacio está junto al mar?

—Sí. Junto al mar.

—¿Y puedo ir allí?

—¿A dónde?

—Al mar.

—Si te concentras, lo verás. Samir, cuando se queda a oscuras, puede ver todo lo que quiera.

—Quiero ir al mar. Lo oigo. ¿Me dejas, mamá?

—No, Samir. Desde aquí también se oye.

—Me dijiste que el palacio estaba junto al mar.

Anisa miró al niño, luego a su alrededor y dudó. No había nadie. La ternura por el pequeño, la urgencia del asunto y la posibilidad de que el pequeño comenzara a trastear en la obra, se concitaron al mismo tiempo en su cabeza. Un cóctel absurdo, poco meditado y apremiado por acertar rápido turbó su sentido común. Entonces lo inesperado se convirtió en algo corriente y Anisa volvió a cargar al niño para traspasar las dunas y alcanzar un lugar seguro desde donde se oyera el mar, pero lo suficientemente alejado de la orilla. Conocía a Samir y sabía que la obedecería.

—No te muevas. Vengo enseguida.

—¿No me lo puedo quitar?

—No, todavía, no.

—¿A dónde vas?

—No preguntes. Voy y vengo —le contestó acariciándole la cabeza—. Quédate sentado y sé bueno.

—Está bien.

—Desde aquí puedes oír el mar y tocar la arena. El príncipe Samir ya lo tiene todo. No te muevas —insistió.

—¿Cuánto dura el juego?

—Hasta que yo vuelva, ¿de acuerdo?

—Sí, mamá.

—¿Me lo prometes?

—Sí.

—Recuerda que no hay oscuridad si tú no quieres. Nada más que el palacio de Samir.

Solo al separarse de él, percibió que las dudas roían su estómago. Si hubiera tenido más tiempo para pensarlo, hubiese comprendido que era una temeridad lo que acababa de hacer. Pero en su cabeza solo había ruido. Era un torbellino de urgencia por encontrar la medallita de su madre, no toparse inesperadamente con Miguel y hacer feliz al niño. No tuvo tiempo de pensar demasiado. Iba a resolverlo con rapidez y se marcharía con Samir a casa. Las imprudencias no se meditan demasiado, simplemente se cometen. En un instante, una mala decisión que atropella la voluntad sin dejar huellas. Solo después se sigue el rastro.

Había vestido a la insensatez con la lógica de la urgencia y con la certeza de que Samir se refugiaría en un mundo mágico palpando la arena y oyendo el arrullo del mar. Eso a Samir le gustaba.

A veces, las vidas se construyen con momentos absurdos.

Aquel era uno de ellos.

Sabía que Samir no iba a moverse.

Y no lo hizo.

37

El Saler, octubre de 2018

Una corazonada incontenible bombeaba la sangre por las arterias de su cerebro. Sentía que aquella idea galopaba desbocada por su razón y no podía detenerse. Samir volvió a trepar la colina boscosa y salvó nuevamente el cercado.

Resbalaba vertiginosamente por el tiempo, pero todavía con los ojos vendados.

Regresó al restaurante Las Dunas y encontró allí a Arturo Roig. Le pidió el número del móvil de su vecino.

—El otro día su compañera nos pidió que contactáramos con él, cuando encontraron el cuerpo de esa mujer. ¿Rafael no los llamó?

Samir se sentía ofuscado. Debía haberle preguntado primero a la teniente Ochoa, pero quería dejarla al margen de lo que iba a hacer. No podía involucrarla.

—¿Rafael? Su padre hace un rato me dijo que el propietario era Miguel. Miguel Pons, creo.

—Sí, claro. Rafael es su hijo, y el que se encarga de todo esto ahora. Al señor Miguel lo vemos bastante menos desde hace unos cuatro o cinco años.

—¿Usted tiene el móvil de su padre?

—Pues sí. Creo que sí.

El hombre curioseó sobre la pantalla de su teléfono y luego le dictó el número al tiempo que Samir lo copiaba.

—Él debe de saber más cosas. Está bien que lo llame, capitán. Quizás él pueda ayudarlo.

—Por eso. Disculpe todas las molestias.

—No se merecen, capitán.

—¿Puedo pedirle otro favor?

—Lo que necesite. Dígame.

—No lo llame para decirle que quiero contactar con él, ¿de acuerdo?

—Descuide. Apenas nos tratamos desde hace tiempo. No le digo que casi no viene por aquí.

—Es que no quiero que se preocupe por nada. Protocolos que tenemos.

—Quédese tranquilo por eso.

—Gracias, señor Roig.

Samir salió del restaurante y observó el paseo cada vez más concurrido. El sol alumbraría a aproximadamente veinte grados y el cielo parecía de verano, completamente de color añil. Se sentó en el coche y llamó a la teniente Ochoa sin desviar un momento la vista de aquella senda.

—¿Por dónde para, capitán? —Su voz sonó divertida, siempre con esa campanilla que alegraba a los que la conocían.

—Escucha, Amparo. ¿Tú hablaste con el propietario de la casa cercana al escenario del crimen?

—Claro que sí. Se lo dije. No sabían nada. Según ellos, se enteraron cuando les pedimos que contactaran con nosotros.

—¿Recuerdas cómo se llamaba él?

—Déjeme ver... Tendría que buscar, capitán... Espere.

—¿Rafael Pons? ¿Se llamaba Rafael Pons?

—Sí, creo que sí... Estoy casi segura. Él mismo me llamó. Se enteró por los de Las Dunas que queríamos localizarlos y me llamó. ¿Qué pasa?

—Rafael Pons es el hijo de Miguel Pons y Consuelo Messeguer. No entiendo cómo se nos pudo pasar por alto algo así, Amparo.

Desde el otro lado de la línea se escuchaba la respiración de la teniente.

—Capitán, usted fue hablar por su cuenta con esa mujer. Yo no tengo registrado lo que usted habló con ella, ni el apellido de su marido.

—No te preocupes. Es mi culpa, lo sé.

—Lo siento, capitán.

—Necesito que vengas aquí, a La Dunas. Es importante. Deja lo que estés haciendo, por favor. Vente ya.

—Sí, capitán.

—Ah, y oye. Nada de hablar con nadie de esto, ¿de acuerdo? Ni una palabra. Por favor.

—No se preocupe. ¿Usted está bien?

—Sí.

—Salgo ahora mismo.

—Te espero en el parking.

Samir respiró hondo y se hinchó de valor del mismo modo que cargaba su pistola Heckler & Koch. Buscó un pañuelo como años atrás hiciera su madre para vendarle los ojos, pero esta vez lo utilizó para hacer pruebas de audio con su teléfono. Habló una vez, se escuchó y volvió a hacer otras pruebas más cubriendo el micrófono con el pañuelo, hasta que no pudo reconocerse. El capitán estaba a punto de hacer un disparo furtivo, pero debía medir bien las consecuencias. Debía esconderse del mismo modo que un francotirador buscaba una azotea. Samir sentía fuego en el corazón y relámpagos en su cabeza. Iba a cazarlo solo con una corazonada, que no dejaba de ser una estúpida bala de fogueo.

Tecleó #31# y luego su número. Era la manera de que en su teléfono apareciese *número oculto*. A Samir le temblaban los dedos. El tono de llamado se repitió tres veces y la voz amplia y gruesa de un hombre sonó en su auricular.

—¿Diga?

Silencio.

—¿Diga?

—¿Señor Pons?

—Sí.

—Escúcheme bien, señor Pons. Tengo un mensaje urgente para usted.

—¿Quién habla?

—Escúcheme bien o será demasiado tarde.

—Pero, pero... ¿Quién es usted?

—Escuche. Sé perfectamente dónde está ella.

—¿De quién habla?

—Usted lo sabe.

El silencio esta vez fue inverso y parecía una polvareda de dudas.

—¿Qué disparate está diciendo?

—Sé perfectamente dónde está. Usted también.

—¿Quién eres?

—Si no quiere que vaya a la policía, reúnase conmigo ahora mismo.

—¿Acaso ha perdido la cabeza?

Volvió a hacer silencio. Respiró y disparó una vez más cubriendo el teléfono con su pañuelo.

—Su última oportunidad, señor Pons. Venga ahora mismo.

—¿A dónde quiere que vaya?

—Usted lo sabe muy bien. O viene o iré a la policía.

—¿A dónde quiere que vaya?

—Donde está Anisa Awada. Sé que está aquí.

Y colgó.

Acababa de saltar al vacío.

Pero casi podía escuchar la voz de su madre. Casi podría haberlo jurado.

38

Anisa volvió al trote hacia la casa. No solía hacer ejercicio y sintió que su pecho se hinchaba sin aire. Alcanzó el portón, agobiada, e intentó encajar las llaves. Lo movió hacia la derecha levemente, entró y luego lo volvió a cerrar. Recorrió el camino que conducía hacia la casa y se encontró con el alargado soportal de la planta baja. No quería entrar. El niño tampoco lo había hecho el día anterior. Se centraría en el tobogán, en el balancín y en todo el perímetro de arena en el que estaban situados. A su derecha, el cemento y los ladrillos de la obra la invitaron a la desconfianza solo con la sospecha de que el albañil pudiese haber encontrado el colgante de oro. Se puso manos a la obra como si fuera una gallina picoteando del suelo. Agachada sobre la arena, estuvo husmeando primero con calma, pero después desesperadamente. Se movió de un lado a otro cada vez más nerviosa y, en su cabeza, la imagen de Samir sentado solo en la playa le hizo ruido como un sonajero. Le pareció una estupidez tan grande haberlo dejado allí, que se dio unos minutos de ultimátum para que la bolita de la suerte cayese en aquel jardín manchado de cemento. Entonces, como si un ángel hubiese ido a barrer la arena, igual que un tesoro enterrado en una isla perdida, Anisa descubrió el brillo dorado de la medalla y se apresuró a recogerla cerca de la barca artesanal que ambientaba aquel rincón. La sujetó en su mano y cerró su puño. Le pareció una pequeña victoria. Aquello, simplemente, era un problema menos, un modesto homenaje a su madre.

Luego se dio la vuelta para salir de allí y, al hacerlo, vio a Miguel casi frente a ella. Aquel hombre parecía un holograma, un espectro que había llegado como una sombra invisible, sin que la joven siria pudiese comprender el modo.

Sintió al corazón corriendo igual que una liebre.

Él sonreía con la fruición de las hienas. Ya no era el mismo hombre a quien ella le estaba tan agradecida.

—Sabía que vendrías.

Anisa permaneció paralizada un momento.

—Me tengo que ir, disculpa. Solo vine a por esto. —Y abrió la mano—. Se le cayó ayer al niño.

—Te llamé y Dolores me dijo que te habías ido. Por eso supuse que estabas aquí.

Ella intentó avanzar, pero Miguel la detuvo sujetándola del brazo, pero sin violencia.

—No te vayas todavía. Yo te llevo. Hablemos.

—Tengo que irme ya. Tu suegra se preocupará y si tu mujer se entera acabaremos teniendo un problema los dos.

—¡No te preocupes por Consuelo! Ya se le pasará, ya verás.

Anisa movió el brazo y lo separó de la mano de Miguel.

—Ya no me importa, ¿sabes? Me da igual. Pienso irme nada más pueda.

—¿Irte a dónde?

—¡Donde quiera! —E intentó irse.

Sin embargo, Miguel insistió y le cerró el paso. Anisa se detuvo, como si se hubiese topado ante un muro y comenzó a avanzar hacia atrás, alejándose de él.

—No te preocupes. Yo te llevaré. No te asustes, te lo ruego. —Y su expresión se nubló de dudas—. Solo hablemos un momento. Te lo pido por favor.

No le dio tiempo a decir más. Anisa dio un traspié con un ladrillo suelto y cayó hacia atrás igual que un pájaro batiendo sus brazos para intentar volar. Miguel la vio caer en cámara lenta, volando con el rostro hacia el cielo y gesto de horror. Su cuerpo aterrizó sobre una pequeña estructura de hormigón con tres hierros sobresaliendo en vertical, igual que afiladas lanzas enhiestas como antenas. Aquel acero sobre el que se encofraría una columna para alzar el paellero que vería el capitán Santos aquella mañana, atravesó a Anisa por la espalda. Su cuerpo crujió, como si se desencajara. Miguel oyó el estrépito del golpe y de los huesos en una amalgama sonoro espantoso. Los hierros brotaron de su vientre como vísceras rectas. Una mácula de sangre empapó su camisa estampada con flores geométricas y, en poco tiempo, la sangre brolló como una fuente, hasta que su chaqueta de punto color té se tiñó de bermellón también.

Anisa solo gritó una vez. Luego su boca se llenó de espasmos y gorjeos que le impidieron hablar. Parecía una marioneta desarmada sin sus hilos, arrojada sobre un estropicio de sangre.

Quizás, ella todavía no lo había llegado a comprender, pero la vida también se construía con decisiones absurdas y momentos estúpidos sin demasiada trascendencia.

39

El Saler, octubre de 2018

—¡Joder! Ahí está. Ha venido.

—¿Va a explicarme algo de todo esto, capitán?

—Es mejor que no sepas más. No quiero meterte en un lío. Tú solo cúbreme, por favor.

Samir se puso en pie sin acabar de decirlo. Se habían sentado en uno de los bancos del paseo y llevaban allí más de una hora, con el sol arremangándolos. Los transeúntes se habían espaciado mucho y casi no pasaba nadie. Un Honda Civic color gris se detuvo frente al portón del chalet a apenas cincuenta metros de ellos. Pronto serían las dos de la tarde.

—¿Es que no va a decirme qué es lo que pasa? —le preguntó siguiéndolo al trote.

—No puedo, Amparo. No quiero meterte en un lío. Es mejor para ti. Créeme. Solo quiero que cumplas órdenes.

El portón comenzó a abrirse accionado por un mando desde dentro del vehículo y, mientras ellos se acercaban, el vehículo se encaró para entrar. El capitán Santos llegó hasta él justo en el momento en que el coche se detuvo ya dentro, pero para volver a cerrar. Samir se coló en la propiedad de una manera sorpresiva con la teniente Ochoa tras sus pasos y, cuando estuvo junto a la ventanilla del conductor, estiró sus brazos en forma de triángulo y apuntó al conductor con su pistola. El vehículo se quedó paralizado.

—¿Qué hace, capitán? Tranquilícese —le advirtió la teniente junto él. Tenía el rostro convulsionado por la tensión—. No haga

una barbaridad. No pierda la calma. Por lo que más quiera. Se la
está jugando.

—Prepara el arma.

El hombre se volvió hacia Samir y se lo quedó mirando fría-
mente a través del cristal. No se movía. El motor de gasolina continuaba en marcha, pero era imperceptible.

—Párelo y abajo —le gritó Samir—. Ya.

—¡No puede hacerme esto, capitán! ¡No me joda! ¡No puede!

—¡Que te calles, Amparo!

Samir jamás le había soltado una orden de aquella manera.
Sus palabras querían amordazarla y sudaban miedo. La teniente
Ochoa mantuvo la distancia y prefirió no contestarle.

—¡Que bajes! ¡Joder!

El hombre apoyó las manos en el volante y luego detuvo el
motor. Su aspecto era el de un hombre de más de setenta años,
pero no estaba envejecido como podría esperarse para alguien de
su edad. Samir sostuvo el arma con la mano derecha y con la izquierda le mostró su placa de la Guardia Civil.

—Baje del coche, señor Pons —dijo esta vez con más calma—.
Y que le vea las manos.

El hombre se desajustó el cinturón de seguridad y abrió la
puerta lentamente. No pronunció ni una palabra mientras ejecu-
taba el ejercicio de salir del vehículo. Luego se quedó de pie,
frente él, y Samir constató su complexión fuerte, erguida con la
vanidad de quienes sobrevuelan la vejez todavía sintiéndose jóvenes. No estaba calvo, pero tenía acentuadas entradas en su cuero
cabelludo, llamativamente bronceado, como su rostro. Sus ojos
eran grandes, sus cejas blancas y espesas. Pestañeaba con parsimonia, con una conformidad de la que Samir recelaba.

—Fin de trayecto, señor Pons. Todo será más fácil si colabora,
¿entiende?

Continuó callado, sin inmutarse. La teniente Ochoa llevaba
la mano pegada a su cintura, tanteando su arma y a Samir.

—¿Fue usted quien me llamó? —preguntó al fin.

Samir negó con la cabeza.

—No, señor Pons. Su delator —le mintió—. Hay alguien que lo sabe, y que ya habló conmigo. Venimos a detenerlo.

—No hay ningún delator. No sé de qué me habla.

—Sí lo hay. Nunca hay crímenes perfectos, ¿entiende?

Volvió a callar.

—Cachéalo, Amparo. No tengamos una sorpresa.

—No se preocupe —le dijo Miguel Pons—. ¿Usted cree que un viejo como yo puede ir armado?

—De todo he visto, señor Pons.

—¿Quién es usted?

La teniente se acercó a Miguel Pons, lo obligó a separar las piernas y lo palpó de arriba abajo.

—Nada, capitán.

Solo entonces Samir enfundó su arma.

—Identifíquese, por favor —insistió.

—Soy el capitán Santos y pertenezco al equipo de la Policía Judicial de la Guardia Civil. Camine hacia la casa. Se lo ruego. Si usted colabora, todo le será más fácil después. Le doy mi palabra.

—Mi mujer ya me habló de usted. Íbamos a ir a verlo esta semana, ¿a qué viene esto?

—Haga lo que le digo, señor Pons.

—¿A dónde quiere que vaya?

—A donde está ella.

Miguel lo miró a los ojos y le sostuvo la mirada. Samir mantenía en sus ojos toda la determinación que treinta y siete años atrás había tenido su madre la tarde en que murió.

—Venga, muévase.

El hombre se volvió y avanzó por el camino que lo conducía hacia la casa. Samir y la teniente Ochoa lo siguieron en silencio. Ella no dejaba de mirarlo con incertidumbre y recriminación a la vez. La había llamado como testigo y no como la compañera que había sido hasta entonces. La expresión de Amparo era severa y Samir también supo que, si las cosas no se resolvían como él esperaba, su carrera rodaría por las escaleras del rango y su relación con la teniente sería otro daño colateral.

—¿Vamos a tener que excavar mucho, señor Pons? —le preguntó cuando alcanzaron la zona del jardín y del paellero—. Eso dependerá de usted.

Miguel estaba de espaldas, observando el embaldosado adornado con macetas y aquella barca de pescadores en medio.

—¿Por qué la mató, Miguel?

Él se volvió y lo miró otra vez. Su expresión dejó de ser inexpugnable. Esta vez les pareció resignada.

—En cuanto excavemos le llegará la mierda hasta las orejas, señor Pons. ¿Es que no lo entiende?

—Yo no la maté, se lo juro —dijo al fin—. Yo no lo hice.

—¿Quién va a creerle después de tantos años? Dígame, ¿quién?

—No le miento, se lo juro.

—Está ahí abajo, ¿verdad? No vamos a tener que traer las excavadoras para que usted confiese, ¿no es así?

Y Miguel Pons señaló la barca.

Un seísmo lo sacudió por dentro. Los diferentes momentos de su vida le parecieron placas tectónicas chocando entre sí, destrozándose y encajándose a la vez. Había estado buscándola desde que tenía memoria. En silencio, pero siempre pensando en ella y deshojando su desamparo como un goteo infinito que había erosionado su carácter. El vértigo había cesado, la pueril esperanza de que su madre todavía podría volver a aquella playa solitaria estaba sepultada allí también. Durante la última semana había creído que lo imposible era una posibilidad y que había venido a buscarlo. Pero su madre había regresado de otra manera, de la única manera que podía ser, con su amor evaporándose como si se filtrara por las grietas de aquellas baldosas, hasta que Samir pudo rastrearla.

Entrecerró los ojos intentando superar el vahído de la emoción, pero esta vez la teniente Ochoa no se atrevió a tocarlo. Ella no podía ver el estruendo, pero sí percibir sus ecos.

—¡Joder! —exclamó la teniente Ochoa—. Vaya mierda, capitán.

Miguel se giró y observó las macetas llevándose las manos a la cabeza nerviosamente.

—Mi mujer no lo sabe, se lo juro. Esto la va a matar.

—Debería haberlo pensado entonces, ¿no cree? —La voz de Samir parecía dopada, como si de pronto le hubiesen inyectado el alivio que ansiaba—. ¿Por qué lo hizo?

—Yo no la maté. Eso solo lo sé yo, capitán. Solo yo. Pero no la maté.

—Déjese de vueltas, Pons. ¿Por qué?

—Fue ese albañil, ¿verdad? ¿Fue él?

—Eso no importa. ¿Por qué la mató?

—No lo hice. Ella se tropezó por accidente y se clavó los hierros de la obra que estábamos haciendo. Cayó hacia atrás, con toda la mala suerte que se pueda imaginar. Se desangró como nunca vi en mi vida. No pude hacer nada, se lo juro.

—¿Y por qué no llamó a la policía?

Respiró profundamente y luego agitó su cabeza de un lado a otro.

—Necesito sentarme, por favor. —Y sin esperar una respuesta se dirigió al soportal.

Se dejó caer sobre una de las sillas de jardín. En su rostro se habían acentuado las arrugas, como si su viaje por el tiempo lo hubiese propiciado. Clavó su mirada en el suelo y la teniente Ochoa y Samir lo rodearon de pie, expectantes.

—¿Qué quiere que le diga? ¿Que fui un estúpido? Pues eso, aquí me tiene después de tantos años. Un estúpido. Por no perder a mi mujer, ahora la voy a matar. Y a mis hijos. ¡Ni se lo esperan!

—No tiene sentido lo que dice, señor Pons. —Esta vez intervino la teniente.

—Sí que lo tiene. ¡Claro que lo tiene! Esa chica y yo teníamos algo. Ya sabe, algo más que amigos. ¿Es que tenía culpa de eso? No, señor. No la tenía. No era de piedra. Mi mujer le contó todo lo que la ayudamos, ¿o no? Y yo el primero, ¿sabe? Después, pues eso, una cosa llevó a la otra y en aquel tiempo no era como ahora. Hoy la gente joven tiene un lío y es uno más, ¡qué más da! Pero antes, no. Antes, no. ¡Claro que no! Mi mujer no podía ni

272 ALGÚN DÍA VOLVERÉ A BUSCARTE

verla, ¿me entiende? Aquel día habíamos venido aquí para estar juntos. No había hoteles como ahora. Cada uno se la apañaba como podía y nosotros aquí. Pero ella se mató de la forma más estúpida que uno pueda imaginar. ¡Se lo juro! ¿Y después? Después es fácil decirlo ahora. Después tuve miedo y mi cabeza era como un lavarropas dando vueltas. Usted cree que no sería capaz. Yo también lo pensaba. Pero cuando llega una situación como esa, hay que actuar. Se abre el suelo de golpe y hay que tomar decisiones. Se viene un tsunami, y a correr como puedas. No piensas. Pues yo pensé mal y rápido, capitán. Si llamaba a la policía, mi mujer hubiese sabido que la engañaba y solo Dios sabe lo que hubiese sido de nosotros. ¡Me arrepentí mil veces! Mil. Se lo juro. Tuve que decidirlo casi en un instante y después fue todo una terrible bola de nieve, ¿me entiende? Ella no tenía familia. No tenía a nadie, ¿qué más daba dónde hubiese ido, capitán? Solo su hijo, ese pobrecito que la había perdido... Pero ya nada se podía hacer por él. Nada.

—¿Por eso lo abandonó en la playa? ¿Eh?

—No, no. ¡De eso nada! Le juro por mis hijos que ella no me dijo que lo había dejado en la playa. De eso me enteré después, por la policía. ¿A quién se le podía ocurrir algo así? Dígame. A mí, no. No lo sabía. ¡No lo sabía ni me lo podía imaginar!

—¿Quiere que piense que... —dudó— esa mujer dejó a su hijo en la playa para venir a follar con usted? —se lo soltó iracundo—. ¿Quiere que crea que dejó a su hijo abandonado por eso?

Miguel levantó la cabeza y ellos vieron cómo le temblaban los labios, nervioso.

—Anisa tenía una amiga que siempre estaba con el crío también. Pensé que lo había dejado con ella. Con todo lo que tenía para pensar aquella tarde, fue lo último que se me ocurrió. Puede pensar lo que quiera. Ahora ya da igual, ¿me entiende?

—Miente —le soltó con desprecio.

—¿Por qué iba a mentirle?

—Porque matar es grave, pero matar y abandonar a un niño es una bajeza aún mayor.

—Eso es lo que pasó, capitán. Ella había llegado antes. Tenía llaves. Cuando yo llegué, apenas tuvimos tiempo para hablar. Probablemente fuese a decírmelo entonces, pero se mató antes. No sé por qué estaba en la playa, pero fue así.

—¿Y su mujer? ¿No supo nada durante todos estos años?

—La enterré aquí aquella misma noche. Cuando murió, serían cerca de las ocho de la tarde. Me volví a Valencia como un loco y, cuando llegué al piso de mi suegra, la mujer estaba recostada en su cama, con la televisión puesta. Ni se enteró de que entré en la casa. Metí todas sus cosas y las del niño en dos maletas y salí de allí como si yo fuera un ángel negro. Dolores ni se enteró. Mi mujer y ella estuvieron convencidas de que se había largado. A mi suegra le costaba aquello, pero a mi mujer, no. Consuelo decía que se lo esperaba. Ella, al principio, pensaba que el niño se había largado con ella, hasta que tiempo después se enteró de que lo había abandonado. Entonces un día me preguntó si pensaba que a Anisa podría haberle pasado algo y yo le aseguré que se había largado, que a mí ya me lo había dicho un par de veces.

—O su mujer era tonta o usted un excelente actor, ¿no cree? —intervino la teniente Ochoa.

—Piense lo que quiera. Así fueron las cosas. Así, como se las cuento. Incluso, mi mujer hubiese ido a la policía para identificar al niño, pero yo tuve que convencerla de que no, de que nos lo acabarían endosando. Ella jamás imaginó nada, se lo aseguro.

—¿Y las maletas?

—Ahí dentro. Con ella. Esa noche volví, cavé la fosa y ahí se quedó la pobre. Llamé al de la obra y le dije que no viniera más, que había tenido problemas con mis hermanos por lo del paellero y que iba a parar el asunto. Le pagué y busqué a otro albañil para que además me armara ese suelo. Mi familia no venía, nadie venía entonces y, cuando lo hicieron, nadie pudo imaginar nada. Todo parecía perfecto. Pensé que la había enterrado bien, hasta hoy. Aquel albañil debe haber sospechado algo, seguro. No tengo ni idea de cómo dio con él, capitán. No tengo la menor idea, se lo juro. Ni yo sabría encontrarlo.

Samir intercambió una mirada cómplice con la teniente Ochoa. Enarcó sus cejas y luego se volvió nuevamente hacia él.

—Señor Pons, ya poco importa lo que nos cuente sobre Anisa Awada. Tiene sus restos en el jardín y muchos problemas. En cuanto la saquemos de ahí abajo, los forenses determinaran si encaja o no con su versión, ¿comprende? Pero hay algo que se me escapa en todo esto, algo que nos ha traído de cabeza desde el principio. ¿Por qué demonios se le ocurrió matar a Susana Almiñana?

Miguel Pons se irguió sentado, como si su antena hubiese sintonizado alguna señal imperceptible.

—Yo no sé nada de eso. Busque cargarle a otro esa historia.

Samir volvió a mirar a la teniente Ochoa. Se la había jugado aquella tarde y no iba a salir de allí sin que Miguel Pons mordiera el anzuelo. Lo tenía donde quería: sorprendido, confuso y acechado por la urgencia de las dudas. Samir sabía que aquello era una chapuza, un bodrio que a un setentón se le había ido de las manos. Su instinto se lo decía.

—Venga, señor Pons. Déjese de estupideces. ¿Acaso usted cree que íbamos a venir a desenterrar a Anisa Awada por nada? Su ADN está por todas partes, joder. Tenemos cabellos y restos biológicos en las uñas de Susana Almiñana y también en su ropa. Ese cadáver estaba lleno de rastros de ADN, señor Pons. En cuanto le metamos un bastoncito en la boca, fin de la historia, ¿comprende?

Esta vez el hombre se acarició la barbilla nerviosamente y luego la nuca. No era capaz de calibrar que aquello no fuese más que un anzuelo improvisado, ruido criminal de mucha vida junto a investigaciones forenses. Samir parecía instalado en la cima de la verdad, como un francotirador que tiene a su víctima en el objetivo de su arma descargada, aunque ella no lo supiera.

—Es lo único que no me encaja, señor Pons, de verdad. —No se detuvo e intuyó que podía noquearlo—. Ese crimen nos puso en bandeja lo del niño y Anisa, ¿sabe? ¿A quién se le ocurre dejarme ese recado en la puerta de su casa? Yo dándome de bruces por algo más elaborado y solo fue una maldita chapuza la suya. Explíqueme.

Miguel se puso en pie y por primera vez lo desafió con su mirada. Se irguió como un mástil oxidado, pero todavía entero. Era un barco a punto de naufragar, pero el capitán siempre esperaba hasta el final. Cuestión de dignidad.

—Eres tú, ¿verdad? Ella me lo dijo.

Tenía la mirada rebelde del kamikaze, la absurda mirada del héroe que busca morir con las botas puestas.

—No sé cuál de las dos te envió, pero desde hace días que sabía que vendrías, Samir.

Él no le contestó.

—Tu nombre es Samir, ¿verdad, capitán Santos? Hace años te quedaste esperando en esta playa y piensas que fue por mí, pero no fui yo. Ahora lo entiendo todo. ¡Eres tú! ¿Cómo no lo vi antes?

El capitán inspiró hondo y le mantuvo la mirada.

—Contésteme, ¿por qué mató a Susana Almiñana?

Entonces Miguel Pons se volvió a sentar y se quedó con la expresión vacía.

—Quiero un abogado, capitán. Tengo derecho a uno, ¿no es así?

—Así es.

—No voy a decir nada más sin él.

—Como quiera. Está en su derecho. Pero se viene con nosotros. Fin de la partida —hizo una pausa y luego agregó—: Después de tantos años.

—¿Puedo avisarle a mi mujer?

—Puede, por supuesto que puede. Lo que no sé es qué piensa decirle.

—Que lo hice por ella. Todo por ella.

40

¿Aquello fue un reencuentro? No sabías cómo llamarlo. Era lo más parecido a Siria: tierra, escombros y un agujero destrozado por un obús. Habían apartado la barca y las máquinas destriparon el embaldosado. Era una herida abierta, descarnada de cemento y cascotes. Era profunda, como un cráter oscuro. Parecía que tu pasado por fin había eructado la verdad. Te quedaste allí de pie, con las manos juntas sobre la ingle, rezabas a tu manera sin ninguna oración. Era un funeral, era una inhumación, era todo a la vez... No quisiste mirar. Esta vez, no. Te hubiera gustado tener alguna foto suya, te hubiera gustado verla, pero así no. Te mantuviste en la orilla de su muerte, lo suficientemente cerca, lo suficientemente lejos para que la científica hiciera su trabajo. Sus huesos dormían debajo de un amasijo amorfo que resultaron ser sus maletas. Aquel fue tu único legado: una pasta de ropa podrida, un neceser, algunos libros de Bachillerato, varias cartas de Fátima y de la señora Bichir, y una medallita de oro ennegrecida. Así reconstruiste su pasado, así pudiste leer solo la sinopsis de una vida que desapareció con ella. Entonces te juraste que, cuando bajara la marea y cesase aquella guerra, viajarías a Damasco y buscarías los vestigios de aquella existencia que en aquel momento solo era una sombra. Con los meses, el perfil de su historia se te fue adivinando con una caligrafía árabe, entre papeles rugosos y emborronados.

¿Importa lo demás? Para ti no demasiado. La espera había cesado. Toda tu vida pendiendo de un hilo absurdo. No hay crímenes perfectos, Samir, sino investigaciones torpes. Eso fue, Samir, y eso siempre lo supiste.

Lo de Susana fue otra cosa. ¿Qué fue? ¿Una estúpida casualidad? Las casualidades no existen, Samir, y eso también lo sabías. Alguien movía los hilos. Esa luz que nunca puedes ver. No lo sabías. Eso no lo sabías, eso lo creías y no se lo dirías a la teniente Ochoa. Ni a nadie, Samir. Un cadáver en aquella playa, no fue una casualidad. Aquello fue muy claro: una inconsciente buscando pasta y la estúpida idea de extorsionar a unos y a otros con un nombre y un teléfono que habían salido de Marc. A la peluquera alcireña le habían podido las deudas y llamó a Consuelo Messeguer una vez, solo una vez, porque el segundo llamado se lo devolvió su marido. ¿Casualidad? No, Samir, claro que no, porque esa mujer le había vuelto el tiempo atrás, como cuando te quedas sin combustible, y Miguel ya era don Miguel y guardaba un cadáver en su vida, en el jardín de aquella casa familiar que había resistido los avatares del tiempo, de los ecologistas, de su familia, y Susana le mencionó aquella casa, aquel soportal, aquel camino, aquellos columpios, aquella barca, con el discurso de Marc aprendido de memoria, porque Marc siempre creyó en aquella casa, siempre, y Susana entonces también, y se lo soltaría a Miguel así, sin más, viendo si colaba, para que imaginase que ella sabía, que conocía al niño, que conocía sus recuerdos, que lo conocía todo, todo, todo, y Miguel habría dudado, Miguel habría lanzado su globo sonda y la habría citado en aquella playa, en la que fuera, en la que sabía ella, si es que sabía, ahí mismo, sin más datos que los que Susana tuviera, y fue, y sabía, y estuvo, y él la habría visto enfermo de rabia y miedo, una desvergonzada jugándole una trampa por pasta, solo por pasta, y ella le habría dicho que solo necesitaba hacer una llamada para decirle quiénes eran ellos, don Miguel y doña Consuelo, los que lo despacharon como una colilla, ellos, que no sabían que Samir era policía, sí, don Miguel, policía, un importante cargo de la Guardia Civil, don Miguel, como si esa carta hubiese tenido más valor para sacarle una mejor tajada, pero solo sirvió para poner en marcha un innato impulso cainita que todos llevamos dentro, Samir, y a don Miguel se le nubló la vida, se le nubló de miedo, e igual que aquel día decidió dejar que tu madre se desangrara y la enterró como si se lavara las manos, aquella tarde de octubre del 2018 puso en marcha lo que tú sabías desde que ingresaste en la Academia de Zaragoza: que uno cree que jamás podría matar... hasta que se le da la oportunidad, y don Miguel vio la oportunidad una tarde de otoño, con el paseo desierto y una botella de metal que llevaba entre las manos, y tú, Samir, les dijiste a los de la científica que dieran vuelta la casa y el recipiente de agua, entre cantimplora y coctelera, apareció enterrado en la propiedad, como si don Miguel hubiese perdido las destrezas del oficio de matar, como si no se le hubiese ocurrido deshacerse del objeto con el que se le había calentado la mano a golpes antes de asfixiarla y dejarla allí, como si no fuera con él, como si nadie fuese a atar cabos, porque por aquel lugar pasaban cientos de deportistas, Samir, y don Miguel ya no tenía el valor de arrastrar un cuerpo hasta aquella casa e inaugurar un jodido cementerio.

¿Fue casualidad, Samir? No, claro que no. ¿Y que se olvidara el papel con tu nombre y tu teléfono en el bolsillo? ¿Eso fue una casualidad o una imbecilidad? ¿Qué fue? Dime... ¿Quién fue? ¿Quién mueve los hilos, Samir? Era todo un absurdo y detrás del absurdo estaba la fuerza de lo invisible alumbrándolo todo, ¿entiendes? Era así, pero no se lo dirías a nadie, claro que no. A nadie. Y si la teniente Ochoa quería pensar que las respuestas las llevabas dentro como un jodido ADN, pues que lo creyera, que lo creyera, Samir. Era más sensato pensar que las huellas quedaron en tus recuerdos de niño y que fueron suficientes para intuir que tu madre estaba debajo de la barca, Samir. Así serían las cosas para ella, y estaba bien. Pura lógica, deducción y agallas, capitán. El silencio de Pons desde el principio, más una casa cerca del lugar de la desaparición, más una barca flotando en aquel jardín, más una mujer desaparecida... ¿Cómo supiste que había un cadáver allí debajo? ¿Cómo supiste eso, Samir? ¿Cómo era posible que lo sospecharas nada más ver aquel escenario? ¿Cómo era posible que vinieses soñando y soñando y soñando que ella emergía de alguna parte? ¿Cómo? Una casualidad, capitán, una jodida casualidad. Pero tú ya sabías que las casualidades no existen, Samir. No, no lo era, pero no se lo ibas a decir a nadie, y si la teniente Ochoa pensaba que te habías jugado tu placa por una simple corazonada, se equivocaba. Tú sentías su voz, Samir. No lo sabías, pero era ella, y aquello te lo llevarías a la tumba. No podías saber que estaba allí debajo. No podías, pero lo hiciste. «Se la jugó, capitán. Se la jugó y mucho. El tipo ese no hubiera confesado que estaba allí debajo en la vida», te dijo ella. Y tú lo sabías, Samir, por eso la llevaste, ¿entiendes?, porque la voz de tu madre necesitaba testigos para poder descansar en paz.

Epílogo

Ginebra, diciembre de 2018

Vivía en un primer piso sobre la Place De-Grenus, en el barrio de Saint-Gervais. Los apartamentos de la comunidad Santiago Apóstol tenían balcones con macetas lívidas, sin flores, y los castaños de la plaza parecían esqueletos gigantes bailando sobre las hojas muertas. Había nevado prematuramente y los techos de los coches estaban encapotados de blanco. Una bruma helada descendía sobre una ciudad entre susurros. Lo vio desde abajo, pegado a la ventana vaporosa. Parecía un niño esperando que mejorara el tiempo. Samir levantó la mano para saludarlo de lejos, pero solo fue una intuición —Delacroix parecía más pequeñito, alguien que nunca había sido—, y hasta que él no le devolvió el gesto, no estuvo seguro.

Subió los escalones trepando por el tiempo. Allí en lo alto, suspendido sobre la vida, estaba él, observándolo, como si acabara de salir con la bicicleta y regresara algo tarde a casa. Samir sintió que el tiempo era un instante irreparable que se le había escapado. No necesitó llamar a la puerta, lo estaba esperando. Samir sintió que era volver a donde nunca había estado. Delacroix tenía barba blanca bien rasurada, calvicie en la coronilla y la mirada encorvada. Samir le extendió la mano, pero su mentor le dio un abrazo frágil. Estaba delgado, algo huesudo, despojado de la vitalidad que reconoció aquella tarde en la playa de El Saler. Caminaba con dificultad, pero se las ingenió para prepararle un té. Echaron la mañana como dos viejos amigos. «La vida se detiene cuando te encuentras con alguien a quien quieres, al final solo queda ese amor», le dijo él. Samir le contó cómo había hallado a su madre y Delacroix le recordó que debía suceder tarde o temprano. «Mi mamá vendrá a buscarme», le había susurrado a la oreja el primer día que llegó al centro de menores. «Vendrá», insistió. Delacroix recordaba sus palabras y su carita de ángel. Después llegaron la suma de los días esperándola y, cuando fue un muchacho, Samir salió a buscarla. «Por eso quisiste ser un guardia civil, Samir, que la encontraras era una cuestión de tiempo». El capitán Santos le confesó que había viajado para darle las gracias, que aquello lo llevaba guardado mucho tiempo, y que ya le pesaba. Delacroix le dijo que tenía el alma en sus ojos y Samir le respondió que solo la sacaba cuando no estaba de servicio. Luego hablaron de menudencias cotidianas, de la inevitable esencia de las cosas que los sostenían en el mundo, y al final le recomendó que visitara el templo de Saint-Gervais. Cuando se despidieron, él sintió que había enterrado a Marc y a su madre, y que había ido a ver a Delacroix para enterrarlo a él también.

—Solo vemos lo que podemos ver —le dijo el anciano al despedirlo—. Lo demás lo intuimos. Recuérdalo.

Se alejó de él sin mirar atrás. Se enfundó en su chaqueta y callejeó hasta el Ródano. En la lontananza, el chorro del lago Leman se fundía con el cielo blanquecino. Los edificios se elevaban a uno y otro lado del río, pero parecían dormidos, meros testigos de Samir avanzando hacia la cafetería con estufas en las mesas de la terraza. Una mujer sorbía un tazón humeante de chocolate, y le sonreía. Llevaba un gorro de lana en la cabeza y una bufanda escocesa acomodada bajo el anorak.

—Ya es casi la hora de comer, capitán.

—Necesitaba tiempo, perdóname —le dijo al sentarse frente a ella—. Te invito.

—¡Qué detalle! Dicen que es algo caro por aquí.

—No me importa, como si hoy se acaba el mundo. Es tiempo de vivir.

Samir alargó sus manos sobre la mesa del mismo modo que las raíces se arraigan en horizontal y se la quedó mirando.

—¿Qué?

—Nada. Cosas mías.

Y le dio por pensar que el rostro de su madre sería como el de Amparo, escrito en una página que acababa de abrir.

Agradecimientos

La posibilidad de que una novela tenga éxito o no suele estar relacionada con la implicación de agentes literarios y editores, además de una buena dosis de suerte. No siempre es fácil encontrar a alguien que confíe en tu novela, apueste por ella y te acompañe con acierto. Es por ello que, en primer lugar, debo agradecer a Joan Bruna. Él fue quien llevó y defendió *Algún día volveré a buscarte* en la agencia literaria. Probablemente, sin su amabilidad y olfato literario este proyecto no hubiese sido posible. Nunca le estaré suficientemente agradecido.

En segundo lugar —y por ello no menos importante— me siento inmensamente feliz por la acogida y la apuesta de Sandra Bruna en la agencia. Sin lugar a dudas, su pasión e implicación en esta obra fue clave a la hora de buscar el editor idóneo para ella. A Sandra, no solo debo agradecerle su profesionalidad, sino también su cercanía y afecto.

Mi experiencia en el complicado mundo editorial me ha llevado a comprender que no siempre los editores se entusiasman y se implican personalmente en la edición de un libro. No es mala voluntad, sino el número de obras que llevan entre manos, así como también la falta de tiempo y medios para llegar a todos los libros por igual. Sin embargo, en esta ocasión tengo que agradecerle profundamente al editor del sello UMBRIEL, Leonel Teti, no solo por su compromiso en la edición de esta novela, sino por toda la pasión puesta en ella. Solo espero que *Algún día volveré a buscarte* responda con el éxito que él espera y, de esta manera, pueda corresponder a su confianza.

Ecosistema
digital

Floqq
Complementa tu
lectura con un curso
o webinar y sigue
aprendiendo.
Floqq.com

Amabook
Accede a la compra de
todas nuestras novedades en
diferentes formatos: papel,
digital, audiolibro
y/o suscripción.
www.amabook.com

Redes sociales
Sigue toda nuestra
actividad. Facebook,
Twitter, YouTube,
Instagram.

EDICIONES URANO